致灶王爷的一封信

沈嘉禄 著

上海书店出版社

# 目 录

自序 …………………………………………… 1

## 醉花荫·江南情思

烟雨西湖有人家………………………… 3

没有"小苏州",哪来"大上海"………… 9

榴花照眼,饮茶江村……………………… 15

宝塔街上的麦芽塌饼……………………… 20

稻花深处的独木舟………………………… 25

甪门横街梨花雨…………………………… 31

镇湖有二绝,苏绣与猪脚………………… 35

黎里:回望秋树,还有鳗鲡菜…………… 40

白煨脐门与炒软兜………………………… 51

三江汇流,成就元通……………………… 58

余东老街的红扁豆花……………………… 65

沙溪古镇的选择…………………………… 73

在高邮，跟着汪曾祺的美文寻找美味 ……… 79
　　汪曾祺的油条摞肉 ……………………… 88
　　一说茄子你就笑 ………………………… 94

## 少年游·放飞青春

　　小时候，我们放学回家 …………………… 101
　　忙趁东风放纸鸢 …………………………… 105
　　白相城隍庙 ………………………………… 110
　　曾是少年抱鸡娃 …………………………… 115
　　排门板上捉对厮杀 ………………………… 119
　　杀牛公司与安南巡捕 ……………………… 122
　　阁楼上的风景 ……………………………… 125
　　灿烂的暑假 ………………………………… 130
　　我的"图书馆" ……………………………… 134
　　刻花样 ……………………………………… 138

## 点绛唇·成长故事

　　小寒亭不怕"老面皮" ……………………… 143
　　静看一朵花的绽放 ………………………… 147
　　李白兄，一路保重！ ……………………… 150
　　乘风破浪小棋手 …………………………… 154

马镫烛架与上海蜜梨 …………… 157

女孩与大师 …………… 160

吃孩子的东西 …………… 165

拍儿子马屁 …………… 169

给下乡学农的儿子的信 …………… 172

我恨乔丹 …………… 178

看他一条道上走到黑 …………… 181

## 摸鱼儿·闾巷烟火

戴大师的砂锅饭店情结 …………… 187

檀香橄榄有点涩 …………… 192

鲞旗猎猎屋檐下 …………… 196

走在顺昌路上 …………… 200

繁花落尽的骑楼 …………… 205

大脚阿婆的猪脚黄豆汤 …………… 211

亭子间的广东女人 …………… 217

老虎灶的"黄胖" …………… 223

饭乌龟阿七 …………… 227

独眼龙 …………… 233

刘大厨 …………… 239

小皮匠 …………… 243

## 行香子·灯下独吟

戴敦邦是曹公的知音 …………………… 249

杯匕之间，一窥文人风采 …………… 262

狼虎会雅集 ………………………………… 270

八卦中的时代风气 ……………………… 276

岁时令节学问大 ………………………… 281

千丝染霜堆细缕 ………………………… 285

上海路数与行为模式 …………………… 290

用汉字炖成的关东煮 …………………… 294

抚今追昔，鉴往知来 …………………… 298

## 调笑令·梦醒时分

唯有桃花最寂寞 ………………………… 307

我爱鸡冠花 ………………………………… 310

抗疫七君子 ………………………………… 313

西岸，假如有这样一件雕塑 ………… 319

致灶王爷的一封信 ……………………… 323

我的三次酒醉 …………………………… 329

不眠之夜 …………………………………… 335

红烛有泪 …………………………………… 339

# 自 序

2022年3月，阳光明媚、春风拂面的日子，奥密克戎病毒换了一件马甲突袭上海，搅乱了原有的生活秩序。互联网加供应链或可纾解物资匮乏造成的困苦，但是精神层面的匮乏需要更长的时间来填平它——我们需要爱的能量。

在无奈的等待中，时间因为无聊而变得漫长、虚空。作为一个卑微的写作者，我几乎每天坐在电脑前，无力地、散漫地敲击键盘，以求得一份宁静、一份安慰，仿佛我与文字的游戏有助于缓解内心的焦灼和忧郁，当然也希望从文字中触摸到几个有棱有角的笔画，让指尖收获一丝坚硬或刺痛。直至一个月后，在经历了十多次核酸检测之后的倦怠与厌恶中，意识到自己并不比小区里的流浪猫高明多少，我甚至不如一位"团长"的工作更有实际意义。

给我切实安慰的是小区里的各种鸟，它们或许早在这里繁衍生息，或许自远方来。我看见了，白头翁、灰喜鹊、野鸽子、伯劳鸟、白腰文鸟、灰背鸫，还有不知疲倦的麻雀，它们将我从梦中唤醒，在午后昏昏欲睡的时刻再与我分享一天的艳遇经历，直至落日时分进入归巢的欢快程序，将我的思绪拉回童年和故乡，在拼接记忆的碎片时思考生命的意义。

还有楼里的邻居，彼时点头微笑，交流不多，会心只在一刹那，仿佛同是天涯沦落人，相逢何必曾相识。物资方面互通有无，相濡以沫，将食物挂在对方的门把手上，或者提示到电梯里来认领；精神方面互通声息，抱团取暖，彼此抚慰，趁户外核酸检测时的短短几分钟，在阳光下送出一声问候，口罩上的一双双眼睛格外澄明。如果疫情可以让我们重建往日石库门弄堂里的市民生态，我倒觉得也没有白白地受了这番苦。

很多时候，我们并不是为了重复昨天的故事而活着，而是因为我们曾经的拥有，经历岁月的淘洗而变得有价值了，有了普遍的价值和共情的资本。所以记住过去，就能源源不断地汲取生命的力量。

我从电脑文档里挑选了一些近年来发表的或没有发表的文字，集成这本小书，希望与各位一起记住一些有意义、有价值的东西。这些文字不仅仅属于我，更属于上海这座城市。我生活在上海，感受并礼赞她一贯的包容与开放，还有摩登和善变；有时也会感到泄气、无奈，那就退回到片刻的沉寂，去慢慢体味那份苦涩。因为我真诚地爱这座城市，我终究是为她骄傲的，她与生而来的某些缺点，也是其他城市没有的。

2022 年 5 月

## 江南情思

### 醉花荫

又是一年春来到

摄影：范筱明

# 烟雨西湖有人家

全国各地的驴友来到杭州,其实就是为了看一眼西湖。每年的五一、国庆,我最担心的事就是白堤上的游人把断桥压成真的断桥。但是去一趟杭州,结果与西湖擦肩而过,心里也未免嗒然若丧。我去过杭州数十次,在记忆深处镌刻最深的印象,大都与"乱花渐欲迷人眼"的西湖有关。

西湖是杭州的灵魂,杭州的底色,杭州的呼吸。

有一年蒹葭苍苍时节,携妻子去西溪湿地小住两日,一边沿着河边散步,一边不时地望着远方。妻子责怪我心不在焉,是啊,视线越过云层般铺开的芦花,欲向何方呢?心里一惊,怕是牵挂西湖吧。听人说,西溪与西湖是相通的,但是目下的河水,在秋阳下呈现哑光的豆绿色,或南或北,不知何去何来。第二天下午离开西溪后特地开车去西湖绕了半圈,斜阳下的涌金门果然灿烂无比,每一朵浪花都包裹了一片柔软的金箔。这下,心里就踏实了。

中学时代去杭州,曾经问表哥:西湖有多深?他呵呵一笑:

西湖很浅，千百年积下的香灰把它一层层填高了。还有一次与表哥表姐一起在曲院风荷喝茶，秋风初起，寒意在残荷中簌簌穿行，有老妪前来兜售塘藕，藕节裹了一层玄色的湖泥，莫非就是香灰？表姐笑了：这藕都是外面来的，西湖的藕长不大。

但西湖藕粉的确是一款格调雅洁的江南风味。记得第一次跟妈妈去杭州，与长辈们前后相拥着从亲戚家的清波门出发，很快就到了柳浪闻莺。据说这里曾经是南宋的御花园，杨柳依依，莺歌燕舞，笑声欢语，生机盎然。走累了，就在一个大亭子里歇脚，我喝到了人生第一碗藕粉。由模样俊俏的服务员当场调好后端来，滚烫，色如琥珀，撒了一些糖桂花，香气扑鼻，在口中含一会后咽下，滑嫩异常，不知用什么辞句来形容这种感觉。

后来杭州亲戚经常给我们家寄藕粉，我也学会了冲藕粉。一勺干粉放在碗底，加少许温水使之溶化，然后将滚烫的开水徐徐冲下，用筷子顺时针方向快速搅拌，直至涨发起稠，就大功告成了，很有点化学实验的新奇感。杭州旧俗，新媳妇进门，要冲一碗藕粉孝敬公婆，公婆则根据这碗藕粉的优劣来判断媳妇能否持家。

是的，西湖的美好，已然成为江南的经典注释，诗歌辞赋的日常表达。它一半靠天然造化，一半靠精雕细琢。正因如此，山水幽深有桃花人家，小巷安谧有咫尺天涯，霓虹日月，紫霞烟雨，四时花卉，十步芳草，百鸟争鸣，千丈锦地，万竿秀竹，弥漫着又甜又苦的人间烟火。它不以苍凉或雄阔来震慑人心，也不以富丽或规整来束缚想象，从大江大河来的朋友，可能以为它就是小桥流水，小家碧玉，小荷才露尖尖角，小山重叠金明灭，小楼一夜听春雨,小轩新沐喜神清,小亭西畔画楼东,小池风雨故人逢……它小心翼翼地迎送各色人等,经受最严苛的挑剔。结果呢,天下谁人不爱它?欲把西湖比西子,淡妆浓抹总相宜。

我还认为,在这份"总相宜"的赞许中,西湖的美食与美景也构成了"淡妆浓抹"的比照。也许只有在西湖,饮馔与景色有如此高的黏合度,湖山楼台因为有了缓缓升腾的烟雾水汽而软熟香甜,丰宴简餐因为镶嵌于湖光山色之中而更堪回味。

不是吗?开春后我去西湖边的岳王庙拜谒武穆王,出来后看到街对面有一路边摊在叫卖葱包桧儿。传说油条是杭州人发明的,老百姓痛恨陷害岳将军的奸臣秦桧,将他捏成面团,拉长后投入油锅炸至蓬松发泡,俗称"油煠鬼",也叫"油煠桧"。葱包桧儿是"油煠鬼"的周边产品,取一张薄悠悠的面皮,加一根油条,两根青葱,涂些面酱,卷紧成筒,在锅底压扁,两面微焦,杭州人就拿在手里边走边吃上班去了。葱包桧儿说不上特别好吃,但大口咀嚼时就能体会到杭州人的脾气。

我们在杭州有四五家亲戚,都是妈妈的娘家人,父母去世后也长眠在凤凰山麓。每年清明,我都要与妻子前往祭扫,然后去灵隐寺敬香并吃一碗素面,或者去龙井问茶再尝尝农家菜。龙井村的山坡上有一口直径超过一米的古井,这就是传说中的龙井,看起来平常无奇,但我知道如何激活它。捡一根三尺长树枝去搅动井水,水面归复平静时就会出现一条细若游丝的分水线。用龙井泉水煮梅坞明前新茶,那是茶客打开春天的礼仪。至于因为乾隆皇帝到此采过茶而特地围起来"十八棵御茶",我们不理睬他。

在西湖边喝茶还有两个好去处:虎跑和玉泉,泉水也是十分清冽甘甜。尤其在大慈山白鹤峰下的虎跑，不妨先做个小游戏，汲满一杯泉水，掏出口袋里所有的硬币，一枚枚投进杯里，杯里的水就会一点点升上来，高出杯沿五六毫米而不溢，这泉水的质地该有多么厚啊。用这样的泉水泡新茶，沁人心脾，回甘无穷。在藤椅上小坐片刻，说几句闲话，诸般烦恼烟消云散。从山上奔来的蕙风轻摇新篁，唰唰有声，不远处有山茶花热烈绽放，令人心旷神怡。

每天一早，杭州人从四面八方提着塑料桶来汲取虎跑甘泉，回家煮茶煲汤，那真是大自然的恩赐啊！

苏堤应该是中外游客的首选打卡地。小时候听大人说"西湖风景六条桥，一株杨柳一株桃"（明王瀛《苏公堤》，杭州人将"六条桥"读作"六吊桥"——作者注），这是我早期接受的关于中国园林的美学启蒙。漫步在苏堤上，柳枝刚刚披上新叶，一抹嫩绿就像夹宣上的渲染。间夹着盛开的桃花，桃之夭夭，灼灼其华，透出村姑式的纯朴与坦荡。红绿相配的画风，犹如一幅无尽展开的桃花坞年画，又慢慢地移作了戏剧的舞台布景。

进入而立之年，我就喜欢上了孤山。孤山"海拔"不到40米，却是西湖最大的岛屿，岛上的景观与那个"梅妻鹤子"的林逋有关，还有鉴湖女侠秋瑾的墓和诗僧苏曼殊的墓以及浙江省博物馆和中国美院旧址。近年来我对林洪的《山家清供》有些研究，林洪自称是林逋的七世孙，倘若属实，一直传为"不仕不娶"的和靖先生应该是有过家室的。当然，后人欣赏林逋的孤傲高冷，是因为他确立了中华民族的花神——"疏影横斜水清浅，暗香浮动月黄昏"。

孤山南麓的西泠印社是我更爱盘桓的胜地，一百多年来，江南数代书画艺术家在此咏觞雅集，经营水木清华，为我们留下了石交亭、题襟馆、四照阁、观乐楼、仰贤亭、宝印山房、还朴精庐、遁庵等人文积淀，更有承载着中国传统知识分子爱国情怀的三老石室，"竞传炎汉一片石，永共明湖万斯年"（丁上左撰印社石柱联）。

在西泠印社拜观过先贤墨迹、石刻碑廊，喝过香茗，买过印泥，转到楼外楼用午餐，西湖醋鱼、莼菜羹、东坡肉、油焖春笋一定要尝尝的，最后再来一碗片儿川，与妻子分而食之。

楼外楼的醋鱼仍依旧例，草鱼养在笼子里，笼子半沉半浮在西湖边，客人点单后，师傅从笼子里抓出一条鱼，拿到顾客面前验明正身。以前是当场摔死的，现在就怕有人拍成小视频，那可要吓死宝宝了，所以厨师只能与老吃客使个眼色，心领神会。

三潭印月岛与湖心亭、阮公墩鼎足而立合称"湖中三岛"，犹如我国古代传说中的蓬莱三岛，故又称小瀛洲。现在此处一年四季花船往返，人声鼎沸，而在四十年前，我与表哥表姐们是这样玩的：买一盒绿豆糕，四五只酥油饼，租两条木船，摇到湖中央，两位表哥身手敏捷地跳到石塔上，木船再荡开十几米外，由大表姐给他们拍了一张意气风发的照片。他们叫我也上去，我可不敢。现在三座石塔都被铁栏杆围起来，游人就没机会纵身一跳了。

石塔是空心的，蓄着一泓湖水，球体上开了五个等距离圆孔，风清气朗的夜晚，月亮就钻到石塔里面。三座石塔，三个月亮，风吹月动，风静月圆，这是颇有禅意的设计。

西湖一年四季都有看头,春有桃柳,冬有残雪,夏天虽然很热,却是映日荷花别样红。入秋后,天高云淡,金风飒飒,我们去满觉陇。进得村里,环顾四周,恰如高濂在《满家弄看桂花》一文中所言:"入径,珠英琼树,香满空山,快赏幽深,恍入灵鹫金粟世界。"农家乐老板娘出来相迎,在桂树下坐定,泡茶,剥橘子,再来两碗桂花栗子羹。心里许个愿:有风来,有风来……风果然来了,落英如雨,头上、肩上都着了金花,有几朵直接扑入杯中,赶快呷一口,满口雅香!

前年夏天,我们兄弟姐妹六对夫妻去杭州与表哥表姐们团聚,二十多人浩浩荡荡地开进刘庄吃了团聚饭,龙井虾仁和乾隆鱼头的味道很是不错,然后去花港观鱼走几步消消食,最后来到仙姑山北面的玉泉。

千百年来,西湖的故事常常与狂僧疯道、英雄豪杰有关,玉泉的历史也要从南齐建国说起,昙超和尚在玉泉开山筑庵,但苦于找不到水源,遂请一位神人抚掌而引泉水出……清茶喝到味浓情深,我们在池畔分列两排合影,拍了一家"沪杭一家亲"的合影。突然发现"我们的队伍"中居然有八九个教师,要是放在古代,也算诗礼人家了吧。

宋人在玉泉留下一副楹联,现刻在池畔亭柱上:鱼乐人亦乐,泉清心共清。仿佛是早早地为我们题写并等我们来吟诵的。

西湖是心灵的加油站,永不干涸的许愿池。

# 没有"小苏州",哪来"大上海"

以前上海人总把苏州说成是上海的"后花园",那股居高临下的亲热劲,苏州人不一定接受。现在谁要是再随便拍拍"小苏州"的肩膀就不识相了,苏州的工业总产值已经超过大上海,在全球范围内也名列前茅。同时,在物理层面、文化层面,苏州的百年老园子花开四季,雅香醉人,昆剧《浮生六记》在上海大剧院演出那叫隔山放歌,在沧浪亭里演个实景版才算追根溯源。

苏州建城2500年,上海建城才700年,资格绝对是苏州老。苏州人文荟萃,万商云集,教科书里所说的"资本主义萌芽"就在此破土而出,达官贵人在苏州买地建屋,叠石造园,开门看花海,闭门望南山。枕河人家的小日脚也过得精打细算,知足常乐,从桥头走过的小娘子擎着油纸伞,在花格窗下砚田笔耕的白裕书生看得如痴如醉,浣纱老妪揉碎了一池碧波,挑担小贩深巷叫卖焐熟塘藕。千百年的水墨洇染,造就了一大批读书人,隋唐开科取士以来,状元47人,进士一千挂零。进入新时代,两院院士中有111人是苏州籍的。有一年苏博办了个折扇展,一百多柄扇子渐次展开，状元、榜眼、探花排好队从历史的褶皱里走出来，叫观众肃然起敬，不敢大声喧哗。

十九世纪中叶上海开埠，紧接着太平天国引发的战火燃遍江南，将苏州卷入万世不复的劫难。数十万难民涌入上海租界，这是上海意外获得的优质人才资源。苏州移民是带着资本和梦想来的，他们在金融、保险、珠宝、颜料、旅馆、南北货、洋货、棉布、医药、古玩、地产、出版、律师、文教、戏剧等领域筚路蓝缕，大显身手。一度，苏州人几乎掌控了上海的经济命脉。这个时候，苏州人将上海称之为"小苏州"，以市面论，跟苏州有点接近了。

苏州园林历史悠久，春秋时期吴王夫差造的姑苏台是苏州园林的原点，然后在晋唐形成审美定势，到两宋臻于繁华，于明清抵达极盛——城内城外有一百七十多座。现存的半百园林中，拙政园、留园、网师园、沧浪亭、狮子林、耦园、艺圃和退思园等都是世界文化遗产。苏州画家、学者叶放联手左邻右舍将四套普通公寓的院子打通，造了个"南石皮记"，"咫尺之内再造乾坤"，谱写苏州园林的续集。上个月我与国斌兄又去欣赏了他为十全街一座祖孙状元府第再造的嘉元堂花园，山石池瀑楼阁亭台，细针密脚地传承了苏州园林的文脉。

没错，上海也有园林，据说老城厢曾有私家园子三十多个，但是没有苏州人，这块太湖石就不知如何安放。旧上海有一个爱俪园，俗称哈同花园，是大管家姬觉弥从常熟请来乌目山僧黄宗仰设计的，常熟为苏州所辖。嘉定在隋唐时就属江苏，上海现存资格最老、规模最大、等级最高的豫园，是潘允端从嘉定请来张南阳叠石凿池的。城里还有一个很大的园子日涉园，也是张南阳造的。今天上海能建造632米的上海中心，但古典园林弄不像样。恒大地产集团在老城厢西南角新建园子，从电脑字库里调出任政体"也是园"三个字刻在匾额上，不明真相的人以为是废园复活，我在门口瞄了一眼：咳，有辱先人哪。

在苏州当过刺史的白居易在《和梦得夏至忆苏州呈卢宾客》一诗中写道："水国多台榭，吴风尚管弦。每家皆有酒，无处不过船。"舞台歌榭、玉管丝弦，都为粉黛而准备。是啊，还有《忆江南》，"吴酒一杯春竹叶，吴娃双舞醉芙蓉"。来了，来了，昆剧从苏州昆山发轫而走向全国，自明代中叶以来独领剧坛三百年。现在人们把京剧说成是高雅艺术，其实京剧是"花部"，通俗艺术，昆剧才是高雅艺术，是"雅部"。昆剧以曲词典雅、行腔婉转、表演细腻让人如痴如醉，"百戏之祖"，绝非妄称。京剧的兴起得益于徽班，但京剧演员不会演昆剧就难称大师。

昆剧让苏州园林的瘦竹肥蕉也听懂了天籁之音，使丑石锦鲤也见证了人间至情，演员、观众和上演剧目之多，在明代嘉靖年间达到顶峰。旧时京剧演员在京、津唱红不算数，只有到上海大码头一炮打响才能得到梨园界的认可。同样，昆剧也深刻影响到上海。没有苏昆，就没有上昆，这话可能会招致反驳。但先有苏昆，后有上昆，这是不争的事实。

苏州人还为上海送来了评弹。一百多年前市民阶层形成，闲暇增多，茶馆兴旺，五方杂处，鱼龙争流，需要照顾彼此的关切，建立公序良俗。在文盲居多的旧时代，评弹演员堪为市民良师益友，《描金凤》《珍珠塔》《玉蜻蜓》《杨乃武与小白菜》等等，在说噱弹唱中教育听众待人接物，礼义廉耻，英雄气豪，儿女情长。上海是许多地方戏曲的大舞台，越剧、淮剧、锡剧、甬剧、粤剧、沪剧等各擅胜场，弦歌不绝，在很长一段时间内，书场的数量比戏院多。

苏州人还在上海办学校，办小报，办书局，我最佩服范烟桥、陆澹安、周瘦鹃，小说、电影、诗歌、弹词、小说研究、民间文学等无不涉猎，书画园艺也得心应手。才子风范，后世楷模。清末民初活跃在申城的小说家也多从苏州来，单说鸳鸯蝴蝶派就有包天笑、周瘦鹃、徐枕亚、吴双热等。对呀，上海方言中就糅进了不少苏白。

苏州人也是时尚先锋，奉帮裁缝善制西装，苏帮裁缝专做旗袍。改良旗袍以高领圈、高束腰、高开衩彰显人体之美，解放了上海女性的身体与意识。苏锡馆子曾在申城与川馆、粤馆、镇扬馆并美，本帮饭店里的八宝鸭、油爆虾、松鼠鳜鱼、虾子白肉、红烧划水等，都是从苏馆拿来的。今天的年轻吃货，以吃遍苏帮面馆为浮生快意。上海的糕团店以五芳斋资格最老，也是苏州人开的。

吃货们都晓得城隍庙九曲桥边绿波廊的点心一流，一道点心一道菜，谓之"雨夹雪"。眉毛酥、葫芦酥、拎包酥、萝卜丝酥饼、枣泥酥饼、桂花拉糕、金腿小粽……还有顺风叶、长寿桃等等，在国际峰会期间用来招待外国元首夫人，成为最吸睛的花絮新闻。但许多人不知道，现任总经理陆亚明的父亲陆苟度，就是一位赫赫有名的点心师，他将苏州船点引来上海城隍庙，经过提升和创新，成了绿波廊的特色。

苏州人心灵手巧，在工艺美术方面枝繁叶茂，繁花似锦，玉雕、木雕、核雕、牙雕、竹刻、刺绣、宋锦、缂丝、家具等等，都是上海工匠的范本。没有桃花坞年画，就没有上海小校场年画，小校场年画可说是后来大行于市的月份画的"草稿"。

讲起苏作，那么"香山帮"三个字至今熠熠生辉，上海博物馆里陈列的黄花梨家具，基本上是苏州木匠的手作。今天，就连一把空白折扇，如果标上"苏工"两字，价格就要开得贵一些。

"睡起莞然成独笑，数声渔笛在沧浪。"立秋已过，暑气未消，老先生独自在客堂吃茶，一张漆皮斑驳的小方桌，上面搁一块四指宽的方砖，乌漆墨黑油性十足，砖头边沿有一方楷书硬印："乾隆三十六年成造细料二尺见方"，等等！另一边还有："督造官江南苏州府知府魁元。"金砖上那只澄泥蟋蟀盆款式古朴，包浆温润，品相不错，应该到崇祯，诚为"苏工"遗珍。青麻头在罐中舞动双须，恰如周郎按捺雉鸡翎，老先生看得眼梢带花。上海的蟋蟀玩家一辈子最大的心愿倒不是打遍天下无敌手，而是觅得几只苏工老盆。

以沈周、文徵明、唐寅、仇英为四大天王的吴门画派，引领画坛数百年，为海上画派的形成提供了丰富滋养——这话题就太大了。君不见，最近上海博物馆举办了一个"万年长春——上海历代书画艺术特展"。推出的概念令人耳目一新——"上海的吴门画派。"不管苏州人同意不同意，以积极的态度重新梳理"吴门"与"海上"的关系，想法还是好的。

以前在石库门弄堂里，有两种人对我们小孩子成长影响至深：一是宁波阿娘，规矩重，脾气大，刨花水，发髻套，喉咙哐哐响,远开三幢房子都听得见。一是苏州好婆,脾气好,性子耐,穿得山青水绿,衣襟上别一对白兰花,吴侬软语千转百回,叫人骨头酥脱。一块糟方乳腐筷头笃笃吃三顿,这是宁波阿娘。一块猪肉切成火柴梗这般粗细,长短一致,瘦肉肥肉分开煸炒,这是苏州好婆。

百年风云,潮起潮落,苏州河连起了你和我,苏州人为大上海的成长作出了卓越贡献,当然,大上海也从来没有辜负过苏州人。别再说苏州是"后花园"了,应该说苏州是我们"共同的故乡"。今天长三角融合发展,苏沪两家要多多走动啊!

# 榴花照眼，饮茶江村

这是我第二次去苏州吴江庙港镇的费孝通江村纪念馆了。上次是五六年前去的，临近中午，铁将军把门，吴江的朋友打了电话，才奔来一个满头大汗的大叔，将大门打开。骄阳直逼荷塘，柳枝间的蝉不知疲倦地吟唱，我们蜻蜓点水似地转了一圈。这次村干部请来曾24次接待费老的"农民教授"姚富坤先生为我们讲解，逗留时间长，也可看得仔细些。

大家知道，作为社会学家的费孝通，他的学术生涯是从一篇论文《江村经济》开始的。所谓江村，就是宋代词人杨万里笔下"望中不著一山遮，四顾平田接水涯。柳树行中分港汊，竹林多处聚人家"的开弦弓村。开弦弓村的水系靠两条交叉的河流构成，一条弧形似弓，一条笔直似箭，引而不发，张力十足。

纪念馆是在费孝通诞辰一百周年之际（2010年），当地政府利用一个水塘建起来的，占地一公顷，建筑面积2200平方米。展馆建筑在设计上吸收了粉墙黛瓦、亭台楼阁的江南水乡特色，以一层为主，少量二层，朴素低调，简约疏阔，因为临水而建，所以就用一圈亲水走廊将各个展馆贯穿起来。如果从空中俯瞰，整个建筑群落就像一个"弓"字。建成后不久，就与上海世博会中国馆一起被评为"中国当代一百座最好的建筑"。

费孝通出生在苏州府吴江县一个知识分子家庭，从小接受的是新式教育。在东吴大学附属一中读书时就开始发表文章。高中毕业考进东吴大学，学医科。跟负笈东瀛的鲁迅相似，他也认为中国人中"脑子有病的人比身体有病的人还多"，于是在1930年转入燕京大学社会学系学习，毕业后受梁漱溟先生之邀，到山东邹平县参加乡村建设工作。照现在的话说，费孝通是一个走基层、接地气的知识分子。

1933年费孝通去清华大学社会学及人类学系读研究生，师从俄国人类学家史禄国，成为中国最早在本土获得社会人类学硕士的青年学者。不过半个世纪后，费孝通忆及彼时的情景倒也十分感慨：当时的社会学都是西方人占据主导地位，在研究不发达民族和国家时总是以居高临下的态度，所谓"野蛮人的社会"，有的老师搞了调查，但堆砌了很多枯燥的数字，又没有说明这些数字有什么意义。于是，"我们商议要自己深入到社会里去做调查"。

1935年12月，费孝通携新婚才三个月的妻子王同惠去广西瑶山进行社会学调查，按照通常的说法：费孝通误入瑶人设下的"虎阱"，被落下来的木石压住身体。王同惠奋力把石块、木棍逐一搬开，但费孝通因身受重伤不能站立。王同惠赶紧跑出森林求援，不幸跌落至山沟沟里。第二天傍晚人们才找到了费孝通，第七天又在山涧中发现了王同惠的遗体。而据姚富坤先生解释，此说法有些误会，因为考察途上费孝通对怀有身孕的妻子关爱有加,惹得不够开化的当地瑶民向导"非常看不惯",一径走在前头,与他们拉开距离,在岔路口摆放的指路树枝也摆错了方向,致使小两口迷了路。

失去爱妻的费孝通强忍悲痛完成了《花篮瑶社会组织》一书,1988年单独出版时署名费孝通、王同惠。1936年费孝通还乡养伤,并为出国留学做准备。这时,费孝通的姐姐费达生——这是个了不起的时代新女性——已经在开弦弓村建起一个生丝精制运销合作社,也可说是中国农民最早经营的制丝企业。费达生请弟弟去住几日并顺便做些社会调查。费孝通在开弦弓村逗留了一个多月,收集了大量一手资料。

当年秋天费孝通抵达英国,师从伦敦大学的布·马林诺夫斯基完成博士学业,毕业论文《江村经济》一下子震惊了西方社会学界,被誉为"人类学实地调查和理论工作发展中的一个里程碑"。由此可见,费孝通的学术成就最早是西方人首肯的。

接下来费孝通写出了《乡土中国》《乡土重建》《皇权和绅权》等一系列社会学著作。在1981年重访开弦弓村后他又写出了《三访江村》,为深化农村改革,特别是发展农副业和乡镇企业贡献了重要思想。

费孝通江村纪念馆里还附设了费达生专馆,有一张彩色照片让我动容:费老与老姐姐做着"你拍一,我拍一"的游戏,返老还童的那一刻,表情慈祥仁爱。费达生比费孝通还高寿,与弟弟同年谢世,晚走了几个月。仁者寿,我相信。

对了,这次我发现费孝通对家乡风物和美味很是在意,还写了不少美食文章。我问姚富坤先生有没有费孝通单独成集的美食随笔集子？他倒反问我：这个真可以有，对吧？

自1936年《江村经济》问世后，费孝通先后26次访问江村。江村已不再是地理意义上的开弦弓村了，而是作为世界认识中国农村的一个窗口，被赋予对外开放和民族复兴的意义。

今天，开弦弓村的老树小路还在，一弓一箭的河道依然，民居多半保留着粉墙黛瓦的式样，屋前屋后还有隙地种些蔬菜或花果，石榴花在绿荫深处盛开，让人看了心情舒畅。我们参观了用一幢二十世纪六十年代礼堂改建的村民文化讲堂，欣赏了两位年轻人表演的提线木偶昆曲，村口还有一个投资五百万元在建的相当时尚的市集，我很期待哪天能在这个半开放的市集逛一逛，买点鱼虾瓜菜。

最后我们走进一家民宿喝阿婆茶，盖碗熏豆茶之外还有青团子、黑麻糕、扁尖豆腐干、淡虾干、葵瓜子、鳗鲡菜（腌菜心加油加糖蒸过，因色泽乌亮，形似鳗鲡而得名）等，简直就是一桌丰宴。

民宿女主人周小芳说："费老来我们家喝茶，也是这样的。"

周小芳是本村人，早在姑娘家的时候就多次见到费老坐船在码头停靠，登岸后像走亲访友般地进入村民家，他不住政府招待所，喜欢在濒水的周文昌家投宿。不承想后来她居然嫁到了周家，成了里里外外一把手的"家主婆"，也多次接待费老，至今还保留着费老在他家临时办公的书房布置，惟一桌一椅一柜而已，窗外可见老树新花小清河。"费老每次回到村里，就喜欢住在我家，与我公公和先生都谈得来。"周小芳指着墙上的照片告诉我。

哇，墙上的信息十分丰富，除了费老重访江村的影像，还有不少大学生、研究生甚至中华人民共和国农业农村部司局级干部在此作农村调查时投宿此处的留影，一住就是几个月。逗留时间最长的是北京某摄制组，为了拍摄一年二十四节气物候变化，住了一年半。

村里有一条"足迹路"，就是当年费老上岸后经常走的村路。周小芳的民宿也叫"足迹"。此前的瓦房已经改建为四层楼房，设有七个房间，可供九人住宿，每人每天200元，包三餐。厨房是利用过去老屋改建的，用上了液化气，烟囱纯粹是摆设。按照美丽庭院的要求，花架花坛和遮阳伞都配齐了，地砖铺成的小道十分平整。

新冠疫情突发，各地的民宿一度陷入冰河期，但"足迹"依然有人来敲门。周阿姨相当笃定，被褥洗换及时，一日三餐烹调入味。她先生在实验学校当美术老师，女儿在村里当会计。她早就想退休了，但是慕名而来的大学生们口口相传，下一届的毕业生也早早地预订了房间。江村在，读社会学的大学生就会源源不断地来，沿着费老的足迹走进江村的昨天、今天与明天。

"处处倚蚕泊，家家下渔筌"，这是唐朝诗人陆龟蒙对开弦弓村的描写。今天，新农村建设、美丽庭园建设，赋予江村新的生命能量与文化内涵，色彩明快的壁画、整齐洁净的村路，河面倒映着蓝天白云和树影，垃圾分类的设施及管理水平绝对不比上海低，但是河边垂钓、柳下牧牛的田园图景已定格在黑白照片中，这不能不让人泛起一丝甜蜜的惆怅。倘若费老健在，他会不会写一本《四访江村》呢？

也许，我已被这个时代out了吧。

# 宝塔街上的麦芽塌饼

苏州是人间天堂,锦绣之地,万商云集,人文荟萃,经过千百年的熏陶,苏州人练就了一条金刚不坏之舌。珍馐美馔之外,各式糕点也驰誉九州,在唐宋年间已蔚成大观,进入明清更是百花齐放,有麻饼、月饼、巧果、松花饼、盘香饼、棋子饼、香脆饼、薄脆饼、油酥饺、粉糕、马蹄糕、雪糕、花糕、蜂糕、百果蜜糕、脂油糕、云片糕、火炙糕、定胜糕、年糕、乌米糕、三层玉带糕等。王仁和、野荸荠、稻香村、桂香村等百年老店也各据一方,称雄江南。

糕点店小本经营,须搭准市场脉搏,根据时令推出花色品种,比如正月初一供应糖年糕、猪油年糕、糕汤圆子,正月十五供应糖汤圆子,清明节供应青团子,四月十四供应神仙糕,端午节供应各色粽子,六月供应绿豆糕、薄荷糕、米枫糕,七月十五中元节供应豇豆糕,中秋节供应糖芋艿、糖油山芋、焐熟塘藕,重阳节供应重阳糕,十月供应南瓜团子,十一月冬至供应糯米团子,临近过年则供应各式年糕。冬去春来,花开花落,一块糕一只团，时时抚慰着苏州人的胃袋与灵魂。

苏州人注重礼节，糕团店就根据四时八节推出各种糕团礼品，老年人做寿，它有寿团、寿糕供应，姑娘出嫁了，它有蜜糕、铺床团子供应，小孩满月和周岁生日讲究吃剃头团子和周岁团子，入学有扁团子，新屋上梁和乔迁之喜有定胜糕等。蜜糕是苏式糕团中的贵族，薄薄一片，和田玉般滋润的糯米糕中嵌了百果，每咬一小口，就会有惊喜的发现。据说在科举时代，童生参加考试，须准备考食，以蜜糕为大宗，所以在苏州一带，考试也被称为"吃蜜糕"。

苏州所辖的吴江区，地处吴根越角，太湖东南，典型的水鱼之乡，吴江下面的震泽以丝绸贸易而繁华，对古吴风俗传承得特别仔细。震泽古镇宝塔街的东端有一座高高的石拱桥，据说大禹治水时曾经路经此地，故名禹迹桥。老街西端则有南宋砥定桥遗址，现在预备重建。距砥定桥才几十步的仁昌顺，是清同治年创设的老字号。与所有糕饼铺子一样，以前店后工场模式起步，历经迭代，老而弥新。我每次去震泽古镇游玩，必定要去仁昌顺买几样茶食带回上海。

仁昌顺虽然规模不大，但铺子的式样与宝塔街十分相谐，像只笃定泰山的八角亭，有一种邻里之间的亲近感。营业员是穿戴整洁、举止得体的中年妇女，一口软糯的苏州话，"阿要带点回去让家主婆搭仔小人一道尝尝味道呀！"

仁昌顺常年供应袜底酥、定胜糕、炒米糕、巧果、麻饼、百合酥、芙蓉酥、桑椹糕、耳朵饼、玫瑰水晶糕等数十种糕点，春暖花开时节还有麦芽塌饼、酒酿饼等应市。

上海与苏州地域相近，语言相通，人文相亲，风俗习惯也如出一辙。上海人乔迁新居，会买许多定胜糕分送芳邻。定胜糕腰细而两头大，形状如木匠师傅拼接木板而用的腰榫。"定胜"与"定榫"谐音，像榫头一锤敲定，寄托着在新环境里长居久安的美好愿景。定胜糕要蒸软了吃，糕皮依然松软，细如流沙的豆沙馅一直甜到心里。

传统的定胜糕体量较硕，上下两只合璧为一对。以前胃口大，吃一对或许意犹未尽。现在是一只入肚，晚饭吃不落哉。仁昌顺的定胜糕与常规制式相比，瘦身不止一圈，但因为精耕细作，玲珑可爱，托在掌中盈盈可握，松软适口，冷热皆宜，风味不逊观前街上几家名店的出品，有人认为反而有所胜出。我在吴江、上海好几家宾馆、饭店都吃到了这款迷你型定胜糕。

他家的麦芽塌饼、酒酿饼、笋尖团子等也乡情可亲，并且也是迷你版的，精确地界定了茶食的体量，对应了现代人在茶席上的消费态势。

春节以来疫情继续兴风作浪，先是苏州带星，接下来上海带星，沪苏两地走动不便。雨水过后，桃红李白，吹面不寒杨柳风，陆小星总经理快递了一包糕团让我尝尝春味，有撑腰糕、麦芽塌饼、酒酿饼等。

震泽的撑腰糕与上海松江、青浦所产等略有不同，印糕模子里蜕出来，腰子形，两分薄，芙蓉白的糕体上撒了桂花或玫瑰花，平底锅里一煎，香糯软韧，花香绕鼻，真是好吃极了。仁昌顺的酒酿饼与我小时候吃过的也不一样，平底锅内排列整齐，小火两面煎黄，内有实足的豆沙馅，更让我为之癫狂的是中间不声不响地嵌了一块糖油丁，水晶般的剔透，一口咬破，脂香与酒香混合，令人欲罢不能。

苏州的麦芽塌饼也是憨憨的外形，但是更加讲究。上海郊区的塌饼里会加些切碎的草头，所以也叫草头塌饼，生坯搓成团子，再用手心揿扁，薄悠悠的，边缘不甚光滑，倒也别有一番风致，一般没有馅心，可甜可咸。在西塘、同里、周庄等地吃到的塌饼也是同样画风，蒸热后上桌，糖水兜头一浇。不过仁昌顺的麦芽塌饼就高级了，大小、厚薄像只青团，两面拍满白芝麻，嵌了豆沙瓜仁馅心。

儿时的美食记忆最终演化成一项事业，这样的事例在陆总身上也发生了。在他小辰光，每年清明前半个月，农村里的亲戚便开始为制作塌饼准备材料了，先挑选一些颗粒饱满的麦粒，在水里浸泡过夜，使之发芽。待芽头出齐后，摊在竹匾里，放在阳光下曝晒，等干燥后，便可磨成细粉，过筛备用。发了芽的麦粒能产生麦芽糖，也能使米饼变得柔软。

这个辰光呢，田头溪旁的野生鼠曲草（又称佛牙草，俗称紫念头）也刚长出嫩枝新芽。大人会叫家中儿女去采摘，这也成了陆总童年时光的美好记忆，三三两两结伴而行，可与大自然亲近一番，真有为孔夫子所肯定的"莫春者，春服既成，冠者五六人，童子六七人，浴乎沂，风乎舞雩，咏而归"的况味。采回后，连篮带嫩芽在河水中漂洗干净，回家旺火焯熟，或用滚水烫一下也行，沥干后切碎待用。

麦芽塌饼可以冷食，甜润清凉，咀嚼时可清晰地体验到齿缝舌尖的鼠曲草纤维，香气清雅。粗纤维也有助于肠胃蠕动，促进消化。

陆总还说：鼠曲草性平味甘，本草集记载其有祛痰止咳之效，堪称"保健食品"。早年间因麦芽塌饼的制作受到季节限制，在仲春时节的个把月里可以供应，入夏之后，鼠曲草茎叶变老，难以入料。现在随着时代进步，仁昌顺通过物流冷链及先进的保鲜储存技术，妥妥地解决了这一问题。

如此说来，麦芽塌饼一年四季都能吃到了？

麦芽塌饼本是长江三角洲农家的土仪，但各地制法各异，规格不能统一，市场化程度很低，流通性稍差。现在仁昌顺不嫌简陋地将此做成精美的茶食，就为这一古早味的传承定下了规矩，也一跃而起登堂入室了。

现在许多小青年喜欢吃西饼、蛋糕，一只网红蛋糕卖到两千多元，还情愿为它排队。中老年人还是对传统糕团怀有深厚的感情，这里面有儿时的回想，有苦涩而甘美的乡愁，有农耕文明积淀的时序风俗，有对诗和远方的眺望。

"古老而鲜活的味道，有穿透时空的力量，它携带个人情感和群体记忆，潜行于每一个平凡的日子。"这是《风味人间》第三集里拍到仁昌顺一节时的深情旁白。我想要是再加一个本人大口咀嚼麦芽塌饼的不雅镜头，有可能再提高0.01个收视率。

# 稻花深处的独木舟

"五一"小长假,国斌夫妇邀请我和太太、孙女一起去苏州的"乡下头"放松两天。这个"乡下头",就是太湖边上震泽的新农村。

我们先到震泽古镇打卡。苏州吴江区有两个带"泽"字的古镇,一个是丝绸之都盛泽,另一个是震泽。近年来我去过震泽多次,印象颇佳。古镇还保留了一条不足两里长的老街和一座高高的石拱桥——禹迹桥,仿佛大禹治水时真的在此歇过脚;頔塘河北岸还有一处始建于清嘉庆年间、同治年复建的师俭堂,全国文保单位,里面有一个"江南最小的园林"锄径园,恍然"半亩方塘一鉴开",有廊、有阁、有亭、有池,花木葳蕤,清芬可挹,曲径通幽,耐人勾连。

我们先在宝塔街的石板路上走走。作为旅游景观,这条街保留了原有的生态,原住民大都没搬走,前店后住家的格局,与黎里、西塘等相似。河埠头浣衣洗菜的妇人、竹架上晾晒的衣服、挂在屋檐下的腊肉、门前喝茶下棋的老人,不惊不乍的生活过得悠闲，也不管游客走马看花，驻足撸猫。走进一家古玩店，淘到一把紫砂壶和一个朱漆描金葵口木盘。

师俭堂当然也要让孙女去见识一下，想象一下古人的生活状态，出来再去老街西端砥定桥堍的仁昌顺糕团店买几只刚刚出锅的酒酿饼，黄昏降临前在临河的老严卤菜馆坐定，叫了一壶碧螺新茶，酒酿饼掰开来，豆沙馅里嵌有水晶般透明的猪油丁，好吃极了。

接下来每人吃了一碗卤鸭、爆鱼双浇面，十分乐胃。店经理还送了一碟老菜油炒过的鳗鲡菜给我们，好吃得叫人眼睛发亮。打着饱嗝出门，游客大抵散尽，开吃食店的主人家也烧晚饭了，锅铲叩击声铿锵果断。老街归复宁静，黛色的河面倒映着廊檐下的灯笼，点点殷红，煞是动人，比之白天的喧嚣，镇上原住民的日常生活让我油然而生游子般的归属感。

第二天在宾馆吃了早饭，我们就去下一个目标。

震泽境内有个长漾湖，国斌说那里的白鱼比太湖所出还要鲜嫩肥美，生态养殖甲鱼全江苏第一，江苏有一道名菜黄焖裙边，如果用这里的甲鱼大约出品会更好。长漾湖以南大片农田中还镶嵌着一个小湖泊——周生荡，传说三国时代东吴那个帅哥大都督周瑜曾在此操练水军，预备跟曹操的大军决一死战。长漾湖南岸有一条"稻米香径"，将长漾湖与周生荡中间好几个自然村串起来，包括近来人气很旺的谢家路村。

谢家路村在众安桥村行政村管辖范围，与好几个历史人物有关，"英姿勃发"的公瑾之外，还有写下"桃花流水鳜鱼肥"的张志和、佐助朱元璋荡平天下的大将军常遇春。近年来，震泽镇政府着力将谢家路打造成特色田园乡村，使之成为"丝绸小镇"全域旅游的重要组成部分，也是观光农业的示范区。

我们先去湿地公园内的蚕桑园采桑椹，孙女跃跃欲试，当然开心。可惜今年桑椹长势欠佳，又加上每天好几百游客的轮番扫荡，留在枝头的都七零八落，不堪食用。但孩子也涨了知识，得知桑树分叶桑、果桑和材桑，叶桑供养蚕所用，果桑就是长桑椹的，材桑长大了可用作建房做家具。二十世纪七十年代有一首颇具湖南民歌风格的男高音独唱歌曲，表现茶农用桑木扁担挑着茶叶进京的欢快心情。二十多年前我在吴中路老家具商店买过一具桑木做的小凳子，一物三用：当扁担挑包袱，当凳子歇脚，当武器打狗。

接下来又去太湖雪桑蚕文化园转了一圈，许多孩子聚精会神地观察正在"上山"的蚕宝宝，小孙女瞪圆了大眼睛看得入神，久久不肯离开。小生命轮回不足两个月，但春蚕到死丝方尽的执着，对花蕾少儿人生观的形成定会产生积极启发。临别，太太买了三四条丝巾，我买了两只雪白的蚕茧让小孙女带回去，但愿破茧而出的蝴蝶能让她真切感知自然界生命轮回的奇妙。

据说太湖雪文化园是一群青年人搞的项目，形式多样，富有创意，与以前类似的农业展览馆不同，在受众体验与衍生产品的开发上很是用心。

午饭是在江村饭店吃的。江村并非真实存在的村落，而是著名社会学家费孝通在《江村调查》里假托的对象，它对应的是庙港的开弦弓村。今天，江村成了一个全民共享的品牌。江村饭店是农家菜的升级版，碧澄芳香的桑芽茶先饮一杯，红烧桑园鸡本香浓郁，皮下脂肪肥而不腻，肌理清晰富有弹性，情不自禁多吃了几块。太湖盐水虾、清蒸鳜鱼、红烧鳝段、红烧老鹅等都是太湖本色，无需多加调味，原汁原味，鲜香腴美。让我一见倾心的便是臭豆腐蒸猪脑，臭鲜至味，不可抵挡。苏州臭豆腐比上海所产小一号，但又嫩又糯，臭中含香，我大大地过了一把瘾。

吴中农村有立夏吃野火饭的旧俗。这一天在田头忙完农活的孩子，可以在田埂边挖出一个小坑，再捡几块碎砖围成一个土灶，向村里的农民讨点糯米，讨点咸肉，再从田里摘几把蚕豆或豌豆。"立夏日，偷豆吃，一偷偷了十八节。"乡风纯朴，老人慈爱，小孩子在这天偷豆是"免于处分"的，上门讨米讨咸肉也不会遭到拒绝。材料备齐，架锅烧火，然后美美地吃到大肚圆圆。这样的经历比之欧美国家孩子万圣节上门讨糖的习俗，更有一番活泼泼的野趣。

饭店老板得知我们为寻访乡间美食而来，特地烧了一锅野火饭。

接下来驱车几分钟到了谢家路村，那里有个"苏小花"，是抖音上疯传的旅游打卡地。

这是一间田野咖啡西餐厅，用一幢空关多年的旧厂房改建而成。投资方是震泽的一家酒店，经理据说是一位九零后女孩，所以在装潢细节上处处体现出年轻一代的审美。大坡顶厂房的建筑风格简约粗犷，颇有些北美风情，层脊上竖着的铁艺花体字招牌很远就能看见，庭院周边砌了矮矮的青砖围墙，间隔着一段段木栅栏和木板墙，也都漆成了果绿色，红花绿叶锦簇，瀑布般流泻。餐厅旁另辟一片大草坪，白色帐篷如云般朵朵，好几张露天餐桌摆满了啤酒和美食，烧烤架青烟袅袅，烤串香气四溢，无人机嗡嗡作响，在头顶盘旋。

登上十五米高的观景塔，周边的田野河流一览无遗，身穿汉服唐装的帅哥靓妹拗足造型拍照。如果借助望远镜，视野可以直抵长漾湖对岸。路边和停车场上的私家车少说也有一百辆，商家还出租电瓶车供游客沿着乡间小路绕圈，路边的风车哗哗作响。小孩子置身其间，奔奔跳跳，打打闹闹，乐不思蜀啦。

晚到一步，户外已没有我们的插足之地，小孙女噘起小嘴有些遗憾。转入屋内，基本上座无虚席，等了一会才找到一张靠窗的桌子。内饰体现了很潮的酒吧风格，音响设备放在橡木桶上，爵士乐、怀旧金典激情放送，如潮涌潮退。我们要了几杯拿铁，比星巴克还贵，披萨也有好几个风味。可惜餐具品质较差，属于街头黄鱼车上叫卖的货色。

村里的环境相当干净，农舍的山墙上画了满满的壁画，垃圾房的整洁程度远远超过我家小区，洗手池与上海人家卫生间的配套也有得一比啦。几个村民笃定泰山地在家门口摆开八仙桌，卖起自家做的冰冻绿豆汤、定胜糕和冰淇淋……

由"苏小花"同一投资人打造的还有一家名叫"初恋"的粤菜馆，还有一处由农舍改建的日系风格餐厅名叫"五亩地"，据说战斧牛排的味道不输上海外滩美食圈的餐厅。还有一个新建的民宿叫"柴米多"，茶餐厅也向一般游客开放，北欧简约风格，巨幅落地玻璃窗正对着一片稻田，敞开式走廊下横陈一条老旧的独木舟，目测有十五米长，诠释着沧海桑田的涵义。

河堤下窜出一丛丛梵高笔下的鸢尾花，黄的紫的，喜气洋洋，艳丽明快。

眼前的一切，与炊烟袅袅、牛羊归来那种牧歌式的农村景象完全不同，咖啡、牛排、披萨、烧烤、爵士乐、游览车、无人机、鸢尾花等，含有异质文明的元素，以陌生者的身份强势进入，与村里农民的日常生活并无关联，农民是无可选择的。但是今天村里的农民已无需背负苍天脸朝地辛苦劳作了，土地经过流转，传统农业向现代服务业的转型，将产生更大的经济效益，生产关系也发生了根本变化。

观光农业将在何种程度上改变江南农村的生态以及经济、文化，很值得想象。

"到了秋天我们再来划船好吗？"小孙女回望"苏小花"，恋恋不舍的表情十分可爱。

# 葑门横街梨花雨

每次去苏州寻味,总是与葑门横街失之交臂,实在是日程安排得太紧,这次一定要去看看,否则对不起这座有两千五百年历史的春秋古都。同时还有一个原因,上海这几年对小菜场的改造十分给力,宣传报道上也亮点多多,市中心的露天菜场基本被消灭,取而代之的是面貌一新的室内菜场,有些改造得还算不错,比如乌中市集——室内小菜场都叫市集了。前几天我与太太特地去乌中市集看了看,门窗被漆成相当洋气的豆绿色,风格上居然有点像欧洲的老火车站,底楼营业面积不算大,蔬菜瓜果排列得相当整齐,也没有异味,北端还开了一间花店,品种不少。上得二楼,可以坐下来喝杯咖啡,蛋糕、面包、冰淇淋、熟菜样样有。不足也是明显的,蔬菜价格有点小贵,品种与数量比较少,有点办家家的味道。

像上海这样的"国际化大都市",小菜场是不是都要进店?是不是都要叫"市集"?我相信大多数市民都有话要说。我倒希望保留一些露天菜场,就像保留一些茶馆、小吃摊、剃头店、修鞋摊、茶叶蛋摊、爆米花摊、修自行车的小店、花店、书报亭，甚至方言等等与老百姓生活密切关联着的东西，这是城市的肌理，也是人间烟火的所在。

现代化并不意味着一刀切的"新"，旧的东西也可以表达另一种现代性。许多欧洲国家都将老旧败破的城堡视作历史文化遗产，但它们与现代城市并不违和。在十五世纪的城堡里唱摇滚、演话剧、举办音乐会，你说是旧还是新？

欧洲的大城市都有露天菜场，它们的模式是十八世纪的，但是物流渠道和支付方式是新的，店主与顾客的服饰与表情是新的，露天菜场是一枚别在现代都市袍子上的胸针。

吃了早饭，我们就来到葑门横街。前一天晚上下了一场轻柔的梨花雨，路面还是湿的，但没有菜皮、鱼鳞、鸡毛等王安忆在《长恨歌》里所描写的种种污秽物。小街两边的店铺并不大，有些还是前店后工场的格局，黄底红边黑字的百脚旗挂在屋檐下，有的还挑到街面上，临街的窗口还白云出岫似地飘出一团团蒸汽，师傅们在案板前、灶台上忙个不停。买菜的居民挤来挤去，或吃着刚刚出锅的油墩子，脸上写着兴奋与知足。两幢楼的中间是狭而深的夹弄，里面大有乾坤，一树雪白，一树粉红。

杜三珍、赵天禄、老陆稿、杨裕兴等老字号在此开了分店，泡泡馄饨、青团子、肉末粉丝包、烧麦、红糖馒头、牛肉锅贴、鸳鸯大饼、萝卜丝大饼、粢饭糕、蟹壳黄、麻油馓子、咸甜汤团等风味小吃应有尽有。附近居民在街上走几步，早餐就解决了。

鱼肉菜蔬相当丰富，大块猪肉用铁钩挂起来，肋条、夹心、大排……我特意看了一会，没有血水淋漓的狼狈相。蚕豆与竹笋已经上市，在上海姗姗来迟的毛笋，这里已经像炮弹一般摆得整整齐齐、满满当当。香椿芽也比上海便宜，扎束叠起，紫红色的嫩芽上啜着晶莹的露珠。塘鳢鱼与昂刺鱼也是俏货，在水盆内不停地拍打尾巴，溅出水花，塘鳢鱼卖到120元一斤，一斤有六七尾的样子。蚬子剥出白肉养在水里，称半斤回去，与阔板韭菜一炒，味道不要太好噢。

无论荤素，都比上海的新鲜，价格也便宜。

摊春卷皮子的摊店也有三两家，无论爷叔还是阿姨，手势十分熟练，摊出来的皮子有苏州腔调，干净利索，无洞无损，边缘不焦，雪白粉嫩，一斤面粉可以摊出60张。供应春卷皮子，还兼售袋装豆沙，苏州人喜欢吃甜的，店家早就想到了。你要吃咸的，也可买现成的，10只荠菜肉丝春卷装一盒，卖你10元。现包的汤团比核桃大，有黑洋酥、豆沙、鲜肉三种，在塑料盒子里排成四行八只，滚粉待沽。

青团子是当令小吃，有一家从昆山正仪来的沈记青团子店，门前排起的队伍足足有三十米长，旁边另一家也在卖青团子，生意不能比。有道说：群众的眼睛是雪亮的。

有一家卖麻球的小店在玻璃窗口上方贴了一张红纸，端端正正地写着：65岁以上老人、退伍军人、环卫工人，买十送一。

葑门横街东起敌楼口与石炮头相连，与葑门塘并行，两年前经过"修旧如旧"的整修，绝大部分建筑仍保留明末清初枕河人家的格局，前街后河，进出方便。在这里做生意的有当地人，也有从苏北、山东、重庆、湖北、安徽、陕西等地来的外地人，他们带来了各地的方言和风味，涓涓细流般地融入了千年古城，为苏州的经济、文化发展作出了微弱而不应被忽视的贡献。

横街中段有一个室内菜场,入口处有一副对联:人掩廛声缓缓流风接城外藕花洲,一生心道苏州好何事摇船出葑门。说不上好工稳文采,却比生硬的标语温情许多。

遗憾也是有的,老虎灶、老茶馆没有了,老屋里开出了美容店和按摩室,老苏州想歇歇脚、"讲张讲张"的地方没有了。

江南烟雨姑苏春,保留一条长度才600米的街市,并没损害古城风貌,却因为弥漫着人间烟火气,而成为中外游客的打卡地,在城市形象上是加分的。

一间屋子要有一点缝隙,一座城市也要有一点缝隙,不然人就会有窒息感。有了适当的缝隙,就有了弹性,有了活力。

# 镇湖有二绝,苏绣与猪脚

太湖东岸有三个小镇,对上海人而言并不陌生,一个是以羊肉驰名的藏书,上海的羊肉馆大都以"藏书"二字为招徕;一个是光福,光福的香雪海是国内四大赏梅胜地之一,光福司徒庙里有四株经历两千年风霜雨雪的古柏,相传为邓禹手植,造型奇特,当年乾隆皇帝见了也啧啧称奇,遂赐"清""奇""古""怪"四字。还有一个镇湖,是国家级的"刺绣艺术之乡",集聚八千绣娘,2006年镇湖刺绣被列入第一批国家非遗保护名录。实事求是说,中国四大名绣,无论艺术价值还是时代审美,苏绣当执牛耳。

二十世纪八十年代,还是小鲜肉一枚的国斌兄,正跟着蒋凤仪先生学书法,写着写着,居然被玉佛寺的大和尚看中,让他将作品挂在流通处展示,外国游客看了眼睛一亮,你一张我一张,绿票子哗哗进账。小刘同学的第一桶金是不是这样来的我不知道,反正外快赚了不少。后来他到远洋宾馆精品店工作,发现外宾对苏绣很有感觉,就向领导建议多多采购,双面绣尤其是重点。"一面猫、一面狗的那种图案特别抢手。"国斌兄对我说。镇湖的绣娘还经常会绣英国女王和戴安娜王妃,这种图案最能击中欧洲游客的"软肋"。

很长一段时间里,去镇湖出差成了小刘的任务。"我去镇湖采购双面绣,镇湖刺绣厂的厂长陆炳荣将我当作财神爷,相当热情,在我满载而归前,必定亲自把我送到长途汽车站,车站周围一片农田,前后左右只有一家饭店,竖一块木牌,用油漆写着'郁香饭店'四个字。这顿饭也很简单:一份红烧猪脚爪,一碗油渣豆腐汤,有时再添一盆炒青菜。味道好极了,两大碗白米饭呼隆隆倒进肚里。"

有时领导也会派别人去采购,但买回来的苏绣似乎神采欠足。什么原因?群众向领导反映:小刘卖相好,嘴巴甜,他一到镇湖,苏州嗲妹妹就从绣架底下拿出最好的绣品让他挑。原来如此!于是领导就将采购任务派给他一个人。国斌兄忆及往事哈哈大笑:"领导哪里知道,最让我惦记的其实是猪脚爪。"

三十年苍狗白云,小鲜肉修成了"老刘忙",足迹遍布大江南北,无数山珍海错从他的咽喉要道穿过,但在他的美食地图中,总有一只浓油赤酱的猪脚爪在闪闪发光。

正当梨花开满了山岗,努力推动长三角美食融合的国斌兄又带我去苏州寻味,在镇湖参观了姚建萍、邹英姿等几位苏绣大师的工作室后,便来到郁香饭店大膏馋吻。

盘踞十字路口的郁香饭店有四开间店面,或许是镇湖最大的餐饮企业了。铺满整堵墙的广告上老实不客气地宣称:"舌尖上的猪爪已传承三代,非物质文化遗产,已卖出568000份。"

我对这个统计数字表示怀疑，不料身后传来一个声音："这是两年前的统计，到今天为止应该是 668000 份。"我们回头一看，正是饭店老板郁东方，人称"东老板"，寸头，肤色稍黑，实墩墩的一条汉子，仿佛苏州人中的"异类"。

这天我们品尝了盐抹鸡、猪头糕、螺蛳双拼、清蒸白鱼、黄焖甲鱼、白灼大肠，还有与天下第一鲜画风相似的镇湖一锅鲜，重中之重当然是红烧猪脚。

油光红亮，不破不烂，卤汁紧包，香气扑鼻，我挑了一块爪尖塞进嘴里，筋皮相联，却不牵扯，软糯适中，咬嚼轻松，无腥无膻，肥腴度与反弹力都"江江好"，粘在嘴角的肉汁，诱使我用舌尖去舔，甜咪咪，咸滋滋，好像格外鲜美。

一盆猪脚中还嵌了几粒圆滚滚的黄豆，黄豆隔夜泡软，等猪脚煮到收汁前加一大勺进去，吸饱肉卤，酥而不烂，不仅是点缀，更是一种滋味的调节与过渡。

一只好猪脚应有的美德，在郁香饭店体现得淋漓尽致。

邻座是吴越美食推进会秘书长屠阳先生，他说："郁香的猪脚可以热吃，也可冷食，不热不冷味道最好。晚上看电视直播足球赛，一盆猪脚，两瓶啤酒，这是男人最幸福的时光。"

聊起郁香红烧猪脚的起源，就要让时光倒流至二十世纪八十年代初，那时候东老板还没来到这个世界呢。据吴越美食推进会创始会长蒋洪兄说，东老板的外公是一位远近闻名的乡厨，节假日带三五个精壮汉子，挑起吃饭家什为乡亲操办红白喜事。他们在空地上搭起"木橼堂"（临时大棚），流水席一开起码三天，所以在光福、镇湖一带很有人缘。郁东方的爷爷在镇湖抽纱厂光福分厂挑大梁，也精于烹饪之道，单位领导招待客人，常请他露一手。他用太湖食材烹制而成的农家宴让大家吃得非常满意，红烧猪脚尤其出色，也为企业吸引了不少订单。郁东方的父亲成家后创业开饭店，爷爷教他烧猪脚，外公也来帮忙。

每天凌晨天蒙蒙亮，爷爷或外公去菜市场各个肉摊收罗、挑选太湖小香猪的猪脚，刮净猪毛，劈成两爿，漂洗焯水，起锅坐灶，烧开后撇去浮沫，投入茴香、桂皮、草果等近十种香料，用酿造酱油、乳腐卤、葱结姜块等入味上色。小火转大火，大火转小火，四个小时的历练，全凭经验把握。直到临门一脚时才能添加自炼糖油增亮提味，大火收汁，水汽升腾，香雾缭绕。

一锅120斤的猪脚终于出落成吴中佳味，江南风情。

猪脚味道好，又承载了乡情乡谊，便成了与刺绣并美的镇湖的名物。自从郁东方记事识物起，就从厨房飘出的香气中预判老爸还有多少时间可以陪自己玩了。长大成人后，跟着父亲学厨艺，加上爷爷的悉心调教，郁东方很快掌握了一整套烧猪脚的祖传本领。再后来，拜苏帮菜宗师董嘉荣先生的二徒弟、得月楼中国烹饪大师陈军先生为师，成了苏帮菜制作技艺第五代传人。2004年他正式接过郁家祖父的衣钵，统领全局。2019年，郁家饭店的猪脚制作工艺被列入苏州高新区非遗名录。

郁家祖孙三代的味道，就这样一丝不苟地传了四十年，还将继续传承下去！

郁家饭店烧一大锅猪脚，卖光算数，双休日再加烧一锅。有些外地客人吃了不过瘾，还要打包回去，隔天蒸热后吃，风味无减。为了吸引青年消费群体，东老板还准备研发椒麻、黑椒、烟熏、香辣等几个味型，让猪脚有更大的表现空间。

酒足饭饱，我们一行与东老板拱手告别。走出店门，有一体态发福的苏州阿姨杏眼圆瞪看了国斌兄两眼，脱口而出："这不是小刘吗，好久不见了呀！"不用说，肯定是当年国斌兄在镇湖采购刺绣时认识的绣娘。两人在路边交谈几句，众人让过三步。

上车后，国斌兄拍拍方向盘，发出一声轻轻叹息。我大致能猜出其中的意味：岁月无情，红颜易老，唯有猪脚爪的味道回味无穷。

# 黎里：回望秋树，还有鳗鲡菜

《繁花》洛阳纸贵后，金宇澄又拿出了《回望》。《回望》不是小说，而是一部长篇散文集，写自己家族史。故事从黎里开始讲起，二十世纪三十年代的江南小镇，烟雨蒙蒙，繁花似锦，能不忆江南！

金宇澄将此书送给我的当晚，我就在被窝里读了起来，一直到次日凌晨三点，抛书睡下。春寒料峭时分，屋子里有点冷，但寒彻入骨的是金宇澄笔下的黎里。

"金家老宅与黎里镇不少的老建筑，同样是在静谧时光里逐渐衰老……我祖母嫁来后，虽也如我太祖母那样尽力维护修葺，然而这些老屋仍然散发着朽坏之气，家中事无巨细都由我祖母操持，一直有佣人、厨子，春秋两季请裁缝，表面架子大，实际已陆续变卖田产……直到最后讫尽，终不愿卖掉房子。溯自我父亲读初中阶段，家中用度已很严峻，每至新学期开学，祖父即到苏州姑丈家接济，祖母不时变卖细软……"

我跟金宇澄是三十多年的老朋友,经常一起喝茶吃饭,吃饭的次数还要多一些。酒过三巡,金宇澄开始天南海北,食色人性,时空挪移,绘声绘色。女孩子仰望"上海爷叔",咯咯地笑个不停。但他几乎从不提起黎里,我此前一直以为他家从苏州来——直到《繁花》出版。

《繁花》是小说,虚构文体,他没有必要告诉大家"我从哪里来",但采访他的记者刨根问底,把他的故乡"挖"出来了。"原来他曾经阔过",有这么一层意思,他暴得大名似乎也顺了天意。其实,提及青年时代远离家门,他更愿意讲黑龙江农场,养马、骟马、刈草、斗殴、修渠……他从劳改犯那里才真正了解大上海是怎么回事。

从这个意义上说,《回望》是他对读者的一次总体性回答。这样也好,比一次次对陌生人细说从头省事多了。

在父亲九十岁那年,金家三代人,分坐三辆车,沿着沪青平公路、朱家角、金泽、芦墟,回乡访旧。他们在金家老宅驻足很久,抚陈迹而叹息,眼泪在眼眶里打转。这是金宇澄在《回望》里的开头。他擅长渲染气氛,画面感相当强,以一种黑白电影的调性,引导读者随着他的镜头推进,阴阳交替,渐入佳境。

"镇耶稣堂以西,下岸临河,有金家四进老宅,基本为清代建制……如今只余一间算金家(我三姑母)所有……幽深的弄堂还在,见到钉有一块门牌'中金家弄'。"

金宇澄的父亲金大鹏是中共情报人员，在教会学校受新式教育，参加革命很早，一身度尽劫波，极富传奇性。他从黎里来到上海，担任过《时事新报》记者，后打入敌人内部获取并传递情报，被侵华日军逮捕关进大狱，吃足苦头，后被日军军事法庭判决七年，经受了生死考验。后来又经历了无数次审查和内调，心力交瘁……但是父亲的日记和申诉材料为儿子留下了翔实而丰富的写作素材。

2020年11月中旬，一个阴冷的周末，我与五六个朋友从上海分开两辆车，先后抵达黎里古镇。小镇的必经路口见到了一幢楼阁式建筑，许多游客挤在玻璃橱窗前争购熟菜，套肠、卤猪头、酱鸭、豆腐干、白切牛肉等摆得满满当当，最有名的是红艳艳的辣脚，几乎人手一袋。奋力挤出人群的游客脸上笑嘻嘻的，仿佛捡来一袋战利品。这家熟食店在上海的名气也极响：王记辣脚。

五六年前我与太太造访黎里，古镇正在进行开发性保护、整修，到处尘土飞扬，车子经过时就像醉汉跳舞。搞旅游，西塘、锦溪、千灯、光福都动起来了，黎里要体现后发优势。午后时分，树影已斜，在市河边的一家小店看到有几截套肠摆在搪瓷盘子里，正要掏钱——那会支付宝还不流行，被另一个客人抢了先手，"一枪头"扫尽，气得我只能干瞪眼。再去找第二家，不是关门就是售罄。黎里的套肠与吴江的红烧套肠圈不同，它是白烧的，大肠内套了几根小肠，直别别的一截不成圆圈，横截面的呈现画风很像海底光缆。

黎里古镇与许多江南小镇一样，靠一条小河贯穿，聚集人气，两边搭了风雨廊棚，供人遮阳避雨，歇脚闲聊。河上有一座座石桥，或如石梁，或如彩虹，桥皆有名，或青龙，或望恩，颇见古雅，桥孔两边有对联刻于石条上，字迹漫漶，不易辨认，但古风盎然。廊棚绵延三里，保存及修复状况比西塘、南浔要好。

金宇澄在《回望》里写道："当年来往的行船，一如上海马路大小汽车那样络绎不绝。船头漆了红绿一对大眼睛的是绍兴快班，方头方脑是夜航船，镇上地主与店家到四乡收账、包括有钱人的雇船，精光锃亮，统称账船。"

现在，河岸系着两艘新漆的小船，但绍兴快船是看不到了，收账人也不知去了哪里。远远看到一个人款款走下河埠头，蹲下浣衣，在河面上击出一圈圈涟漪，摸出手机想拍照，哇，居然是一个男人！

我们在协顺兴下榻，廊棚下挂了一块朱红色的古雅牌匾，进门却是满满的时尚气息，前庭的横梁上垂下无数只玻璃鸟，黄白夹缠，闪闪发亮，透出叽叽喳喳的活泼，下面有一盆水淋淋的绿植兜住。再往里走，是一条玻璃长廊，天光融融，一架紫藤倾盆而下。这是不恰当的比喻，但再也找不到更恰当的比喻了——可惜是仿真材料做的。

这是用老房子改建的精品酒店，由吴江宾馆投资并管理，每间客房都不一样，我住的这间，窗外是一个极小的天井，靠墙有一丛修竹，正对面霉斑点点的墙上嵌着邻家两扇小窗，亮起橘黄色的灯，却不见人影。同行朋友窃喜，他住的客房有楼梯和阁楼，即便塞进一家四口，也可以翻翻跟斗。

我们去吃饭，国斌兄预选订了唐桥菜馆，走几步就到。从屋檐下挑出的杏黄酒旗正对着一顶石桥，大概就叫唐桥吧。老板和老板娘坐在河边喝茶聊天，生意不好不坏，镇上每天接待的游客中要数上海人最多。但是上海的大叔大妈一贯精打细算，还特别顾家，午饭买几只油墩、再叫一碗馄饨就对付一顿。吃馆子的铜钿，用来买辣脚、套肠、猪头肉回去，一家人吃得嘴巴油光光。所以饭点一到，生意好的不是饭店，而是小吃铺子。

老板姓潘，清新俊朗帅哥一枚，豆沙色短茄克打扮，不重不轻的闲话里有尖团音，但是他又不是苏州人。他开出的菜单不错，有套肠、辣脚、拌芦根、清炒河虾仁、炒湖菱、面筋塞肉、红烧鳊鱼、草母鸡炖清汤、笋干煨五花肉一大方，浓油赤酱风格。肉是老板从农民那里买来的，四角方方，小火煨成，猪皮韧结结的，几乎要把嘴唇粘住，肥肉不腻，瘦肉不柴，有猪肉的本香。垫底的一把笋干也吸足了肉卤，无筋无渣，味道很好。讲真，在本人波澜壮阔的食肉史上，这方焖肉可以排在前三名。

不过吃老酒，最好鳗鲡菜。鳗鲡菜，就是腌菜苋，但与周庄、同里的咸菜不一样，黎里的鳗鲡菜，包括曾经在汾湖吃过的，我认为味道胜出多多。鳗鲡菜取当地的细梗菜苋，在毒日头下晒过，腌后入坛压实听凭发酵。经过一个冬季的沉睡，色呈暗绿而接近乌黑，取出看，根根细如笔杆，三四寸长，生吃也宜，脆爽咸鲜。但讲究一点的人家总要再加工，快刀切段煸炒，或整根盘在大碗里，浇上榨菜油，下重糖，旺火蒸透，上桌后形同鳗鲡，遂得此名，夸张之中不乏幽默。在汾湖，鳗鲡菜也是茶席常备之物。

撷一根在齿间细嚼，咸上口甜收口，叫服务员端一碗粥来。潘老板快步登楼打招呼：小店不供粥，要么来一碗茶淘饭？

　　酒足饭饱，出门与潘老板告别。潘老板得知我们从上海来，就说："金老师的老家就在中金家弄，往前走几步就是。他来我们饭店吃过几次。"我们在门口合了影，我手指一滑将照片传给金宇澄，金宇澄马上回信说："唐桥饭店的小潘，人很客气的呀。"

　　吃了饭，我们就过了河去参观柳亚子纪念馆，汝悦来馆长为我们讲解。

　　二十多年前我第一次参观柳亚子故居的印象已经淡漠了，但依稀记得一进门就是一个天井，一张四方小桌子上搁着一块苏州造的清代金砖，谁都可以用毛笔蘸点水写字，我无知者无畏，居然当众一试身手，贻笑大方。还有一个印象是，柳亚子先生的磨剑室很小很暗，庭园里有一棵芭蕉，虽然高墙深院，阳光一掠而过，长得倒也葱翠。而这次见到的纪念馆，与我记忆中相比阔大多了。纪念馆在2006年被列为全国重点文物保护单位。

　　据汝馆长介绍，这座清代乾隆年间的建筑原为清乾隆直隶总督、工部尚书周元理私邸，落成后皇帝赐名为"赐福堂"，前后足有六进，备弄也有百米长，有101个房间藏在里面。现存三座砖刻门楼，高阔大气，雕刻精美，第三进的赐福堂砖雕门楼主题为"竹林七贤"，雕刻最精，二十世纪五十年代被移至江苏博物馆收藏，现在要不回来了。故居共有五进，柳亚子母亲在1899年由老家汾湖大胜村迁入此地，租下第四、五进，均为七楼七底，当时柳亚子12岁，拖一根小辫子。

醉花荫・江南情思

柳亚子在这里一直生活到41岁,喝了29年的禊湖水。正厅坐着一尊柳亚子先生的胸像,上面的匾额刻的是毛泽东的手迹:人中麟凤。两侧墙面镌刻着毛泽东诗词《沁园春·雪》和柳亚子唱和词手迹,楹联刻的是周恩来赠柳亚子的题词"铁肩担道义,辣手著文章"。

第三进是赐福堂,是南社诸友的雅集之所。陈列着南社诸友的活动照片、《南社》等出版物及实物上千件。后来我们又转到河对面的南社通讯处旧址,穿过一个袖珍园林,最里面有一间没有窗户的房子,据说是柳亚子的读书处,挂了一块匾额也叫磨剑室。天井铺的是石板,大大小小拼成冰裂纹,汝馆长说这是清代乾隆年间的风格。

接下来又参观了全真道观、禊湖道院、大陵桥、庙桥弄、周公傅祠堂、鸿寿堂、清雅草堂等,在桥上回望,一座水塔作为工业遗址留了下来,上面的大红油漆标语还依稀可见呢。

中金家弄也看到了,廊棚下一条极普通的窄弄。与上海的弄堂迥异,黎里的弄,相当于建筑内部的甬道,宽才三五尺,幽深冷寂,光素无华,墙壁上凿有灯龛,置灯照明。弄口左侧有一店铺,排门板上钉了一块A3纸大小的画板,蓝底白花:"繁花书房",看起来尚在"准备中"。

要不是暮色沉沉,华灯初上,水面上漂起斑斓的倒影,我们还真想走走看看呢。

对了,还有一处"击退土匪胡伯龙的战斗旧址",铜牌镶在一幢很平常的旧房门框一侧,告诉后来人:"1949年4月,土匪胡伯龙企图接收黎里,中共黎里支部紧急部署,在夏家桥区署、镇西炮楼、南港油车等地击溃胡匪的进攻。"

晚饭在河边一座酒家吃，也叫协顺兴，一幢青砖为主体，红砖勒线装饰，门廊有三座拱形大门的民国风格建筑，是精品酒店的附设。在吴越美食推进会创始会长蒋洪兄的指导下，协顺兴从吴江宾馆引进名厨，欲以莼鲈宴立身扬名，于是我们吃到了猪头冻糕、酱香鲈鱼、蒜香河鳗、鸡汤面筋、稻香扎肉、一品蒸菜、银杏大玉（香煎银鱼饼）等。鳗鲡菜油光精亮，不过被叫作"许庄腌菜"。蒋会长向我解释，季节不对，所以没有我期待中的"东南佳味，金齑玉脍"。

饭后，下起了牛毛细雨，我们又来到柳亚子纪念馆，上海师大美术学院邵琦教授、上海文史馆徐建恒处长、汝悦来馆长、书法家兼收藏家刘国斌、"旧闻作家"兼篆刻家杨忠明，还有我这个打酱油的，趁着酒兴谈笑风生，挥毫作画，或苍松凌寒，或暗香浮动，或丑石黄菊，落了款，钤上印，厚着脸皮一并儿送给了纪念馆。

次日一早，国斌兄带我们去河边陆协盛吃油墩和野菜馄饨，野菜馄饨就是荠菜肉馄饨，酱油汤加一勺熟猪油，喷香。油墩是黎里独有的小吃，与上海用铅皮模具制作的萝卜丝油墩子不一样，它是用水磨糯米粉发酵后为坯子，裹肉馅或豆沙馅，在平底锅里炸至两面金黄，发泡至中空，因外表有一道勒线，类似束腰，形同鼓墩而得名。它不是在案板上搓揉成形的，要靠师傅用筷子挑起饧透的面团，用巧劲绞上三圈，形成圆饼状后再下锅油炸。要保证每只规格一致，全靠手势与经验。

黎里的油墩摊店有十几家，只只大如拳，吃一个就饱了。陆协盛的油墩与时俱进，精细化了，瘦身一圈，颇受游客欢迎。一口咬开，外脆里软，肉馅鲜美，还含了一包肉卤。据朋友说，豆沙馅的油墩一般会有猪油丁、松仁、桂花，味道也是极好的，可惜我们没有吃到。

据陆老板说，他祖父开始在这里做油墩，到他接手已超过半个世纪了。陆老板客气，还特意做了一锅雪饺让我们每人带一盒回上海。

挥别黎里。雨后的空气湿润而清爽，我们穿过周赐福弄长长的备弄，到了停车场。回望身后一片保存良好的旧民居，在砖墙的缝隙中似乎还隐约残留着金宇澄的记忆：

> 眼前笔直的市河，曾是父亲少年时期的看台，也是无数"太湖强盗"驾快船前来抢劫的必经之路——我曾在中篇小说《轻寒》中写一黑制服的水警，立于漆有"警"字小舟中大吹铜号的场面，是虚构的一种悲凉。在父亲的记忆里，每逢这特殊时期，等于人坐家中，风云突变，忽然听得一阵阵极惧怖之声——全镇三里长的街面上，自西渐东的店铺响起一片关闭"排门板"声响，如骤雨暴风，如除夕夜大燃鞭炮那么滚滚而来……

所幸，这一切已不复存在！又如金宇澄在书中所写："最后这次故乡之行，船过无痕，应该都消失了。"但是他也看到了，黎里正以全新的面貌讲述新时代的故事，那般温馨，那般祥和，花团锦簇，歌舞升平。

而我，记住的还有金宇澄父亲在笔记里的"黎里风景"：

春——塘里鱼竹笋，麦芽塌饼（采紫苋头），水银鱼，野菜马兰头拌豆腐干丁子，莼菜（叫卖）。

夏——香瓜，芦黍，白糖梅子，家家做黄豆酱，梅酱，串条鱼汤，吃鳗鲡菜、鲜毛腐乳、生笃面筋，西瓜皮吃法妙不可言，菱（叫卖：野菱、戳嘴菱、圆角菱、和尚菱）。

秋——蚕蛹吃法，月饼和百果糕，扁豆糕，豌豆糕，赤豆糕，风干荸荠，白糖拌风菱。

冬——热乌菱，盐金豆，米饽，家家炒米粉，做风鱼、酱肉、酱蹄，做过年团子（葱油萝卜丝馅、南瓜猪油豆沙馅、野菜馅）。

上海西区一景(范筱明 摄)

# 白煨脐门与炒软兜

疫情期间,足不出户,错过了雨前茶、清明团、麦芽饼、脯鸡笋、豌豆尖、头刀韭、二月蚬、桃花鳜、菜花鳖,解封后可不能再错过端午粽、酒酿饼和樱桃、青梅了,还有凤尾鱼、大黄鱼、塘鳢鱼、昂刺鱼、太湖三白、小龙虾。你看,黄鳝正在摇头摆尾呢!

沪埠素有"小暑黄鳝赛人参"一说。逢熟吃熟,本是饭稻羹鱼的江南黎民给自己寻找的饕餮理由,倘若错过最佳赏味期,一对不起造化,二对不起美食,三对不起自己。

黄鳝在中国人的饮食史中很早就现身了,《诗经》中有"匪鳣匪鲔,潜逃于渊"的描述,有人认为鲔就是鲟鱼,但也有人考证为鳝鱼。不过"潜逃于渊"倒跟黄鳝的习性很像,是世代相传的生存法则。与苏东坡一起成为北宋书法界F4的黄庭坚同学在《戏答史应之三首》中也提到了黄鳝:"岁晚亦无鸡可割,庖蛙煎鳝荐松醪。"在"无鸡可割"的情况下,田鸡和黄鳝就成了最佳替代品,味道不比走地鸡差,配松花酒"江江好"。

王安忆在她的长篇小说《一把刀，千个字》里写到一个名叫陈诚的厨师，漂在纽约法拉盛，有点秦琼卖马的味道，暂时还没铺子，专做私人定制，为了做好他拿手的淮扬菜，到处寻找原材料。干丝、熏鱼、糖醋小排、红烧划水等都没问题，苦恼的是"软兜"。"大概只淮扬地方，将鳝鱼叫成'软兜'。扬帮菜没了它，简直不成系。反过来，没有扬帮厨子，它也上不了台面，终其一生在河塘野游。……美国有那么多湿地，望不到边，飞着白鹭，照道理应该也有这种水生鳃科软体动物，可就是没有呢！……新大陆的地场实在太敞亮，鳝却是阴郁的物种，生存于沟渠、石缝、泥洞，它那小细骨子，实质硬得很，针似的，在幽微中穿行。"

后来陈大厨终于在曼哈顿发现了一家本帮馆子，菜单上赫然写着"清炒鳝糊"，邀请朋友一起去品尝，等到清炒鳝糊登席，"没动筷子，他就笑了。别的不说，那一条条一根根，看得见刀口，而鳝丝是要用竹篾划的。也就知道，这食材来自当地养殖，新大陆的水土，所以肉质结实，竹篾也划不动"。

王安忆老师在家烧不烧菜我不清楚，但在这部小说里倒是用了扎足的考证功夫，或许老一辈的厨师也对她讲了许多后厨秘密——后来读到她的一篇创作谈，得知三十年前她访问纽约唐人街时搜集了不少素材。

现在正是黄鳝大量上市的时候，你准备好了吗？

黄鳝经过冬春季节的滋养，进入夏季后呈现出蓬勃生长的态势，肉质也到了最肥最嫩的时刻，所以赶在黄鳝产卵期前品尝是最为适宜的。至于"赛人参"一说，那是因为黄鳝营养丰富，兼有补气养血等功效。

我有一亲戚，二十世纪六十年代中期去苏北农村参加"四清"，正是青黄不接的日子，整天吃农民自家腌的老咸菜，半年一蹲，两腿粗成一对水桶，吃药打针也没用。后来趁回城汇报工作的机会，去老半斋吃了两盆清炒鳝糊，第二天你猜怎么着，腿肿就神奇地消退了。

在我读小学的时候，黄鳝在上海的菜场里绝对属于高档水产，偶尔到货，家庭主妇奔走相告。小菜场师傅将硕大的木桶抬到老虎灶，木桶里满满一桶黄鳝，焦躁不安地蠕动着，滚烫的开水兜头一浇，木盖一压，听得到里面劈劈啪啪甩尾巴的声音，真是惊心动魄。少顷，盖子一掀，一股腥臊的蒸汽升腾而起，木桶复归风平浪静，两个师傅再抬回菜场，交由一班阿姨嘻嘻哈哈划鳝丝。

我妈妈嫌黄鳝腥味重，从不让它进门。直到工作后我才在小饭店里吃了一盆响油鳝糊，才知道梨子的滋味。神往已久的本帮名菜终于来到眼前，鳝糊装盆，中央按出一个凹塘，葱珠一撒，热油一浇，滋滋作响，上桌后服务员再从怀里掏出一个小瓶子，撒上胡椒粉，筷子一拌开吃，烫、滑、鲜、嫩、烂。吃到盆底还留有一点芡汁，再叫一碗米饭拌来吃，打耳光也不肯放。

不过在三四十年前，一般上海人家不敢吃清炒鳝糊，小菜场里称半斤鳝丝，与绿豆芽或茭白丝一起炒来吃，算是吃时鲜货了。吃冷面，鳝丝炒茭白丝也是吃价钿的浇头。

后来随着黄鳝养殖面积迅速扩大，此货在菜场里成了主力军，个体户卖黄鳝致富者甚伙，这种形势让政治上已经翻身但经济上还没翻身的知识分子相当胸闷，故有"手术刀不如黄鳝刀"

的酸溜溜说法。现在手术刀已经大大胜过黄鳝刀，社会进步了。

今天一般上海人吃黄鳝，除了本帮风格的响油鳝糊、竹笋鳝糊、五花肉烧鳝筒、咸肉鳝筒汤、蛋花鳝丝羹，还有苏锡菜、淮扬菜里的梁溪脆鳝、生爆鳝背、炒鳝鱼卷、炝虎尾、炒软兜等。杭州奎元馆的虾爆鳝也是不错的，过桥制式，一半佐酒，一半浇面；数年前在千灯古镇吃到一盆香菜梗炒鳝丝，有郇厨之妙。

有一次苏州美食大咖华永根先生请国斌兄与我在太监弄新聚丰吃饭，席中有一盆清炒鳝糊，倾国倾城，无懈可击。华先生说："苏帮菜厨师对鳝鱼颇多讲究，制作鳝糊的鳝丝，需现划、现烧、现吃，一气呵成。清炒鳝糊使用的调料多达十余种，光是用油就分三种：煸炒鳝丝用猪油，烧沸时加点菜油，收稠出锅时淋些麻油。服务员站在灶台边，厨师热油一浇，她就飞快地端到你面前，葱油还在滋滋冒泡。"

烫黄鳝要用沸水，烫至黄鳝开口即可。烫黄鳝的水腥味极重，上海人是一倒了之的，黄鳝的骨头也作为垃圾处理。但到了苏州厨师手里都成了宝贝，烫黄鳝的水与黄鳝骨一起吊汤，沉淀后清澄通透，味道极鲜，苏州面馆里的爆鳝面，必定要用这锅汤打底。后来我还得知，广东人做鳝鱼煲仔饭，也必须用烫黄鳝的水来煮米饭。

不过最好的黄鳝肴还是在淮扬。清代的徐珂在《清稗类钞》里说："淮安多名庖，治鳝尤有名，……全席之肴，皆以鳝为之，多者可致几十品。"

汪曾祺在《鱼我所欲也》一文中也写道："淮安人能做全鳝席，一桌子菜，全是鳝鱼。除了烤鳝背、炝虎尾等等名堂，主要的做法一是炒,二是烧。鳝鱼烫熟切丝再炒,叫做'软兜';生炒叫炒脆鳝。红烧鳝段叫'火烧马鞍桥',更粗的鳝段'焖张飞'。制鳝鱼都要下大量姜蒜,上桌后撒胡椒,不厌其多。"

所谓的"烤",华永根先生给出的解释是:"炉火不急不温,转文火后慢慢烧至卤汁自然收稠。"

在淮扬地区,鳝鱼也叫长鱼。三十年前去淮安采访,在饮食店看到有"长鱼面"飨客,莫名其妙。其实早在唐朝就有"长鱼"这个雅号了,杜甫在《送率府程录事还乡》一诗中就有:"素丝挈长鱼,碧酒随玉粒。"

姚慕双、周柏春的独脚戏《学英语》让人笑破肚皮,姚老师说外国人不吃黄鳝,英语没有"黄鳝"这个词,他发明的"洋泾浜"叫"捏不牢滑脱",上海人都懂的。

数年前的一个初夏,朋友请我在一家淮扬馆子里吃饭,一道生爆蝴蝶片令我印象深刻,此菜是用活杀鳝片去皮后再上浆生爆成菜的。黄鳝表面附有黏液,姚慕双叫它"捏不牢滑脱"是有道理的,将一层薄如蝉翼的黄鳝皮剥去,手势很重要,没有金刚钻,谁敢揽这个活?对了,以前在西藏中路岳阳楼吃过"子龙脱袍",黄鳝也是剥了皮后再炒的。

还有一道淮鱼干丝,大概是扬州菜中大煮干丝的转身,鳝丝代替火腿丝与鸡丝,汤是用油炸过的鳝骨吊成乳白色,豆香浓郁,鳝味清鲜。

炝虎尾是上了《中国食经》的江苏名肴,我称它是"水淹七军",相当考验厨师手艺。厨师只取鳝鱼尾部一段约四寸长的净肉(俗称虎尾),经开水稍氽捞起,加预先兑好的卤汁调味拌制而成，排列整齐后再兜头浇一勺蒜油，撒胡椒粉后趁热吃，香、嫩、肥、鲜四美并具。我在家试过几回，总觉得差一口气，后来遇到中国烹饪大师徐鹤峰先生，他告诉我一个秘诀：烫鳝尾时，一锅清水里除了必要的姜片葱结，还要加点盐，可防止黄鳝肉裂开；还要加醋，可使黄鳝肉发亮，并能去腥。后来一试，果然柳暗花明。

与炒软兜的规整风格不同，炝虎尾有浓郁的乡土风情，厨师选黄鳝中的"笔杆青"，只取双背肉，掐成半尺长，焯水后捞起沥干水分。用熟猪油煸炒葱姜蒜末出香，投入鳝段翻炒几下，倒入事先调好的卤汁，转中火"烤"一会。待卤汁全部兜上后，淋入猪油推匀，起锅装盆，即成软兜。胡椒粉不厌其多，吃到一半时若再加点用鸡汤烧过的淮阴宽条线粉，就是软兜带粉了。

炒软兜是"火烧赤壁"，重的是火功。去年秋天在上海影城对面的鹿园餐厅吃炒软兜，帅哥唐总当着我们的面打火坐灶翻炒收汁，香气四溢，声动十里，鳝肉软糯而有适当弹性，鳝皮滑溜溜的口感奇妙。软兜炒好，我才相信淮扬菜"前度刘郎今又来"。

王安忆在《一把刀，千个字》里也写到扬州人划鳝丝，"一根竹篾子，削薄了。黄鳝甩上砧板，直往起跳，顺了身子捋，催眠似的，慢慢安静下来。篾片子从头到梢，从头到梢，转眼就是一堆"。这情景在镇扬等地的菜场里还能见到。上海人划鳝丝一直用牙刷柄，差的不止技术，还有情调。

去年初夏与国斌兄一起去苏州吴江宾馆看望在那里研发江南运河宴的徐鹤峰大师，他就以红烧马鞍桥、明月炖生敲、蒜茸鳝卷等鳝鱼名菜招待我们，贪吃的我还请他做了一道白煨脐门。这道菜不仅大多数上海人闻所未闻，就连扬州人、镇江人也睽违多年啦。

先来点科普。所谓脐门，特指鳝鱼的腹部肉，因靠近肛门，特别柔软，一条黄鳝只有三寸长的一段，炒一盆白煨脐门，需要十多条比较粗壮的黄鳝，每条八两以上才算合格。

炝虎尾、炒软兜用的是鳝背，鳝腹若何"千年走一回"，就凭煨脐门出圈。

借得宜兴砂锅一具，最好满身油垢。将鳝腹肉撕成长条，放入砂锅内加清水煮一会，待筷子搛起来两头下垂为宜，捞出沥水。炒锅洗干净，下猪油60克，待油温八成热时投入拍碎的蒜头十数枚，煎成外形完整的金蒜，复将鳝鱼肉投入砂锅，颠炒几下后加淮安酿造的白酱油、白醋、黄酒，略炒几下入味，勾薄芡后再加60克熟猪油，用勺子轻推几下即可上桌。也可盛在碗底垫有大川粉的大海碗内上桌飨客，撒白胡椒粉增香。成菜宽汤，色白似乳，香酥软糯，油而不腻。白煨脐门是两淮鳝鱼宴的招牌。

白煨脐门在一般菜谱里已经"失踪"，在二十世纪五十年代由上海市政府机关事务管理局主编的《菜谱集锦》里倒是有记载——哈哈，这本书的实际捉刀人是沈京似先生，天王级的老吃客。吃了这道江南珍馐，不得不佩服淮扬厨师对黄鳝这一食材的深刻理解与完美呈现。欧美人不吃"捏不牢滑脱"，吃遍全世界的米其林美食侦探恐怕也不谙此中真味，真是十足的洋盘，损失大了去啦！

我问徐大师白煨脐门的售价，他笑着说：吴江宾馆平时也不做的，你们来了我才露一手。

# 三江汇流，成就元通

人间四月在成都，杜甫草堂去过多次，这次专访宽窄巷子、太古里、崇德里，借由老建筑、老街坊开发的商区或旅游景点令我眼睛一亮，原有的城市肌理与市民生态还在，文化内涵却得到加载，而且多元。

宽窄巷子"涛声依旧"，让我意外的是在五香兔头和炖猪脑之间还保留着好几幢民居，高墙深院，宽大屋檐下叠着斗拱，下面悬一块匾，堂堂正正名人手迹。斑驳的朱漆大门沉沉紧闭，屏退红尘，门槛高过一尺，麻石台阶两头染了一层苍苔，铜门环上挂一块木牌："私人住宅，非请莫入。"从围墙上探出泡桐或苦楝的树梢，像警觉的哨兵。

锦里也是值得一访的，这里曾是西蜀历史上最古老的街区，早在三国时期便人声鼎沸。锦里是作为武侯祠景区的组成部分而体现存在价值，两边是仿明清建筑，川西风格一望便知，低调内敛略有夸饰，但不艳俗。这个街区建成也有十年了，茶馆、戏楼、酒肆、手工作坊、工艺品摊点、小吃铺子遍布街区，春风拂面的草根特性让人可亲可近，嘈杂中透出一种川西人的诚恳与热情，因此被当地人誉为"蜀中清明上河图"。

春熙路商圈内的太古里算是现代元素注入最多的，但与上海的新天地相比，它比较坦诚，简约风格的现代建筑只盖到三层楼，向街区内核心地带的大慈寺等六幢古建筑礼让三分，所以，尽管有爱马仕、Hugo Boss、Gucci 旗舰店、星巴克等，也不觉得过分刺目，而况地下一层还有方所书店，像一个巨大的洞穴，气氛却相当温馨，除了书，还有瓷器、香具、鲜花、时装、咖啡、简餐等，堪为实体书店向多样化转型的试点。

锐钯街上的崇德里，一截不足五十米的小巷，四幢老房子，有建于二十世纪九十年代的教工宿舍，也有民国时期遗留下来的川西宽檐瓦房。1938 年，四川作家李劼人的嘉乐纸厂就设在这里，成都文艺界抗敌协会的办公处与联络处也在这里，当年四川文艺界人士经常在此聚会，喝茶饮酒纵论天下大势。

八十年后，有个名叫王亥的画家让崇德里获得了新生。王亥与何多苓、罗中立是四川美院的同学，三十年前去了香港，在艺术圈、文艺圈、美食圈轮番混过，成了人精。回成都接手崇德里这个案子时，发现老房子衰朽得"扶都扶不起来"。但他没有推倒重来，虔诚地保留了建筑整体框架和绝大多数梁柱和门窗，小修小补，我看到好几堵红砖老墙作了加固后，与钢结构形成强烈对比，真有一番后现代的感觉。在名为"谈茶"的品茗空间，敞开式厨房用引进的英国著名设计师大卫·奇普菲尔德设计的意大利厨具，为了避让一根被虫蛀过的沧桑感极强的柱子，不锈钢台面还故意挖掉一块。在五号楼名为"驻下"的精品酒店里只有12间客房,每间格局不一,均为新旧交融,从香港采购来的包豪斯家具与最新款式的丹麦音响一起,频频向成都老院子鞠躬致礼。

最后一天,四川省作协副主席、原峨眉电影集团董事长何世平兄驱车带我去了元通古镇。从成温邛高速到崇州约40公里,再从崇州到元通10公里,整个行程约摸一小时。几年前他在那里拍过电影,在一声惊叹中发现了新大陆。

元通为崇州所辖,有着一千六百多年的建制历史,是崇州四大名镇之一。据方志载:古运通航,元通堪以重任,从此起航,须经白马渡、陈家渡、方渡,再顺着崇州境内最大最长的河流——西河到新津龙王渡,然后进入岷江,这段30余公里的航道乃为崇山十分重要的水上交通。

正是通过这条航道,元通境内及周边的土特产,得以远销乐山、宜宾、泸州等地,同时也从小镇这个口子获得日常生活需要的百货。于是,航运业成就了小镇的千年繁华,万商云集的货物集散地,灯红酒绿的销金窟,在明代已有"良田数万亩,烟火数千家"之说,发展到清咸丰年间便终成商贸大镇。

这里群山屏列,环境优美,气候宜人,物产丰饶,民风淳朴,自古以来有"元通国"之称。文井江、味江、泊江在元通汇合成急流奔腾的汇江,形势与都江堰相似。家家户户都在江边后门筑有码头河埠,淘米、洗衣、出行、卸货……这情景与江南的枕水小镇相似。

在半边街尽头的老石拱桥边的吊脚楼小憩,看江水从身边流过,想象着1600年前元通的繁华,禁不住像孔老夫子那样感慨一声:"逝者如斯夫"……

镇上的主要建筑都沿江而筑,现存一百多幢清代中晚期到民国初年的建筑皆为木结构,青瓦粉墙,裙板华丽,历经沧桑而精气神不散。有些宅子观音兜高耸,防火墙宽厚,仿徽派一路风格。有些天井里藏了一座非常考究的龙门子,二楼有美人靠和走马廊,以及精美的走马转角楼。有的房子在第二大门后还设计了砖石结构的牌坊式门楼,牌楼上方的砖雕泥塑居然模仿罗马斗兽场或凡尔赛宫!西风东渐时节,这里曾经阔过!

走过龙门子,进入罗氏公馆,穿过两个相连的天井进入主楼,登上二楼回廊,可看到栏杆梁枋雕刻着各异的吊瓜,枋梁之上浮雕绵簇,瓦当及滴水分别篆书"春""寿"等字样,透过这些一柱一椽,一图一字,昔日的繁华便可一窥全豹了。

罗家大院的故事一直被镇上的老人津津乐道,因为这座大宅院的建造者是一个女人。话说清末期间,罗家老爷发了一笔横财,但三个儿子都是扶不起的刘阿斗,吃喝嫖赌样样来,罗家老爷眼看坐吃山空,赶紧将钱财分给了三个儿媳妇。之后三个儿媳先后成了寡妇,大媳妇和二媳妇只知守成,唯有三儿媳有见识,脑子灵,做起了生意,渐渐富甲一方,最后就在街上修建了这座大宅院。二十世纪五十年代,罗家大院被政府用作供销合作社,十多年前经过一番修缮,被人租下开成颇有小资情调的茶馆,庭院里也摆了好几张茶桌,鸟语花香,闲适幽雅,也算是古建筑的活态保护吧。

黄家大院又称"将军府",建于民国初年,是国民革命军第二十四军独立炮旅旅长黄润馀的宅院,院子相当敞亮,一横一直矗立着两幢民国风格的清水砖楼，可是租给一个古董商人，说是开博物馆，其实经营为主，沿墙根摆满了坛坛罐罐，真假难辨，无一件让我动心。虽然主人十分客气，我们也无意逗留。

增福街中另有一处名人故居也值得一看，建筑虽然不十分高大，但保存较为完好，破损较少，建筑外表黝黑深沉，看来已饱受岁月的洗礼。这家的主人叫王国英，清代的武举人，曾随著名武将陕甘总督杨遇春去新疆参与平定准格尔部叛乱，后又在鸦片战争中赴宁波抗击英军，壮烈捐躯。道光皇帝为其题词"马革裹尸才算死，麟编载笔俨如生"，而今在其故居的门楹上还有崇州乡贤罗无黼题写刻联"宁波义烈彪麟笔，文井清光耀鲤庭"及横额"琅琊旧望"，笔力苍劲，清晰可辨。

我在麒麟街上甚至看到了一座型制奇特的天主堂。听世平兄介绍，这座教堂在清代光绪年间由法国传教士主持建造，民国五年崇州兴起拆毁教堂的风潮，而元通的这座教堂幸免于难。它的主体部门是中式木结构，外墙却有哥特式风格的浮雕，又参以中式门面式浮雕仿挂帘。彼时的传教士已经懂得，必须融入本土文化才能求得生存与发展。

更让我吃惊的是，在另一条小街上，居然还保存着一座由法国传教士经营的当铺，为清末镇上七家当铺之一。临河的门楼虽小，却是典型的哥特式风格，有装饰繁复的柱头和拱券，门额上写着"月霁风光"四个字，下面的弧形门楣上却刻了一行字迹漫漶的拉丁文字。一丛蔷薇在微风中摇曳生姿，大黄狗趴在地上一声不吭。

世平兄叫门，不应。老屋住着一个老头，前些年镇政府有意买下这幢房子办一个博物馆,他不愿搬走,大门就一直关着。

除天主教堂外,本土的寺庙宫观也一样香火鼎盛,长寿禅院、圆道寺、关帝庙、宅角庙、杨泗庙在几百年风雨飘摇的岁月中,与元通一起兴旺,见证小镇的辉煌。

与深宅豪门相比,我更爱逛逛小街。麒麟街是古镇最热闹的一条老街,街上的铺子一家挨着一家。酒店进了新酿,酒糟堆在店门口,一股香气简直要将行人熏醉。有着百年历史的夏家茶楼生意不错,二楼客堂里散落着竹靠椅,七星灶上坐着被熏成乌黑的铜壶,推窗探看,老街景色一览无遗。老板娘告诉我,这里天亮得迟,每天六七点钟老茶客才陆续拢来。她还说:"在不赶集的日子里,街上很安静,走在石板路上能清晰地听到自己的脚步声,赶集了,喝茶的人也多了,几个铜炉子一起烧水也常常不够对付。"

双凤街往北是顺河边的半边街,直通石拱桥头,街里开着几家花花绿绿的香烛铺子,生意清淡,而酱菜铺子、修鞋铺、水果摊前面倒经常有人驻足,购物或与老板交谈,这些都构成了市民生态圈不可缺少的一环。

黄家大院、陈家大院、罗氏公馆、惜字塔、广州会馆、湖广会馆、永利桥……每幢建筑都是传奇,都凝聚着泪水与欢笑,都是古镇风云变幻的见证者,拍影视剧,尤其民国戏,到这里来几乎用不着搭景。世平兄是电影《让子弹飞》的出品人之一,与老作家马识途是忘年交,他要是早一两年发现这里,就不必跑开平去拍碉楼了。他说:"开发晚也有好处,失之东隅,收之桑榆,我喜欢这里的原生态,打麻将,卖蔬果,摆龙门阵……这就是生活!"

　　我知道,正是在世平兄的努力下,元通古镇前不久被评为四A级景区。"但愿这一切不会因此而有太大的改变。"跨过汇江铁索桥回到游客中心,回望对岸略有起伏的轮廓线,这位成都汉子乐观地说。

# 余东老街的红扁豆花

初冬暖阳,走进余东老街

　　立冬前几天,说了好几年的这场旅行终于落实,张妙霖兄把我们这帮吃货带到他的老家海门,重点节目当然是品尝吕四渔港的海鲜。秤星鳗、黄蟹、鲳鱼、带鱼、青虾以及河豚鱼鲞的滋味,糅进了南黄海的海风,丰腴鲜甜而野性十足,在老白酒的催化下,我们猝不及防地进入亢奋状态,一夜狂欢。

　　晚餐之前的"开胃酒"不是香槟,而是让我们坐快艇登上由蛎壳堆积而成的蛎蚜山,戏了一把微凉的海水,捡了几袋腰蛤和蛏蜞。

　　海门地处江苏省的东南角,当地人却乐意把海门解释为"上海之门"。我开玩笑说:"海门人死心塌地抱上海人大腿,就不怕南京方面不开心吗?"张妙霖回答:"老百姓过日子脚踏实地,一旦生起急病,救护车肯定是往上海去的,如果非要赶到南京,恐怕小命就不保啦!"这倒是的,相比南京,海门离上海的距离要缩短一倍不止。

海门也有金瓜和甜芦粟,扁豆分白、紫、红几种,连烹饪方法都和崇明如出一辙。崇明人引以为傲的山羊,大多是从海门引进的。海门方言与崇明方言相似,铿锵有力,抑扬顿挫,有一种天然的戏剧效果。海门的姑娘嫁到一江之隔的崇明岛,早就不是新闻啦,比官方强调的"主动接轨大上海"早很多!

第二天一早我们去踏访余东老街。

余东古称余庆,还有一个美丽的名字:凤城。它坐落在海门东部,是一座有1300年历史的古镇,始于唐,兴于宋,盛于明清,它的繁荣靠的不是渔业,而是盐业。清代是两淮盐业的鼎盛期,乾隆盛世,两淮共有23个盐场,余东盐场是举足轻重的一个。其中又以余东、吕四两个盐场的质量最佳,号称"余吕真梁",成为贡品,畅销全国。盐业的发展又促进了当地工商业的繁荣,又使余东成为古通州的一个重镇。

花开花落,沧海桑田,今天的余东镇已经天翻地覆,所幸还保留了一条老街,也是南通地区唯一保存完好的旧式街道。我们穿过重新修建的余庆街牌坊,它就在眼前一路延伸,似乎要引领我们进入历史深处。长度为846米的这条老街排列着两千多块石板,两边都是素简的明清建筑,牛角形屋脊(当地又称凤尾)、屋面坡度较缓。粉墙黛瓦,屋檐低矮,举手可及,瓦楞上的朝天草微微颤动着,六百多年历史刻录在每块青砖、每块条石上。

店铺本来就不多,又有不少还关着,杉木门板上用油漆写着字。开着的大多生意清淡,色彩最鲜艳的居然是花圈店。杂货铺里的老妇人严严实实地裹着一条棉被枯坐在躺椅上,老半天都等不来一个买烟买酒的人。制面作坊里的女人三十多岁，操北方口音，麻利地做着饺子皮，早几天没卖完的面条挂在竹竿上，像正赶上枯水期的瀑布。"带点回去吧，下水一煮就可以吃了。"

妙霖兄告诉我：这位女店主是余东老街某家银楼的后代，本来已搬到外面去住，前些年又被镇政府请回来开了这家作坊。等我们一个圈子转回来，她已经做完了饺子皮，把一部离心机搬到门口卖起了棉花糖。可是我没见着小孩子啊！

人间烟火，唯有老人留守

真是看不到孩子，青壮年带着他们离开了老街，住进海门市区的新房子。老房子里留守着生于斯长于斯舍不得离开的老年人，外来者在此寄居，带来了几缕生气和外来习俗，狗与猫不知岁月的更迭，懒洋洋地晒着太阳，深秋的天气真是爽朗！

让人欣慰的是，从老屋狭窄的边门窥探进去，后面豁然开朗之处便是一个天井或后院，耀眼的阳光照着树与花，还有晾晒的衣服。生活延续着日常，知足、琐碎、宁静、安逸，炝锅的香气，敬佛的烟气，坛里的酒气，木盆里的洗衣粉气，组成了真实不虚的人间烟火。

政府做了一些保护，街角挂了铭牌，让游客知道里面有姐妹井，此处是江村故居，再走几步是郭家银楼，那条鱼骨状分出去的小巷子是盐店街，这里又是正在修复的通东书院。老街上最高的二层三底带铁栏杆的小楼鹤立鸡群，本来是震丰恒布庄，后来做过北伐军的驻地，抗战时期又做过伪南通县十一区区公所。

门板上的对联向来是考察古镇风情人文的切入口。"修旧如旧镇应新,砖新木新街仍旧。""凤城古地旧观念,余东老镇新境界。"工稳有欠,也谈不上典雅,却也体现了对老街保护的理念。也有些是这样的:"松柏古而秀,芝兰清且香。""五山蟠吉地,三瑞映华门。"婉转地表达着农耕文明的审美与愿景。

来到修整一新的南城门,可以登高远眺,但是原先的四城门、十庙、五山、五牌坊基本上已不复存在。一位老人告诉我们,余东本来是有四座城门的,其他三座在战争中被毁了,南门一直保留到二十世纪七十年代,最终也被拆了。现在的城门是根据老城门的残留一段修复的,看得出新老砖头的分界线。之前妙霖兄告诉过我:"余东镇在1948年5月就解放了,而且是海门地区唯一通过武装斗争获得解放的乡镇。"

如此说来,老城门如果没拆,应该看得到累累弹洞,到今天就是爱国主义教育基地了。

街头偶遇,异相引人注目

在城门下,我和孔明珠、刘国斌、杨忠明四人发现已经与大部队分道扬镳,也不管太多了,继续向前寻找我们的风景。我看到路边有一处老房子颇有气势,门口乱草丛中堆放着一些刻有花纹的石雕建筑部件,房屋的木柱子下压着木质覆盆式柱础,由此判断是明代建筑。这幢房子已经没人居住了,邻居说他家的老人是很有学问的,有两三个孩子都在外国留学后定居了,老人前不久去世,他的老伴就住到城里去了。

两扇木门上有对联："三槐世泽，两晋家声。"透露出书香门第的自负与气派，走近一看又发现这几条对联不是纸质墨写的，而是双勾浅刻填漆，风雨不侵，色新如昨。我凑到木板窗户前对着缝隙往里看，不料窗门被我的额头顶开，屋子里的一切暴露在眼前。客堂里居然品字型排列三张八仙桌，北窗投射进来的光线在桌面上反射光芒，几把太师椅靠墙而置，桌上还有一把显然是来不及归位的水果刀，仿佛还留着柑橘的水渍。北墙上贴着年画，福禄寿三星高照，两边是一副手写对联："德高雅量福自来，心宽博爱人长寿。"西墙的横梁上，悬挂着三帧老祖宗的黑白照片，无语地注视着老屋里的灰尘飘浮。

返身老街，冬阳澄清，街道上一时没了人影，木槿花如梦境一般摇曳。

老街似乎没有尽头，时间不早，我们就原路折回，半道上与失联的张妙霖、郑辛遥、王震坤、胡展奋、蒋鸣玉、孟春明、卞军诸兄会合，他们刚刚造访了一位八二高龄的乡贤，是余东镇史的编撰者，好客而健谈，还当场写了一副对联送给王震坤。没走几步，我眼角瞥见一个老人将珠帘一撩，从一扇门里闪出，容貌有异，轮廓线及鼻梁表明他可能是个混血儿。此时蒋鸣玉兄也看到了，迎上去打招呼，寒暄几句后得知，他身上果然流着一半的法兰西血液。

张妙霖等马上要跟他合影，他敲敲手里的饭碗自嘲：我手里还拿着讨饭碗呢。

凭着这一句，我断定他在上海生活过。

大家站在街角就聊开了。这位老人名叫陈瑰宝，年已八旬，居家生活的状态，打扮得却一丝不苟，衬衫、西裤笔挺，大红色羊毛衫，外套一件羽绒背心，还系着一根领带——现在谁还系领带啊。

悲情身世，亲人两隔天涯

话说二十世纪三十年代，陈瑰宝的母亲是上海某大学的学生，思想开放，性格开朗，经常在外跳舞，在轻歌曼舞的欢场结识了一个在上海短暂逗留的法国船长，爱情的火焰一旦燃烧起来是怎么也浇不灭的，于是就有了他。不久，他母亲将他托付给同学兼闺蜜照料，自己与法国船长远渡重洋去法国定居。

"我起先住在辣斐德路辣斐坊（复兴中路复兴坊），后来又住在城里福佑路一带。大家都叫我小外国人。"老人说。

1949年江山易主后，陈瑰宝的养母做出一个英明决断，并没有把他带回青浦老家，仍然将他留在上海读书。但后来的剧情，因为他的面容、血统、身世等因素，就朝着悲剧的方向演绎，在大时代的背景下被赋予了普遍的意义。

在他还是一个意气风发的学生时，因为对当时向"苏联老大哥"一边倒的形势有所调侃，被打成右派，发配到农场劳改。在那里他并不气馁，继续刻苦自学，特别是对医学产生了浓厚的兴趣。十年动乱中，他又被诬为特务、间谍，经常被拉出去揪斗一番，有一次他站在台上享受"喷气式"，突然想起一个问题，就将身体转了个九十度，军代表责问他为什么不老实，他说："我不能把屁股对着毛主席啊。"话音刚落，一只翻毛大头皮鞋就对准他的腰部猛袭过来,陈瑰宝当即昏倒在台上,从此落下终生痼疾。

也就在这个红旗漫卷西风的时刻,陈瑰宝的父母亲辗转到上海探望他。"他们对你说了什么?"我着急地问他,老人的眼睛里闪动着泪光:"军代表就坐在我旁边,我还能说什么呢?"

可以想见的是,他的父母亲也不能说什么,黯然神伤地回去了。

陈瑰宝在法国有弟弟妹妹,但一直没有见过。改革开放后,他可以扬眉吐气了,也是有机会去法国的,但想到一切已不能改变,他若在那里生活,不仅语言不通,习惯不同,还会有诸多隔阂,就放弃了这个念头。他的父母,他的弟妹,他的法国,就像一艘启航的邮轮,离他越来越远了,最后,连一缕被烟囱拖着的白烟也彻底消失在海平线上。

被大时代粗暴碾压过的人生渐渐复苏并回到正轨,他到47岁那年才组建起一个家庭,他的太太就是海门余东人,他成了余东老街的女婿。后来他在上海司法局的医院里工作,再后来去搞三产。"我这个时候混得还不错的,当起了负责人。但是到了我55岁的时候,上面派来两个小青年,我受到了排挤,就提前退休了。果然不出所料,这两个小赤佬香烟老酒,随意挥霍企业财产,还捞了不少钱,都吃了官司。"陈瑰宝说到这里突然大笑起来。

老人请我们看过他家的厨房,然后又请我们去几米之外的居室做客。这两处房子虽然简陋,但收拾得十分整洁,一尘不染。老伴去南通照顾第三代了,他则选独自留守,日子过得相当安闲。客厅里铺地瓷砖,正前方供着佛像,供品堆得满满的,阳光照进南窗,将室内的线条切割得十分硬朗。老人还将自己的衣柜打开让大家看,真丝领带、毛料西裤熨烫后挂得整整齐齐,着实令人吃惊。我想老人坚持他的生活品位和审美态度,其实也是为了宣示身份、不忘来路吧。

我们问陈瑰宝有没有父母留下的照片,或者信札,他不堪回首地连连摇头。我以一半安慰一半鼓动的口吻对老人说:"您老人家一定要写回忆录,为后人留下一段动荡年代的传奇人生。"

他两手一摊苦笑:"谁还会看这样的文章呢?"

我们与老人合了影,拱手告别。折返老街,老街因为有了陈瑰宝的故事而变得更加宁静,更加漫长。正午的阳光倾泻在我们的头顶,初冬的寒风微微吹着,墙角的一丛红扁豆似乎为了给老街增加一点色彩而故意错过了收获的时节,细小的花朵开得十分鲜丽,枝叶间可以看到躲闪的豆荚。豆荚有一层光滑如漆的表皮,在阳光下闪烁。

六百多年的余东老街,一定埋伏着许多人间悲欢。陈瑰宝老人的故事,只是像红扁豆花那样,偶然被我们邂逅罢了。但也与红扁豆一样,以它别样的色彩与姿态,永远留在我的记忆里。

# 沙溪古镇的选择

小时候得知太仓，缘于两个知识点。一是太仓肉松，彼时上海南货店里供应的肉松有两种：太仓肉松与福建肉松。前者色泽金黄，状如棉絮膨松，咸鲜回甘。后者色如黑糖而纤维短促，油脂较多，容易结团，甜度较高。上海人大多选择太仓肉松，但这个选择也是被动的，一般是家里老人小孩偶抱微恙，胃纳稍差，家长才会去买太仓肉松，一只三角纸包花费一角，过白粥最好。我小时候盼望生病，也是受了太仓肉松的蛊惑。二是我家附近有一条太仓路，与一大会址所在的兴业路平行，东边有外国坟山，是淮海公园的前身。还有一条浏河口路，与东台路十字相交，成为古玩市场的溢出部分。现在老家崇德路被彻底荡平，太仓路向东扑来，将崇德路碾压后与西藏南路打通，新天地板块的交通有望改善。

太仓与上海嘉定接壤，因为远离铁道线，也没有特别出名的旅游景点，上海人并不将它当作旅游目的地，我也一直没去过。真正踏上太仓的地盘，是在今年春上。从太仓路到太仓市，在我的人生经验中自有一种沧桑感弥散在胸。

太仓是一个县级市，为苏州所辖，又是一座江南历史名城，有着4500年的文明。春秋时期吴王在此设立粮仓，故得名"太仓"，民间俗称"锦绣江南金太仓"。是的，明代三宝太监郑和从刘家港（今浏河镇）走向深蓝，由五桅大帆船组成的庞大船队在此启航，这是今天一带一路建设的历史渊源之一。

在太仓沙溪古镇上文史馆里我看到一座小山模型，名为穿山。讲解员小姐说太仓境内自古以来就有这么一座小山，中华人民共和国成立后，上海市政府要修筑南北向的共和新路，这条路向左一拐又与沪太路接通，在大的格局上对太仓也是有利的，所以太仓人民就将此山削平，向上海提供石料以充路基。这么一说，让我脑洞大开，心里也不免一惊：原来上海还欠太仓一座山啊！

但后来在古镇一家颇有书画雅趣的茶馆里听主人解释，穿山为浙江天目山余脉，确系当年削平，但所筑公路却是通向璜泾的，此举导致穿山胜景永远成为记忆。

我舒了口气。再问为何有此传说？茶馆主人笑着解释：太仓虽然归苏州管，但感情上与上海更亲，太仓与嘉定接壤，不少亲戚就在嘉定，走动较勤。历史上太仓比较富庶，官民安于享乐，当年清兵一路杀来时几乎没有抵抗，而嘉定人就不服清军的剃发令，乡绅侯峒曾号召民众起义，三起三伏，遂有嘉定三屠惨剧的发生。太仓人对嘉定人高山仰止，在今天表现为对整个上海的归属愿景，与上海长期以来形成的地域相近、人缘相亲、经济相融、语言文化相通的"同城效应"日益显现。

事实上，太仓旅游资源还是比较丰富的，前朝留下来的有南园、弇山园，当代开发的有金仓湖公园、太仓博物馆等，还有这里——因错过开发的"黄金时间"而原生态保留较为完好的沙溪古镇。

沙溪古镇历史悠久，人文荟萃，物产丰富，素有"东南十八镇，沙溪第一镇"的美誉。

漫步在小镇的石板路上，有一种亲切感，心情自然十分舒畅。古镇的平静生活似乎并没有被外来者过多地打扰，蔷薇花上的阳光与昨天一样明亮，瓦楞上的野葱也与去年一样在微风中摇晃，洗后要晾晒的被子、衣服，被长长的竹竿挑起，从隔街相望的窗口伸出，浓烈的色彩与写实的图案，书写着浓浓的乡土风情。印溪书舍、南野斋居、连蕊楼等一批古宅名居的基本轮廓还在，他们的后代在天井里编织毛衣或在灶头间升火烧饭，神情淡然，也乐与外人交谈。

与老街平行的是开凿于宋代的七浦河，河上横跨着三座石拱桥（均为太仓市文物保护单位）：利济桥、庵桥、义兴桥，石板都被磨得光溜溜的，起了厚厚一层包浆，形制具有典型的清代建筑风格。站在桥上，天开地阔，孤舟泊岸，群鱼喋呷，两岸鳞次栉比的民居一览无遗，粉墙黛瓦，桃红柳绿，燕子贴着水面一掠而过，留下一圈圈涟漪。江南本色，令人沉醉。

老街两边开了许多小商铺，有理发店、裁缝店、篾竹铺、古玩店、画廊、茶馆、花圈店……古玩店有六七家，隔几十步来那么一家，青花瓷、花窗板、老家具、紫砂壶、旧字画，随意地堆在柜台里或暗角落，这正是淘宝客希望看到的"乱象"。耐心点，或许能淘到一两件中意的宝贝。

小吃店现做现卖大方糕，甜香温软，炒米糕、千层饼、海棠糕也是游客争尝的风味，还有甘草梅饼，铜钱那么大小，清香而酸甜，开胃生津，快有五十年没有吃过啦。

满足镇民日常生活所需的那些百年老店还在使用杉木排门板，匾额写得也古意十足。小青年在此创业则选择时尚气息浓郁的茶馆和手艺坊，门前的立牌上写着美术字和花体英文。有风吹过，风铃一阵乱响。

呵呵，还有一幢建于1954年的会堂式建筑，门庭上塑了一颗威风凛凛的五角星，想当年是锣鼓喧天搞宣传动员的所在。还有些店铺的屋檐下，清晰地留下了"史无前例"年代的红字标语和伟人头像。街角上有一座让时光停滞的新华书店，以红色系列图书吸引游客，不少书蠹头钻进去，小半天不肯出来。

老街上还有一个值得一看的展馆，名为"洪泾往事"，图文资料有节制地讲述了那个年代里一段令人热血沸腾的历史。大名鼎鼎的顾阿桃，如今上了年纪的人都知道这个传奇的农妇，目不识丁，却能画画，将学习毛选后克服小农经济思想的种种事例画下来，到处宣讲，绘声绘色，动静很大，是林彪的老婆叶群蹲点的"政绩工程"。当年我还是小学生，也听过她的讲话录音。同行的陶玲芬老师曾经当过知青，当年在红旗招展、战鼓阵阵的气氛中，约了两个同学，怀揣着几只冷馒头一路步行到太仓洪泾大队，为的是亲眼见见红色标兵顾阿桃同志。我叫她在展馆进门处毛主席接见顾阿桃的巨幅照片前留个影，她怎么也不肯。往事如烟，不堪回首！

一位老者一边烘烤海棠糕一边与我聊天：这些年镇政府着手开发古镇，给老街新铺了石板，修理了老房子的外墙，路面上弄了十几座铜雕塑，修鞋的、挑担的、下棋的、拉黄包车的，像煞老底子的光景。但我们与政府达成了共识：原来怎么生活，今后也怎么生活。前几年进来一些外头人，开酒吧、开咖啡馆、开落弹房，动静太大，又被我们请了出去。我们原来的生活是很安宁的，就像这口井——他指着脚边——那可是千年古井，宋朝时候就在这里了，水是甜津津的，我的海棠糕之所以好吃，全靠它来调和面粉。现在我给它加了盖子，否则游客都来你一口他一口地喝，这口井水很快就会见底。

我笑了。我觉得这并非沙溪人的保守，英国作家彼得·梅尔写过一本游记《普罗旺斯的一年》，让这个法国小镇名扬天下，游人趋之若鹜，但同时也使它失去了"世代相传"的宁静，因此村民并不领彼得的情，还限止游客进入。那么，即使太仓人想纳入上海的版图，沙溪古镇上的"土著"也有捍卫原生态的权利。

不过听说再过小二年，上海的11号地铁就会从嘉定一路延伸到太仓。到时候，原生态的沙溪古镇将不可抗拒地接纳更多的上海游客。那么，海棠糕还会那么香甜吗？晾晒的衣被还能无所顾忌地伸出窗外横贯小街吗？千年古井还能汩汩流出清澈的甘泉吗？

2016年5月19日，李克强总理在北京举行的首届世界旅游发展大会上致辞，他令人兴奋地透露：中国将在未来五年内通过发展旅游业使1200万人口脱贫。而且他强调："坚持在发展中保护、保护中发展……走出一条生态保护与经济发展相协调的路子。"那么，像沙溪古镇这样人与自然、与环境相和谐的原生态，必须得到有效保护。人文生态的文化价值也将进一步彰显，并将成为珍贵的旅游资源受到中外游客的重视与研究。

# 在高邮，跟着汪曾祺的美文寻找美味

高邮因中国最早的邮驿而得名

  1995年，正值抗日战争胜利50周年，我带领三名记者，在华东地区采访一个多月，走访抗战老兵和重要战斗遗址。当时没有高速，桑塔纳走的是省道或县村级公路，风里来雨里去，车子脏得像只面拖蟹，但我们精神饱满，意气风发。高邮是其中的一站，我们逗留了两天。

  25年前的高邮与大多数江南小城一样，安谧，古朴，满眼是青砖黛瓦的平房，市河里的碧水倒映着白云，静静流淌。当地老人告诉我：侵华日军的马队闯入高邮城后，发现道路两旁的房屋很低矮，马背上的日军无法看清屋檐下的动静，唯恐遭到游击队的伏击，就将沿街面的房屋统统劈去两檩，致使现在看到的房子都是前高后低的模样。

  前不久重访高邮，尽管有心理准备，但眼前的繁华景象仍让我大吃一惊，高楼如雨后春笋一般耸起，但小巷深处的老房子也保留了不少，迎风招展的晾晒衣服、卧着吐舌头的大黄狗、盛开的月季花……大妈大叔在家门口喝茶闲聊，不紧不慢的生活场景相当温馨。车行至主干道十字路口，一组驿使送信的雕塑让我的思绪一下子穿越千年。

高邮在中国历史上虽然一直低调，但我们不能忘记的细节实在太多。公元前223年，秦灭楚后，秦国的嬴政立即下令在淮南"筑高台、置邮亭"，从此成为南北邮路上重要的一站。高邮因为地势较高，像一只倒扣的钵盂，后人又将它称为盂城。2014年6月22日中国大运河申遗成功，使高邮成为世界遗产城市，后来又成为国家历史文化名城。

原高邮县副县长、高邮市政协主席朱延庆先生告诉我：高邮是大运河沿线一座具有悠久历史和丰富文化遗存的城市，在大运河沿线的58处遗产点中，高邮有3处，其中盂城驿、高邮明清运河故道是高邮独有的，淮扬运河主线纵贯高邮南北共43.6公里。

盂城驿是高邮的城市名片。盂城驿坐落在南门大街的南端，大运河东侧。在大运河畔有一座根据史料重建的秦邮亭，向东走几百米就到了盂城驿。说起来也令人心惊肉跳，虽然高邮驿站在战国后期已建成，后来历朝历代都有，特别在明代，洪武帝朱元璋对驿站格外重视，下诏中书省对驿传要"务中存恤"，"沿河（大运河）州县有驿递者，悉免其民杂役"，促进了中国的邮驿事业。因此高邮在明洪武八年（1375）建立了盂城驿，成为大运河沿线非常重要的一站，甚至承接了转运犯人的责任。后来驿站屡毁屡建，进入民国后这个"老古董"基本休克，1949年后被政府机关所用，无意间保留下来，直到1985年在一次文物普查中被发现。经过修复后再现历史风貌，但规格上已大大缩小，仅为原址的八分之一，不少馆舍都无法复原。不过我们还是大致欣赏到了明代盂城驿的原始格局，包括驻节堂、库房、鼓楼、马神庙等。更可庆幸的是庭院和厅堂内铺的石板都是原物，历经磨洗，光可鉴人，而且碎裂成哥窑一般，沧桑感满满的。

盂城驿是迄今为止全国保存得最完好、规模最大的古代驿站，是1996年获批的国家文保单位。

在高邮的短短三天里，我们还踏访了运河故道、镇国寺、文游台、净土寺塔、王氏故居以及汪曾祺纪念馆等景点，穿越古今，追怀先贤。尚有州署旧址、古城墙、风神庙、露筋祠、清代当铺等来不及参观，留待"下回分解"。

跟着汪老的美文吃起

二十世纪八十年代初，读到汪曾祺先生的小说和散文，那些优美的文字与伤感的故事，犹如在我的头顶打开了一扇天窗，让我看见了灿烂而奇谲的星河。同时也知道他对故乡高邮的感情至深，对故乡的风味也念念不忘。也因为汪老的文章，我对高邮的咸鸭蛋、草炉饼、界首茶干、汪豆腐、炒米和焦屑、咸菜慈姑汤、虎头鲨、昂嗤鱼……就格外注意起来。对了，还有"鵽"，一种类似鸠的野味。

汪老这样写道："我在小说《异秉》里提到王二的熏烧摊子上，春天，卖一种叫做'鵽'的野味。鵽这种东西我在别处没看见过。'䴅'这个字很多人也不认得。多数字典里不收。《辞海》里倒有这个字，标音为（duo又读zhua）。zhua与我乡读音较近，但我们那里是读入声的，这只有用国际音标才标得出来。……我们那里的䴅却是水鸟，嘴长，腿也长。……䴅肉极细，非常香。我一辈子没有吃过比䴅更香的野味。"

朱延庆先生曾任高邮师范学校校长，所以我更愿意叫他"朱校长"。二十世纪八十年代他曾三次接待还乡探亲的汪老，两人结下了深厚友情，至今还珍藏着十几通汪老给他的亲笔信。他说："汪老写到的这种野味，在县志里也有记载，到了春天才能见到，所以也叫'桃花䴅'，过了春天就无影无踪了，民间传说是钻到水下变了田鼠。其实它是一种候鸟，高邮多湖泊港汊，水草丰满，历来是候鸟迁徙的中转站。䴅比鹌鹑还要小些，嘴长、腿细、胸大，毛色是绿的，很漂亮。老百姓逮到后一般卤制，味道鲜美，连骨头也能吮出鲜味来。因为䴅的外貌有点另类，所以高邮人讥讽一个人不够端正、不够敞亮，就说'你这个人太䴅了'，或者'此人䴅相'。"

䴅不属于国家保护动物，高邮郊区的农民还是有机会吃到的。高邮市内有好几家饭店在做"汪氏家宴"，其中就有一道卤桃花䴅，但不能保证每天供应。而一般小饭店里卖的这道菜，大多是用卤鹌鹑李代桃僵，外人糊里糊涂的也吃不出来。

此次重游高邮，还有一个愿望就是品尝汪曾祺在文章里写到的几款故乡风味。汪曾祺19岁那年离开家乡闯荡世界，他笔下的高邮美食都是在此前吃过或听说的，也成为他打开故乡记忆的钥匙。今天，这些乡土气息浓郁的美食，就成了汪老留在人世间的影子。

第一天下午，我们先去参观于两个月前刚刚开放的汪曾祺纪念馆。在馆里陈列的数十种汪曾祺作品集中，关于美食的专集最多。汪老的美食文章我看也就三十多篇，这些年来被大大小小出版社洗牌重组，编成不同画风的专集，估计不少于二十种，这是否过度开发啦？当然，汪老撰的美食散文别开生面，清雅隽永，对故乡的风物与人情世故倾注了深厚的感情。高邮将汪曾祺打造成城市文化名片，对当地旅游与美食推广相当给力。"跟着汪曾祺的美文品尝美食"，成了一个颇具诱惑力的口号。

与纪念馆隔着一条马路有一家单开间门面的熟食铺，名叫"二子蒲包肉"。直觉告诉我可能有故事。走近一看果然，发售货品的玻璃窗口下面有一块绿色的广告牌，上面赫然写着"汪曾祺小说《异秉》中王二子熏烧有传人"。推门而入，正忙着在案板上切蒲包肉发售的女店主很客气地招呼我们，介绍起她家与《异秉》的渊源，原来她就是王二的孙女王正军，小说中的王二熏烧铺确有其人其事啊！

汪老在他的小说《异秉》里这样写道："王二摆在保全堂的熏烧摊子，除了回卤豆腐干之外，主要是牛肉、蒲包肉和猪头肉。"对蒲包肉也有详细介绍："是用一个三寸来长，直径寸半的蒲包，里面衬上豆腐皮，塞满了加了粉子的碎肉，封口，拦腰用一道麻绳系紧，成一个葫芦形。煮熟以后倒出来，也是一个带有蒲包印迹的葫芦，切成片很香。"

现在，蒲包肉依然是旧时模样。王正军告诉我，用优质猪腿肉，按肥瘦八二比例投料，切成骰子丁，加盐、糖、葱、姜、胡椒和适量淀粉等拌匀上劲，填入小蒲包后拦腰系绳，入大锅中以原卤煮熟，蜕出蒲包后晾凉，色泽微微粉红，表面留有蒲包的鲜明印迹——颇具古风，秤分量后切片出售，合着每只4元左右，作为下酒小菜它深受当地民众的欢迎。

那天晚上我们在饭店就品尝到了蒲包肉，味道清隽洁雅，有点像小时候吃过难忘的午餐肉。如果再研发几种味型，比如香辣、椒麻、蒜香、咖喱等，顾客的选择余地就大了。

在高邮的小街上，还能看到一些"熏烧摊子"，卖猪头肉、盐水鸭、盐牛肉等，蒲包肉也是不可少的，摊主的神态让我想起《异秉》里的王二。

说到蒲包我又想起了蒲菜，这也是汪老写到的乡味，取蒲草深植于水下长达一尺的根茎入菜。但此物非常娇嫩，经不起长途运输，又受制于时令，高邮以外的地方不常见。前几年我在上海某宾馆举办的江苏美食节上吃到了虾米炒蒲菜和奶汤煨蒲菜，脆嫩微甘，至今思之，齿颊生香。

## 一口草炉饼，一口汪豆腐

汪曾祺在《豆腐》一文里写到了一款汪豆腐："汪豆腐好像是我的家乡菜。豆腐切成指甲盖大的小薄片，推入虾籽酱油汤中，滚几开，勾薄芡，盛大碗中，浇一勺熟猪油，即得。"

这次我们在高邮也吃到了，正式名字叫"周巷汪豆腐"，周巷是高邮北边的一个乡镇，现已并入临泽镇。在汪曾祺纪念馆里说成因为汪曾祺写文章提及的原因，这款豆腐就叫"汪豆腐"，那是牵强附会。据国家级烹饪大师徐鹤峰先生说，此处的"汪"，指的是一种烹饪技法，或者是成菜的视觉效果。前者特指将豆腐托在手掌上用刀跟"汪"碎，动作要快，指甲盖大小的豆腐被"汪"得又薄又扁，下锅后容易入味。后者指成菜后的外观要求，熟猪油漫向碗的内圈，"汪"成一条难以察觉的明亮边缘。

汪豆腐的主料是豆腐和猪血，烹制中要用到荤素两种油，还要加油渣、开洋、香菇丁、火腿肠丁等辅料增香提鲜。烧沸后分两次勾芡，用勺子顺时针轻轻搅动，以保持豆腐不碎不糊。汪豆腐确实好吃，我连进两小碗，意犹未尽。

喜出望外的是酒店还为我们配了刚刚出炉的草炉饼。酥皮，表面沾满白芝麻，中空是猪油葱珠馅，像我们平时吃的蟹壳黄，但色泽更浅一些，松脆喷香。一口草炉饼，一口汪豆腐，妙不可言。

不由得想起了张爱玲，她在常德公寓住的时候，听到楼下有小贩叫卖草炉饼，食指大动，几天后她姑妈叫佣人买了一块给她品尝，她觉得味道一般，又以为草炉饼三个字可能写作"炒炉饼"。数十年后在大洋彼岸读到汪老的小说《八千岁》，恍然大悟，但此时她已经吃不到草炉饼了。

此外，我们还吃到了界首茶干、烫干丝、红烧虎头鲨——汪曾祺似乎更喜欢虎头鲨氽汤吧。界首茶干也是高邮的名物，界首是江苏高邮正北的一个古镇，界首茶干作为一道佳肴，已经有二三百年的历史，据说清代乾隆时期，界首茶干曾作为贡品每年要呈进京城。

界首茶干用里下河地区所产的黄豆为原料，经过运河水的浸泡一夜后，用石磨磨成浆水，然后用古法滤浆、烧浆、点卤、灌包压制……就是灌入用蒲草编制的蒲包压紧，确保界首茶干有水生植物特有的清香。界首茶干可空口吃，是汪老由衷赞美的佐茶妙品，我们吃到的是经厨师开成两片后加鸡汤煨制的半汤菜，清雅鲜美，不失咬劲。

还有一道名菜叫金丝鱼片，金丝鱼就是黄颡鱼，上海人也称昂嗤鱼，因为此鱼离水后会发出"昂嗤昂嗤"的叫声。每年春秋两季上市，又因为它肉质细嫩，嘴边有两根金丝样的硬须，人称"尤须"。昂嗤鱼肉质鲜美，尤其是腮边两块蒜瓣子肉，鲜嫩异常，汪老在饭局上经常将蒜瓣子肉挟下来给同桌的女士吃。厨师做一盘金丝鱼片需要十几条昂嗤鱼，每条昂嗤鱼只能批出两瓣柳叶状的鱼肉，上浆后滑炒，加青椒、洋葱、笋片等辅料，略施薄盐、勾玻璃芡，再滴少许明油，一个大翻身后装盘。成菜金玉相间，色泽淡雅，嫩滑鲜美，格调高雅。上海弄堂人家一般用咸菜、豆腐来加持昂嗤鱼，味道总也不错，但与高邮的金丝鱼片一比，显然太"农家乐"啦。不过也有遗憾，金丝鱼片不见鱼头，当然也没有蒜瓣子肉，汪老若在世的话，叫他如何照顾同桌的美眉呢？

高邮为水乡平原，高邮湖为江苏第三大湖、中国第六大淡水湖，依傍着宽阔的京杭大运河，数百条河流交错有致，淡水渔业资源非常丰富，有银鱼、鲤鱼、青鱼、草鱼、白鱼、鳝鱼和高邮蟹、青虾等63种。成网的河渠、成片的荡滩，也为发展淡水养殖提供了优越条件，麻鸭、鹅是全国出名的良种家禽，罗氏沼虾的养殖产量占全国一半以上，我们在饭店里吃到的清炒虾仁，个头大，弹性足，基本上都产自高邮。高邮湖的大闸蟹也是非常鲜美的，秋风乍起，桂子飘香，不少蟹贩子便在高邮湖边大量采购大闸蟹，运到阳澄湖边上销售。

一大早，我们走出酒店去小街寻找民间小吃，红汤小馄饨是不能不吃的。皮薄馅足，还加了大量的猪油和来自越南的黑胡椒，真是太好吃了！红汤阳春面也很好吃，饺面类似粤港小馆子里的云吞面，是小馄饨与阳春面的合体。

汪老写到的家乡美味或自己"首创"的菜肴中还有咸菜慈菇汤、拌马兰头、朱砂豆腐、开洋煨萝卜以及"嚼之声动十里人"的油条擩肉，因为时间或季节关系，没能吃到。留个遗憾，成为下次重访高邮的理由。

朱校长对我说："汪老在家里做好了菜，每样都尝两筷，接着就只顾喝酒、抽烟、喝茶，做菜成了他的一大乐趣。汪老认为做菜的乐趣第一是买菜。我有几次打电话给他，他不在，他老伴施老太接的电话：曾祺买菜去啦！汪老爱逛菜市场，在菜市场里他挑选食材，感受时序变化，也在体察世间百态，所以他的作品中弥漫着人间烟火。"

# 汪曾祺的油条捥肉

没有一个人会拒绝油条。在简陋的老街，在拥挤的菜场，或者允许在街角巷口摆一只小摊头，架起油锅煎油条，肯定会招来熙熙攘攘的顾客。他们目不转睛地围观在油锅里翻腾的油条迅速膨胀，颜色由浅转深，那是一种诱人的金黄色，像朝阳一样升起在庶民的早晨。

在上海人对"四大金刚"的定义中，油条与大饼是一对不离不弃的情人。但是我还要强调一点，如果没有油条，大饼的生意就比较难做，大饼必须夹了油条才好吃——这也是南北共识。油条倒可以单打独斗，自成一派，更何况急着与它结盟的还有煎饼、粢饭、蛋饼、葱包桧儿等。有了油条的加持，煎饼果子才名副其实，粢饭和蛋饼才有了核心价值，葱包桧儿也能在西子湖畔有了立锥之地。

北方也有油条，油条的故乡大概就在北方。唐鲁孙在《老乡亲》里说起北平的早点："至于油条，油面切成长条，中间划一道口子，用手一抻，炸成长圆形，比台湾一柱擎天的油条既秀美又好往烧饼里夹。"唐鲁孙的这段描写已经相当详细了,但我还得补充一下:"油面切成长条"后,师傅得抓起两小条叠在一起,用七八寸长的小钢棒往中间一按,压出小槽,然后手腕一抖,在粉堆里转成麻花状,抻长到合适的长度下锅,再两头一掐收口。这两根面条的刀面是不能对接的,否则油条就发不胖,术语叫做"并条"。

我为什么要强调这一点呢,因为这是决定油条成败的关键,也是拿来做油条搋(chuāi)肉的前提。

这里我又得插一句:北方人吃油条,那是相当的豪迈。买起来是论斤的,师傅,来两斤!四十年前我与女朋友行走在青岛街头,下午四五点钟的样子,几个大妈在路边炸油条,炸好的油条堆在一块门板上,简直像座小山啊。我跟女朋友研究起来:会不会是人家要办什么红白喜事所用啊?忍不住请教一位大妈,大妈亮起嗓门回答:明天赶早卖啊!看样子青岛人也是论斤买的,吃冷油条也无所畏惧。

上海人买油条是精打细算,一根两根,还要求是刚刚出锅的,滋滋地滴着热油,捏在手里烫得钻心,吃起来才脆口,香气四溢,或者就像张爱玲追求的意境,咬破油条时的那一口热空气。竖在铁丝笼里的油条就像舞厅里的"相公",不招人待见,除非你急着要吃了上班去。一般情况下,师傅等生意差不多时将冷油条回锅再炸一下。如果隔夜油条再造,就叫老油条,吃起来像麻花一样坚而脆。上海人形容吊儿郎当、不务正业的人——"老油条"。

老油条裹进粢饭里味道超好,师傅专门卖给熟人的,一般人无此口福。

尴尬头上，买一根油条可供一家老小之需，扯成两半，嚓嚓剪段，蘸酱油，吃泡饭。诚如西坡兄在《早餐》一文中所表达的情怀，"如果我有幸被遣到弄堂口的饮食店买油条下饭，一家人绝对等我回来后一起下箸。那时的早餐，肯定没有现在的丰盛、营养，但肯定比现在温馨、愉悦。"

这本是上海人的精打细算、和睦家风，但到了梁实秋的笔下就成了话题，看看他在《粥》一文里是怎样描写的吧："早餐是一锅稀饭，四色小菜大家分享，一小块酱豆腐在碟子中央孤立，一小撮花生米疏疏落落地洒在盘子中，一根油条斩做许多碎块堆在碟子中成一小丘，一个完整的皮蛋在酱油碟里晃来晃去。不能说是不丰盛了，但是干噎惯了的人就觉得委屈，如果不算是虐待"。

梁老师想必在北平和青岛吃过论斤卖的油条，他肯定不能想象，直至今天，油条酱油蘸蘸过泡饭还是唤醒味蕾的良方呢。

还有比这更尴尬的时刻——吃饭没有汤。上海人吃饭是必须有汤的，那么油条又来救场了，一根油条剪碎扔在碗底，加虾皮、紫菜、酱油、葱花，开水一冲就是一碗汤了，倘若再淋几滴麻油的话，味道还真不差呢。

抗战胜利后，穷困潦倒的汪曾祺来到上海，在民办的致远中学教国文，星期天就去逛城隍庙、逛旧书店、逛法国公园、兆丰公园。在上海他有两个朋友，黄永玉和黄裳，他还经常去巴金霞飞坊寓所聊天喝咖啡。他应该吃过上海的油条，等油条起锅的时候打量上海人。

他住在学校里，在《星期天》这篇小说里我记得一个细节，楼上人家将洗脚水直接倒在天井里，激起惊心动魄的声响。"我临离开上海时，打行李，发现垫在小铁床上的席子的背面竟长了一寸多长的白毛！"这是魔都的黄梅天送给"海漂"的礼物。

去年在汪老诞辰一百周年时，高邮为他建了一座纪念馆，据说还得了一个国际设计奖。汪曾祺在高邮度过了青葱岁月，然后在扬州、昆明、上海等地一路颠沛，1950年结婚后定居北京。他写的许多美食散文都与高邮、昆明、北京有关，对故乡风物描摹最细，用情很深。晚年三次还乡，留下许多佳话，他谢世后，高邮人根据他的美食文章整理出一桌汪氏家宴，街头不少饭店都打出"汪氏家宴"的广告以招广徕。去年我在高邮品尝了蒲包肉、汪豆腐、草炉饼、金丝鱼片、炒米炖蛋，还有红烧虎头鲨——汪曾祺似乎更喜欢虎头鲨氽汤吧。咸菜慈菇汤、朱砂豆腐、开洋煨萝卜等汪氏名菜因为季节不对没能领略，遂留遗憾。今年立夏过后再访高邮，在汇富金陵大酒店里总算吃到了心仪的油条摵肉。

在不惊不乍的汪氏家宴里，它意外地被冠以一个光芒四射的名字：日月同辉。这是一道双拼，汪豆腐拼油条摵肉。汪豆腐我在去年吃过，也写进文章里了，江苏里下河地区的黄豆和水质都很好，淮扬菜里大煮干丝和烫干丝所用的豆腐干都产自那里，豆腐品质也卓尔不群。汪豆腐的主料就是豆腐和猪血，烹制中要用到荤素两种油，还要加开洋、香菇、猪油渣等辅料增香提鲜。烧沸后分两次勾芡，以保持豆腐不碎不糊。汪豆腐是一道叫人倍感亲切的家常菜，汪豆腐配刚刚出炉的草炉饼，有"草草杯盘共笑语"的诗情画意，值得大快朵颐。

油条掭肉的这个"掭"字是高邮土话，"掭"表示一种动作，有疏通某一物体或掏空后重新填上其他东西的意思。油条斩寸半长的段，塞进肉糜及其他辅料，复入油锅炸至松脆即可，蘸番茄酱或甜椒酱趁热吃，也可与汪豆腐搭配，一干一湿。不过用这两道菜来象征日月，有点牵强，汪老若在世，肯定反对。

汪老在《老味道·做饭》里写道："塞肉回锅油条，这是我的发明，可以申请专利。油条切成寸半长的小段，用手指将内层掏出空隙，塞入肉茸、葱花、榨菜末，下油锅重炸。油条有矾，较之春卷尤有风味。回锅油条极酥脆，嚼之真可声动十里人。"

我爱吃油条，油条塞肉也就爱屋及乌了。其实上海人早就会做这道菜了，就直白地叫做油条塞肉。我家也多次做过，废物利用，吃个新鲜而已。黄河路、乍浦路美食街形成后，油条塞肉、油条塞虾仁是价廉物美的"模子菜"。汪老自诩首创，我表示不服。

接待过汪老还乡的高邮朋友说：汪老喜欢逛菜场，也喜欢做菜，家里临时来客，要留饭，却没有准备，就拿吃剩的油条做文章，斩点肉末、榨菜末塞进去，油锅里一炸，就成了一道皆大欢喜的下酒菜，嚼之声动十里人是李白诗风，家宴就是吃个气氛嘛。

在一桌吃货咀嚼油条掭肉的夸张声响中，我仿佛看到了一张顽童般的笑容。

汪老也会用隔夜油条煮汤，他在给朱德熙的信里记了一笔："极滑，似南京的冬苋菜（也有点像莼菜）。"

哈哈，简素人家的油条酱油汤到了他的笔下，瞬间高大上啦。是啊，他从来就是一个苦中作乐的人呀！

（写在汪曾祺逝世二十四周年祭日）

# 一说茄子你就笑

上海人一说茄子就笑。拍个合影,男女老少齐声喊:茄子!你能不笑吗?

昨天上午老婆抱了一枚青皮茄子回来,算它圆茄吧,倒有一尺来长,说它长茄呢,又分明是个小胖墩。"没吃过的就要尝一尝。"老婆总是有理。她将茄子刨皮,切蝴蝶片,夹肉末,挂面糊,入油锅炸至两面金黄,是谓"茄饼"。略有外脆里酥的意思,又挖了一勺朋友送的XO酱助兴,我给她面子尝了一块,再不作第二块想。饭店里的藕夹,我也兴趣不大。

北方多圆茄,南方多长茄;南方茄子以紫皮为正脉,北方茄子有紫有绿有黑,上个月在菜场还看到了花茄,红地而白章,堪为茄子界的颜值担当。我吃过江苏溧阳的白茄,香糯软绵,有意外味。上海人吃茄子,无非冷拌、酱爆。冷拌宜选杭茄,条形细长,薄皮无籽,蒸熟后撕条,生抽、薄盐,再淋几滴麻油就行了。袁枚的《随园食单》里也有凉拌茄子:"惟蒸烂划开,用麻油、米醋拌,则夏间亦颇可食。"我的经验是不能蒸过头,一烂未免皮肉分离，最恨举箸拎起一袭臭皮囊。不过加米醋是个好办法，各位不妨一试，拌芹菜、拌黄瓜、拌萝卜、拌荡藕，加醋后再冰镇片刻，行到水穷处，坐看云起时。

《随园食单》里还有"茄二法"："吴小谷广文家，将整茄子削皮，滚水泡去苦汁，猪油炙之。炙时须待泡水干后，用甜酱水干煨，甚佳。卢八太爷家，切茄作小块，不去皮，入油灼微黄，加秋油炮炒，亦佳。"前者是酱爆，后者是家烧，提携蔬菜界的庸常之辈，必须"无味使其入"，唯纯天然的秋油难得。

以前在大妈掌勺的居民食堂，酱爆茄子堪当平民恩物。茄子瓣段寸半，大锅煸炒，浓油赤酱，装盆后茄皮上有无数个油泡泡吱吱作响，一口吞进，鲜汁爆浆，烫得舌尖打颤，话也说不囫囵，赛过"素汤包"！一盆茄子可送一大碗籼米饭。

后来小饭店里出现了肉末茄子煲，杀饭神器。无论绿肥红瘦，一经椒麻辛辣加持，便能让茄子大跳霹雳舞。稍见粗壮者以蓑衣刀法塑身，油锅一滚，盘成一圈，甜辣酱汁兜头一浇："素黄鳝来啦。"这几年川湘馆子里的皮蛋擂椒茄子风评不错，家里也能做，不难。

梅龙镇里的酱爆茄子是饕客的心头好，我每去必点。他家取杭茄，去皮切条，先炸后炒，盆底不见一滴水。"条形分明，似酱无酱，糯香鲜醇，油而不腻"，这是国家级烹饪大师徐正才先生告诉我的成菜标准。我在家经常烧这道菜，晒到微信上赚口水，招待亲朋好友，也算一招鲜。

茄子可条可块，也可丁，我在吴江宾馆吃过徐鹤峰大师烧的八宝辣酱茄丁。受此启发，回上海就烧了扁尖圆椒茄丁、沙鳗鲞毛豆茄丁、蚝油牛肉茄丁，都好吃。此时圆茄也可以用，去籽、留皮、炝锅，少着水，让茄肉有点骨子，收汁要果断。

在万物皆可糟的盛夏，冰啤的标配有糟猪耳、糟凤爪、糟门腔、糟蛏子、糟鲜鲍等，其实蔬菜也可一糟，比如糟毛豆、糟茭白、糟豆芽，还有糟面筋、糟素鸡、糟茄子。

朱彝尊在《食宪鸿秘》记了一款糟茄，"色翠绿（看来是圆茄——作者注），内如黄蚋色，佳味也"。蚋是一种长着双翅的小飞虫，背部呈深黄色，用这来形容加工后的茄肉，今人不大好理解。所幸作者用一段歌诀透了底："五糟六茄盐十七，一碗河水甜如蜜，做来如法收藏好，吃到来年七月七。"奥妙全在首句，五斤酒糟、六斤茄子、盐十七两。霜降前后，架上最后一茬茄子收下来，去掉茄蒂花萼，不可水洗，用软布擦干净，堆在陶盆里，按照歌诀中的方法拌匀。三天后挤去盐水塞进坛子，再灌进糟卤没顶，密封半个月后就可开吃。悠着点，能吃到来年牛郎织女鹊桥相会那一天。

我们可以"洗澡"，将茄子蒸熟后稍控水分，糟卤浸渍时间也不要长，半小时足够，冰镇更佳，临吃浇上糟油。这个糟油不是神龙见首不见尾的太仓糟油（那个其实就是糟卤），而是用精制油加酒糟熬炼的糟油。今春吴江庙港老镇源酒家的姜总快递给我一小瓶，雅香馥郁，拌面、拌菜两相宜。

《食宪鸿秘》里还介绍了蝙蝠茄和香茄，前者需要梅卤，后者用到陈皮和紫苏。将茄子推上风口浪尖的，就是曹雪芹。我在朋友开的饭店里试吃过红楼名菜"茄鲞"，大厨按照凤姐儿的说词一步步来。我不免暗笑，曹家曾经阔过没错，曹雪芹会做风筝也没错，但少爷不会去厨房卧底吧。我细嚼慢咽，假装骋怀游目，但始终没吃出惊天地、泣鬼神的感觉，而已而已。后来在高濂的《遵生八笺》看到了一款"鹌鹑茄"："拣嫩茄切作细缕，沸汤焯过，控干。用盐、酱、花椒、莳萝、茴香、甘草、陈皮、杏仁、红豆，研细末，拌匀，晒干，蒸过收之。用时，以滚汤泡软，蘸香油炸之。"哈，曹公应该读过八笺，一时手滑，移花接木啦！

孙机在《中国古代物质文化》一书中说茄子原产印度和泰国，最早见于晋代的《南方草木状》，北魏的《齐民要术》里记载得更加详细。文震亨在《长物志》里说："茄子一名'落酥'，又名'昆仑紫瓜'。种苋其傍，同浇灌之，茄苋俱茂，新采者味绝美。蔡撙为吴兴守，斋前种白苋、紫茄，以为常膳。"还真是，前几年我在嘉善就吃过白苋梗炒紫皮茄，软烂烫鲜，素面朝天，一上桌就光盘。对，我明天炒一盘让老婆大人尝尝蔡太守的常膳味道！

石涛、齐白石等大师画的茄子都是圆茄，胖乎乎才福态呀。白石山翁鲐背之年还在画茄子，不止有情趣，更有生活态度。食粥致神仙，佳蔬抵万金！

少年游

放飞青春

打卡，自拍，是年轻人接触时尚的一种态度

摄影：范筱明

# 小时候，我们放学回家

小时候，我们放学回家，这是一天中最开心的时候。

作业都在课堂里做完了，都是自己一笔一画完成的。抄人家功课是很丢脸的事。即使最要好的同学也不会让你抄，那是害了你！如果你实在不会做，老师会叫你留下来，到办公室开小灶，直到你弄明白为止。从来没听说过额外收费这档事，想想都会脸红！

我经常被班主任留下来，叫到办公室出黑板报。一块黑板，一盒彩色粉笔，鼓捣一两个钟头，手上、鼻尖上、衣服上都是粉笔灰，但黑板上居然鲜花绽放，还有和平鸽飞过，我们写的极其稚嫩的作文也在上面——标题用美术字。办公室里的老师夸我画得好，我像喝了蜜糖那样，班主任脸上也很有光彩，但是她一般不会当面表扬我。回家路上，我像飞一样，书包在屁股上颠着。

有时候我们放学后不急于回家，因为学校体育室每周两次开放，这次轮到我们班打乒乓，同学们捉对厮杀，体育老师为我们加油，大家满头大汗，嗓子渴得冒烟，就奔到操场上嘴对着黄铜龙头喝喷泉一样飙出来的沙滤水，水很甜，直沁心肺。还有各种兴趣班，谁都可以报名。我本想参加美术班的，但名额满了，只能报个作文班，二十年后我居然成了作家。

不出黑板报、兴趣班没有活动的日子，我们就直接回家。从学校到家，也就是几百米的距离，我们尽可能地延长这段时光。因为三五成群，我们可以开开玩笑，踢踢小石子，穿穿小弄堂，谁的兜里有钱，就买点小零嘴大家分享。盐金枣、咸支卜、奶油话李都是我们的最爱。有个同学人品差，大家都不爱搭理他，可是有一天我发现放学后有不少同学都围着他转，粉丝飙升。这家伙可得意了，像黑老大那样分发水果糖和巧克力。两天后他妈妈来学校了，找班主任说事。原来这家伙偷了家里的钱，买了零食贿赂班里最有话语权的淘气鬼，以换得大家带他玩的机会。

你看，友谊的小船不是你想上就上得了的！

我们学校门口的这条马路上有好几家五金店，马路上长年堆放着铸铁件或钢板，横卧在地上的庞然大物就是锅炉，像一艘艘停在船坞里的潜水艇。经常看到有工人蹲在地上用喷枪切割钢板，这是我们最爱看的风景之一，虽然惨白的火焰有损于眼睛。我们从小就有一个理想，我的理想经常切换，其中一个就是从马路上得来的，长大后做一个能把坚硬的钢板切割成豆腐干的工人。

有时候，我与最要好的同学一起去街道文化站看幻灯片，花两分钱买一张票，一直看到天黑回家。幻灯片在一帧帧播放的时候，有一个瘦瘦的男人在做讲解。在那里，我看到了另一个世界，知道了应该尽可能地帮助别人，甚至牺牲自己，知道了不可以出卖组织,也不可以出卖朋友,知道了中国地大物博,有许多丰富的矿藏等着我们去发现、开采。这些幻灯片对我的三观形成很有帮助。

还有一次,我与几个胆子贼大的同学一起翻墙头进入淮海公园旁边的外国坟山,在齐腰高的野草丛中,躺着许多外国侨民的坟墓,墓碑被落日的余晖照得一片金黄,上面刻着的英文字母和新月形图案就特别清晰。啊,还有一块墓碑上刻着一个女孩子的侧面像,简笔画的风格,翘鼻子,圆下巴,卷头发,十分美丽。1923—1934,我飞快一算,她只活了十二岁!当时我才八岁,这块墓碑给我震撼极大,生命原来如此脆弱,十二岁就可以死了!

我们很快就长大了,到了三年级,我们放学后还会偷偷地跟踪漂亮的女老师,跟她一路回家,知道她家住在尚贤坊还是文元坊。我们已经知道谁比谁更漂亮,谁比谁住的地方更好。

在我们小时候,从来没有一个学生是家长护送来校的,放学也没有一个家长来接。要是真发生这样的事,这个学生就会成为大家的笑话,别想抬头做人了。

噢,有过一次。有一天放学前突然昏天黑地,雷声大作,特大暴雨倾盆而下,短短几分钟功夫学校门口就发起了大水,雨势稍减后我们一下子拥到校门口,校门对面的人行道上已有不少家长举着雨伞提着套鞋,一声声叫唤自己孩子的名字。我哥哥也发现了我,他举着一把鹅黄色的油布伞,但是我没有专属的套鞋,他就哗哗作响地蹚着浑水走过来,要背我离开。我怎么也不肯,他只比我大三岁,并不比我高大很多,于是我脱了布鞋,卷起裤腿,拉着他的手走出了"灾区"。

第二天一切归于平静，路面异常干净，弹街路面的石头缝隙中，积水反射着日光，亮晶晶的刺眼。再也没有家长堵在校门口了，一个也没有。我倒是希望再下一场暴雨，这样我们就可以勇敢地冲进小河里，唱一唱《让我们荡起双桨》了。

（2018年6月28日，上海市世界外国语小学门口发生令人揪心的惨案，时值学校放学，一个歹徒为泄私愤，蓄意报复社会，经过踩点，在路边挥刀施暴，两名孩童遇害身亡，还有一位家长和一位学生被砍伤。）

# 忙趁东风放纸鸢

蓬头稚子学垂纶，侧卧莓苔草映身。路人借问遥招手，怕得鱼惊不应人。

郎骑竹马来，绕床弄青梅，同居长干里，两小无嫌猜。

篱落疏疏一径深，树头花落未成阴。儿童急走追黄蝶，飞入菜花无处寻。

小娃撑小艇，偷采白莲回。不解藏踪迹，浮萍一道开。

昼出耘田夜织麻，村庄儿女各当家。童孙未解供耕织，也傍桑阴学种瓜。

草长莺飞二月天，拂堤杨柳醉春烟。儿童散学归来早，忙趁东风放纸鸢。

……

在中国诗词的宝库里，有着太多太多的描述儿童嬉戏或劳作的内容。每次从典籍中检出并轻轻诵读，总会被文字、音韵、节律所呈现的欢乐情景所陶醉，并回想自己在总角之年所亲历的种种弄堂游戏，并不因为身居这个骤变的时代和喧嚣的大都市，而消减那份简单的快乐。事实上，像逗鸟、钓鱼、跳绳、斗鸡、滚铁圈、捉蜻蜓、扑蝴蝶、抓青蛙、放风筝、打陀螺、扯响铃、踢毽子、斗蟋蟀、舞龙灯、放炮仗、捉强盗、飞香烟牌子、放孔明灯等游戏，已有数十年甚至数百年的历史，一路玩到今天，构成了风俗的组成部分和民众的集体记忆。儿童游戏看似简单，但规则合理，内涵丰富，寓教于乐，有益于心智体美多方面的发展，有着强大的生命力。

2018年初，我三哥沈嘉荣在青岛三生缘美术馆举办了《婴戏——沈嘉荣小品绘画展》，33幅作品汇集一堂，与美术馆内的奇石盆景、瓷器紫砂、红木雕刻等相映成趣。今年春节期间，《婴戏——沈嘉荣小品绘画展》在青岛崂山丽达广场的半乡客银行美术馆举行，40幅婴戏图以斗方形式又让观众眼睛一亮。

婴戏图，即描绘儿童游戏时的画作，又称"戏婴图"，是中国人物画的一种。因为以小孩为主要绘画对象，以表现童真为审美追求，所以画面丰富，形态有趣。中国很早就形成了描绘婴孩的传统，到唐宋时期技巧渐趋成熟，宋代更是婴戏图创作的黄金时期，使之成为中国绘画中极受欢迎的类别。中国婴戏图的可贵之处还在于：当西洋古典绘画中出现儿童时，大多以天使的形象为宗教画锦上添花，直到印象派绘画登场后，儿童的配角地位才有所改变。而中国的婴戏图一开始就以儿童为表现主体，在民间绘画中，更少主流意识形态的羁绊。

三哥对少儿题材的创作情有独钟，而且以中国画的技法为表现手段，像水浒叶子、永乐宫壁画都仔细临摹过。早在就读于上海轻工业学校时,他的白描写生稿就被杭州浙江美院借去作为教学参考。存放在家里时,我也经常偷偷地拿出来欣赏,还请同学们到家来一起看,后来被我送掉几幅,他也不知道。

三哥毕业后被分配到青岛玻璃厂当工人,烧大炉,十多年后才回归专业,去搞工业设计。锅炉的火焰和繁忙的设计工作使三哥的视力严重受损,但又不甘心搁下画笔,在一次眼科手术后,他毅然辞去设计协会会长的职务,把自己的设计工作室也关闭了,专心创作,尤以儿童画为自己的情怀所托。

三哥的儿童题材作品,重在表现"真情"二字。他从中国历代婴戏图和西洋美术的儿童画中汲取滋养,以质朴有力的线条,纯真透明的色彩,虚实相间的构图,生动活泼的态势,抓住儿童嬉戏的戏剧性瞬间,将孩子的性格、友谊、感情以及与大自然的亲密关系表达得淋漓尽致,同时也真实地体现了孩子身处环境的风土人情与时代风尚,最受美术界同行和艺术爱好者的赞赏。

2017年春天我与三哥一起在南京东路朵云轩办了一个名为"我们小时候"的兄弟画展,他在画展第二天的讲座中说:"婴戏图不好画。有的画家水平很高,一画孩儿,就像小大人。看来什么都对,但就是无趣。故孩儿虽小,空间却大。我画婴戏,觉得孩子干净,眼睛中透露出善良、天真、自然的精神,希望用这种童真之美来安抚这个世界中骚动的灵魂。过去有一种说法,叫'救救孩子',而我觉得,救救世界的一定是孩子。"

三哥在日常生活中喜爱孩子,观察孩子,着意体验孩子的感情。有一次他从六楼的家中下来,一脚跨出大门,突然下起雨来,几点冰冷的雨滴打在他的脸上,他急忙把携带的图书掖到怀里。邻居小店铺内有一个年仅四五岁的孩子，正打开一把红伞在玩耍，看到他的尴尬情形，怔了一下，急忙高举着伞踮着脚来为他挡雨。这可能是出于一种本能，但让三哥掂出一份沉甸甸的善良。他急忙跑到画室画了一幅荷花童子图以作纪念，后来他又凭借这份持久的感动创作了一个荷花婴戏系列，被四个展览馆邀请去作展览。

儿童游戏一直是儿童画中极富乡村气息与都市情调的题目，三哥在描绘童年游戏时，细细地将童年记忆打捞出水，并加载了一份长辈的关爱与欣赏。这份记忆是鲜活的，带着温度和响声，"静心想来，比大人的生活还要有道理，比如'过家家'，孩子就比大人要认真。"他说。

他还认为：有些游戏虽然儿童不会想得太复杂，但大人以儿童的角度去想，一定会有启发。比如"拿大顶"，弄堂里的孩子顽皮，经常双手倒立和行走，力怯者也可以脚靠在墙上，这样看出来的东西颠颠倒倒。为此他在画中题了一首诗："儿童大世界，小孩颠倒看，正反何谓是，庄周不能判。"

纵观历代的婴戏图，画家落的多为穷款，而三哥喜欢再以数行文字点题，这体现了他对这一题材的深刻理解和表达，也为简单的游戏加载了时代精神和人文情怀。

三哥的婴戏图着眼于当下，是现代人的写照，但有时也让孩子身着古代的装束。他认为婴戏图既然在中国有着上千年的传统，那么在今天的信息时代进行传承，也应该符合中国的古典精神，体现它特有的诗性，他说：这肯定比让孩子穿着国外品牌的服装、抱着芭比娃娃、吃着肯德基"戏上一把"更符合"婴戏"

两字的内涵与初心。

三哥的婴戏图多以扇画、斗方小品为表现形式,那些个放风筝、逗鸡、拍毽、舞龙灯、拿大顶、扯响铃等游戏,都能在有限的空间里展现无穷的趣味。三五童子围作一团,红衣绿衫,热气腾腾的一个小世界,他们无忧无虑,健康乐观,充满着对生活的热爱与向往。三哥希望通过这些不同立意的婴戏图,表达率真朴实的艺术情趣和人文情怀,并让观者能够藉以儿童的视角看待世界,以孩子的道理解读现实。

在中国波澜壮阔的文化长河中,婴戏图与儿童诗并行不悖,比邻呼应,它们的文化价值说到底就是借儿童的形象与情趣,寄托成人社会的理想与情怀。建国后,婴戏图这一形式被赋予了新的时代精神,在年画、剪纸、刺绣、工艺美术以及宣传画等多个领域也得到传承与发扬,而诸如"连生贵子""五子登科""百子千孙"等寓意被淡化。但是三哥又说:"走进一些美术大展,儿童体裁的绘画还是相当的少,少到几乎没有。我感到孩子们精神上的饥饿,所以我会画下去,并享受它带来的快乐。"

草长莺飞二月天,忙趁东风放纸鸢。于是,在呼唤传统回归的时代要求下,我们从三哥的婴戏图中看到了温馨的童年,也看到了锦绣的未来。

# 白相城隍庙

小时候每逢过年，老爸就会带我去"白相城隍庙"。"白相"，就是玩耍的意思，"好白相"，也就是有趣。

城隍庙离我家不远不近，我们出了弄堂，经过杀牛公司，横穿西藏南路，进入方浜路，然后一直向黄浦江方向走，半个小时即可看到两根旗杆直刺青天，在一大片黛瓦白墙的老平房中间，颇有点鹤立鸡群的腔调。老爸告诉我：那两根旗杆是福建人捐给庙里的。

很多年以后我才知道，一百多年前，福建商帮在上海是一股举足轻重的势力，小刀会起义的主力就是福建商帮和闽籍无业游民，豫园的点春堂原是福建商帮主政的木业公馆，小刀会的副元帅陈阿林与将领议事及发布指令的指挥部。

节日里的城隍庙人山人海，喧闹而嘈杂，我们随着汹涌的人流进了山门，就可看到中央广场坐着一口铸铁冲天耳大香炉，香烟缭绕中折过身来，还可以看到身后有座戏台，戏台的屋檐下悬挂着一把很长的大算盘，据说有一百多档，大概寓意"人算不如天算"吧。进入正殿，前后有两座神像，白脸黑脸，威风凛凛，两厢有白无常、黑无常，红眉毛绿眼睛，舌头伸得老长，我不敢多看，怕夜里做噩梦。

城隍庙里面神像很多，观音娘娘、孙悟空、关老爷，还有管火灾、管天花、管痧眼的诸位神仙，简直就像一个无所不管的派出所，而老百姓最感兴趣的就是寻找管自己本命年的太岁，然后拿了香烛往大香炉里抛。

世俗意义上的城隍庙，还包括庙外的街市和豫园。豫园要买门票才能进入，里面有亭台楼阁，大假山、金鱼池、砖雕、玉玲珑，还有各种造型的石窗和墙门，盆景最应时，绿萼梅让我十分惊奇。最精彩的是龙墙，九条活灵活现的虬龙依次趴在墙头上，龙睛炯炯，龙爪孔武，龙须快要翘到天上去了。

世俗意义上的城隍庙，还包括庙外的集市和豫园，有九曲桥、湖心亭、风味小吃、百样杂货等等。

九曲桥总要走一走的，湖心亭里吃茶需要有钱有闲，风味小吃和百样杂货最最吸引人。腊月里，城隍庙有几家商铺还会供应时令花卉和清供，比如天竺、水仙、腊梅、银柳、佛手、金橘等，还有男孩子过年的标配——木制的刀枪剑戟，髹红描金，龙飞凤舞，总有一款适合你，孙悟空、鲁智深、李元霸等"野胡脸"和各种花炮也让人心动不已。

荷花池南边的百翎路转角上开着一家动物商店，店堂不大，但孩子最喜欢往那里钻，除了八哥、画眉、腊子、鹦鹉，还有装在笼子里或玻璃缸里的两头蛇、四脚蛇、红蝎子、红蜘蛛、绿毛龟、癞蛤蟆，看了长见识。

宁波汤团店外面的过街楼下还有一台俗称"武松打虎"的拉力机，外观上是一尊彩塑，武松跨在虎背上，正抢起拳头猛揍那头吊睛白额大虫，动作绝对威猛。你只须花一角钱，站上去将机器上的粗壮把柄奋力抬起，嵌在老虎身上的一连串小灯珠就会随着音乐声而渐次亮起，红红绿绿煞是耀眼。但是大多数人用足吃奶的力气也不能收获"大满贯"。但关键时刻总会有"大力士"自天而降，拨开人群出来挑战，只见他朝手心啐口唾液，搓几下，啪地一下搭住把柄，瞪起眼珠子、鼓起腮帮子，大叫一声，在围观群众的喝彩声中，让小灯珠一路狂蹿，直至尾巴顶端的那盏红灯大放光明。

大力士仿佛有武松的附体，成了孩子的偶像。我暗暗发誓：等我长大后也要来挑战一次。但是……后来这台拉力机就不知去向了。

吸引小孩子的还有西洋镜，北方人叫做"拉洋片"，那部活动车厢被装点得花花绿绿，赛过移动的宫殿，拉洋片的人操北方口音，一边夸张地拉起调子，一边操纵机关。车身一侧开着数个小孔，几个小孩子挤在长条凳上贴着小孔看得津津有味。听比我大的孩子说，西洋镜到最后会有一个出人意料的镜头，绝对刺激。我想看看，老爸眼睛一瞪："什么，你脑子出问题啦！"

旧时，城隍庙就是一座城市的文化中心，这个特征在上海更加明显。每逢元旦、元宵、清明、立夏、中秋等时间节点发生的烧头香、灯会、梅花会、城隍神诞日、新麦上供、花艺会、天贶节、晒袍会、菊花会等，都成了市民的狂欢节。还有万人空巷的三巡会——城隍庙老爷出巡游街。

有了庙会，就会吸引人们如约而至，于是小商小贩纷纷在此设摊开店，遂使城隍庙内外成了热闹的集市，人间烟火，以斯为盛。

跟老爸白相城隍庙，必须来点吃的。五香豆不可不尝，五分钱买一包，入口后一股奶香味，含在嘴里玩味片刻，先嚼豆皮，再吃豆肉，越嚼越香，回味悠长。花式繁多的梨膏糖我也是想尝尝的，但老爸说，没有伤风咳嗽，吃了浪费钞票。后来我就聪明了，看到梨膏糖商店就拼命咳嗽，但老爸只当没听到，第二天下班倒是给我带了一瓶半夏露。

那会方浜中路城隍庙的西侧有一家老松顺，八扇落地窗门很有些百年老店的派头，老爸带我坐在八仙桌上吃过面筋百叶，味道真是好极了。更多小吃集中在庙前广场，大殿两边的房子都成了小吃店，还搭建了凉棚，水汽氤氲中供应着赤豆糖粥、鸡鸭血汤、鲜肉大包、菜肉馄饨、鲜肉汤团、面筋百叶等。

鸡鸭血汤是城隍庙人气最旺的小吃，师傅在大碗里加鸡心、肝、肫、肠和小蛋黄，浇上一勺血汤，撒上葱花，淋几滴鸡油，红黄绿相间，味道鲜美。糖粥也是我的最爱，有一种红白镶糖粥，一半桂花白糖粥一半赤豆糖粥，盛在碗里像个阴阳八卦图。豆腐花也是上海人的心头好，点得极嫩的豆腐花加了虾皮、榨菜、紫菜、葱花、酱油、辣油等佐料，一碗下肚，满头大汗。

城隍庙里的炸鱿鱼也令我难忘，它的正式叫法是油氽鱿鱼。这个摊头是设在路边的，露天生意照样做得风生水起，师傅的鱿鱼发得真好，放在瓷盆里肥嫩光亮，待客人选中后用剪刀剪成几大块，下锅油氽，滋啦一声，活色生香，起锅装盆，淋上特制的酱料，鲜美无比。我当然也想尝尝，但是老爸说价钱太贵了。回家后他从菜场里买来水发鱿鱼自己氽，弄得家里油星四溅，老妈很不高兴，而且他用普通的甜面酱来调味，味道肯定不会比城隍庙里的好。

宁波汤团店在平时生意就特别好，过年时节尤其夸张，店堂里挤得满坑满谷，实在没位子就只好站着吃。除了宁波汤团，城隍庙到正月十五还有元宵应景。北方的元宵馅也是甜的，以百果为主，将桃仁、松仁、蜜枣、糖冬瓜等切碎了拌匀，先压成饼，再切成骰子那般大小的颗粒，然后蘸些水后放在盛有糯米干粉的笸箩里滚来滚去（南方称作"筛"，北方称作"摇"，也有叫做"打元宵"的）。馅心沾上干粉后越滚越大，像滚雪球似的，最后就成了外表不甚光滑的圆子，但好歹没有漏馅。

我见过一种古法做元宵，师傅将一种特殊的工具搬到店门外：把整张干驴皮卷起来做成一个桶，一头封口装上轴，一头装上把柄，搁在一个 H 型的木架子上。桶内投入适量干粉，将馅心颗粒放进去，然后师傅就有节奏地摇动把柄，让馅心在里面翻滚，这方法要比摇笸箩快得多，也极具观赏性。元宵一摇，游客都来围观，生意就这样做活了。

城隍庙是小孩子的社会大课堂，许多教科书里没有的知识，都可以在那里获得，就看你有没有足够的观察力和悟性。读三年级的那个春节，我独自一人跑到城隍庙，终于看上了西洋镜。真的，最后一格画面弹出来时让我怦然心动：一个女人坐在大澡盆里，背对着我回眸一笑，丰乳肥臀小蛮腰。这是我的人生第一次性教育。

# 曾是少年抱鸡娃

鸡年降临,邻国又闹起了禽流感,所幸这回本土的鸡们无恙,春节的餐桌上,白斩鸡还是主打品种。吃着鸡,就想起童年当"抓髻娃娃"的经历。

那会儿四海翻腾、五洲震荡,大城小镇乱成一锅粥,弄堂里公共卫生没人抓,大家就养起了鸡鸭。阳台上喇叭花开的一天,妈妈买小菜回来,从菜篮子里捧出四只毛茸茸的小鸡。

天啊,小鸡太可爱了,蓬松的黄毛,橘红的脚爪,叽叽地叫个不停,眼睛像一粒绿豆,明亮如漆,侧脸看人,无所畏惧,且十分好奇。小鸡不能啄整粒的米,我就将米剪碎了放在手心里让它们啄,手心酥酥麻麻的。

但不久可能是饮食不当,先后有三只小鸡与我拜拜了,最后一只孤苦伶仃的左看右望,叫声凄凉。妈妈怕养不活,就寄放在楼下人家,他们养着一大群小鸡,是一个快乐的大家庭。

在小鸡寄人篱下的日子里,我一放学就直奔邻居家探望它。它似乎认识我,冲着我叽叽直叫。渐渐的,它褪去绒毛,披上羽毛，脚也变得又细又长，最后长出了肉红色的鸡冠。一个月后，小鸡被接回家，我找来一个箩筐把它倒扣，养在露台上。过了几天，它突然初试啼声，原来是只小公鸡。吃了端午粽，弄堂里来了阉鸡的手艺人，妈妈就花两角钱请他给小鸡作了手术。妈妈说，阉过之后它就一个劲地长肉，也不会打鸣扰民了。我叫它"哑壳"。

说来也奇了，又过了一个月，羽毛丰满的"哑壳"在晒台上受野猫骚扰，发出自卫的啼叫。可惜那啼声既不悠扬也不高亢，像倒了仓的京剧演员，估计手术做得不清爽，造成历史遗留问题。

"哑壳"茁壮成长，食量猛增，我每天将淘米泔水沉淀在一只钵斗里，加菜叶煮熟喂它，有时候它饿得直叫，我不等饲料冷却就给它吃。有人说鸡吃了热食后火气大，好斗。果然，"哑壳"性子开始变得刚烈，常啄人家脚板。它雄赳赳气昂昂，睥睨天下，无所畏惧。

母鸡下了头生蛋，公鸡进入发情期，弄堂里的斗鸡比赛就拉开了序幕。我常将"哑壳"抱到弄堂里捉对厮杀，过五关斩六将，面南为王。接着来到马路上与对面弄堂里的另一只鸡王生死对决，两只公鸡一下地，立马对上眼，嘴里发出咕咕声响，如泰森拳击前的辱骂；颈毛撑起了阳伞，绕两圈，瞅着一个空子，突然跃起，爪子在空中相撞，翅膀拍出阵阵强风；坚吻朝对方鸡冠、垂肉等软肋处频频啄，两颈死死缠结在一起，腾空扑下，左旋右转，一时难解难分，直落得一地鸡毛。不一会，双方的鸡冠都出血了，进入战略相持阶段，围观的孩子、还有大人在一旁鼓劲。论个子，"哑壳"不如对方强壮，但论性格，"哑壳"坚强不屈，从不认输。

情急之下我模仿电影里的日本鬼子大叫一声："哑壳，吉格基！""哑壳"似乎听懂了命令，虚晃一枪，故意露个破绽，等对方莽撞地冲来时，一跃而起，精确无误地咬住它的鸡冠，并将整个身子压上去，将对手斩于马下。

我抱着"哑壳"凯旋，给它的伤口上抹了点红药水，再抓了把米慰劳它。此后还常到菜场肉摊头上捡点肉屑给它补充营养，入秋后还跟小伙伴去漕河泾捉皮虫给它吃。后来，只要我把"哑壳"抱出去遛弯，整条马路上的大公鸡见了就不敢出声。"哑壳"鹤立鸡群，亮出鲜红的鸡冠和一身金羽，俨然赤壁周郎。

那会儿社会上流行打鸡血针，将鸡血抽出来直接注入人体，据说可治贫血、体虚、尿频尿急等疾病，还能强身健体。邻居老太太愿出十元钱让"哑壳"捐躯献血，被我断然拒绝。

北风起，露水寒，大雪飘，春节近，当时老百姓养鸡就是为了改善生活，我们也不例外。想起"哑壳"终有一天要与我诀别，第一次体验到了什么叫作伤感。有一天，妈妈趁我在外面玩的当口，将我的宠物当作一般家禽处理了。等我闻讯赶到灶披间，只看到邻居小姑娘围着尸骨未寒的"哑壳"叽叽喳喳，想拔它的翎毛做毽子，我大喝一声，小丫头们尖叫而散。

妈妈拿来秤一称，十斤四两！烧成白斩鸡，光是两只翅膀就斩了一大碗。妈妈叫我吃，我含泪不吃。"哑壳"的四五根羽毛被我夹进书里，直到进了中学还闪烁着乌金般的光芒。

城市里养鸡养鸭是污染环境的不文明行为，但也是物质匮乏的年代里人们改善生活的无奈之举。如今鸡鸭是没人养了,取而代之的是狗或其他宠物,但禽流感的幽灵常在家门口徘徊,仿佛在告诫我们:无论是人还是动物,最好的生存环境应该是未经污染的大自然,最好的关系应该是和平共处。

后来,我画过很多只大公鸡,朱冠金爪黑尾巴,每一只都有"哑壳"的影子。

# 排门板上捉对厮杀

第一次在正规的乒乓桌上打乒乓球,是进小学读一年级上体育课的那天,小朋友一个个排好队上阵,但绝大多数同学一个回合就被体育老师斩于马下。轮到我上场,拿起球拍开了球,过了网,对方的体育老师轻轻一挡,弹过网来,我却没有能力组织反击。一年级小学生呀,人比球桌高不了多少,桌面又像草原那么辽阔,早把我吓晕了。下课铃响了,有两个同学能与老师杀几个回合,被认为是可造之才,选入校队,我与大多数同学一样垂头丧气地走出体育室。

但我这个人从小有廉耻之心,决心发愤苦练。放了学,就与几个要好同学将课桌搬到操场上,拼成一张球桌,然后你推我挡地大杀一场。那会家里穷,我的装备是一块光板,条件好的同学神气活现地亮出长胶反贴,还有适用于横拍选手的专用板,摸也不让人家摸。乒乓球大多是八分一只的副牌,稍好一点的盾牌要一角一只,不小心踩瘪了,赶紧放进茶杯里,开水一泡,卟地一声瘪塘弹起,小球起死回生,又能蹦蹦跳跳陪我们玩了。

更大的动力来自第二十八届世乒赛的捷报。那时每天晚上匆匆做完回家作业，守候在收音机旁，听播音员绘声绘色的解说，还有乒乓球在台板上清晰的跳动声。每当中国选手取得关键一分，整条弄堂里就会爆发出响亮的欢呼。最后，中国运动员获得男、女团体世界冠军，庄则栋再次蝉联男子单打冠军，林慧卿、郑敏之获女子双打冠军，庄则栋、徐寅生获男子双打冠军。而徐寅生在比赛中向裁判举手示意对方打了个擦边球，应判对方获胜的美谈，也体现了良好的体育道德。他的报告录音几乎在每所学校都播放了一遍。

到了夏天，我们将战场延伸至小菜场。等小菜场下午市收摊，就在水泥砌成的台板上开打。水泥板弹性足，球的落点十分清脆，但略感遗憾的是水泥台板为冲洗方便，做出了一定的斜坡，增加了乒乓球反弹路线的不确定性。我们一直要打到天黑，才拿起各自的书包回家。不过听说徐寅生小时候也是在菜场里练球的，光凭这一点，我们都认为自己与世界冠军的距离并不太远。

读二年级时，学校将一个班分成几个小组，放学后按小组活动。所谓活动其实也就是做作业，成绩好的帮成绩差的，我是小组长，任务之一就是出些怪题目为难大家。我所在小组里有一同学父亲是开肉铺的，小组活动就以他家为根据地。作业做完后，就将肉铺的排门板搭成一张乒乓桌，捉对厮杀起来。每打出一个好球，就会引起围观者的大声喝彩，我等小赤佬环顾四周，得意之情不亚于卸了牛肩骨的庖丁。但排门板也有缺点，球落在两块板的接缝上，就会出现"逃球"，防不胜防。如此一番苦练后，我终于杀进校队，代表我校男队参加区赛，最后还捞到了一个名次。

重新捡起球拍是在我做了父亲以后，有一次了解到儿子进了中学还不会打乒乓球，非常惊诧，忙拖着老婆搭档和儿子到乒乓房练球。练着练着，他在连续大力扣杀之下心理崩溃，再无招架之力，只剩下我与太太重温旧梦。后来我们就经常到乒乓房练一两小时，并与管理员也交了朋友，有时候偶尔路过，一时手痒，就拐进去了，钱没带还可以赊账。可惜前几天再去，这家乒乓房却因入不敷出，已关门谢客了。

今年春节以来，新冠肺炎疫情弄得大家人心惶惶，不敢外出。宅家的日子相当无聊，平时饭后一小时的散步也被迫取消，总在阳台上练俯卧撑有什么意思？前不久，日本乒乓球世界冠军星野展弥不幸去世，享年83岁，这位日本国手曾经在1961年的世乒赛上与中国选手徐寅生上演了十二大板的世纪大扣杀，至今仍是让人津津乐道的乒坛佳话。第二天，媒体记者很有心，就报道了一组体育界名人宅家健身的新闻，其中就有比星野展弥小一岁的老对手、国际乒联终身名誉主席徐寅生在家练乒乓球的消息。徐寅生家里没有乒乓球桌，他用的是一种简易有效的"乒乓球神器"——弹力软轴乒乓球训练器。在视频中我看到，这个神器的全部秘密就是一根细细的插在防滑底盘中央的弹力钢杆，上端联接着一只橘红色的乒乓球，徐老对着乒乓球左右开弓，乒乓球出去后总会回到他面前。

这个太好了，老婆大人马上在网上下单，第二天到货，我花两三分钟就组装好了，噼里啪啦一通对杀，甚是过瘾，一刻钟后就出汗了，也不用担心乒乓球逃到柜子底下或飞出窗外，每次都会乖乖地弹回来。世上居然有如此"讨打"的货，也让人醉了。

# 杀牛公司与安南巡捕

老画家贺友直每个星期一次在《新民晚报》副刊"夜光杯"上的专栏太赞了,图,画得传神,文字,写得有趣,老先生对这个世界的看法都体现在里面了。前两期他画了外国坟山和杀牛公司,我看了非常亲切,因为我生于兹长于兹,他的画激活了我的记忆。

外国坟山就是今天的淮海公园,老先生讲得不错,但不是全部。在我刚刚读小学的时候,外国坟山在西边还保留了一小块,两亩地的样子,用一人多高的红砖围墙团团圈起来,油漆斑驳的大门上挂着一把生了锈的铁锁。有一次放学,我跟一帮同学翻墙头进去。嚯!野草长得半人高,墓穴半埋,整齐划一,厚厚的墓碑却横七竖八散落一地。夕阳西下,虫鸣唧唧,我第一次感悟到了什么叫荒凉。

不久,这块坟地就被铲平了,造了两幢居民楼,不晓得居民在半夜三更是不是听得到鬼叫。

杀牛公司的所在地,老上海称之为南阳桥,前门在西藏南路,后门在崇德路与柳林路的交汇处。小时候上幼儿园,每天从杀牛公司后门经过，再穿过一条弄堂到西藏南路。弄堂过街楼下有几个聋哑人摆了一只修鞋摊，生意不错。前不久我特地从这条叫做文元坊的弄堂里穿过，过街楼下面的一口水井居然还在，沧桑啊！

这个时候，杀牛公司后门每天会有马车得得赶来，车上装一个椭圆形大木桶，杀牛公司的师傅会从一根贴着墙头的管子里放出肉汤，接到木桶里。热气腾腾的肉汤呈混浊的牙黄色，一股腥膻，路人都捏着鼻头匆匆走过，但对我这个难得吃一趟肉的小赤佬而言却是极大的刺激。领我回家的姐姐告诉我，这个肉汤是送到乡下头喂猪的。

杀牛公司大概是以前法国人在租界内创建的，解放后就成了肉类加工厂，它在西藏南路开了一个门市部，老爸经常给我两角钱，叫我去买一包猪头肉或者夹肝，补充中饭小菜。当时的猪头肉还加了点硝，肉色微红，有一股逗人食欲的腴香。夹肝生在猪肝旁边，窄窄一条，加香料酱油红烧，吃起来很有嚼劲。还有糖醋小排、桂花肉、方腿、红肠等。弹眼落睛的是酱汁肉，油光锃亮，方方正正，在搪瓷盘子里排得像一个等待检阅的方队，我家吃不起。

有一天中午我正好在排队买猪头肉，看到一个交警买了一斤酱汁肉，也不用营业员用蜡纸包起来了，就借了一把铝铲盛着，在路边一块接一块大快朵颐起来，这天大概是他发工资吧。我看在眼里，馋吐水答答滴，心想等我长大了，上班领了工资，也放开肚皮吃他一斤酱汁肉！

现在杀牛公司要拆了。太仓路东抵曙光医院，朝右一偏，顺着拓宽了的崇德路从这里与西藏路接通。某年上海书展举办时，我在上海书城参加了一个新书研讨会，"在京海派"出版界老前辈沈昌文先生从北京赶来，在发言时讲到出租车司机居然不知道有个南阳桥杀牛公司。我马上向沈老汇报，请他方便时去看一眼，再过几天它将要在上海版图上消失了。

其实，即将消失的何止是杀牛公司！整条崇德路也在发生翻天覆地的变化，将成为新天地的新生部分。我老家在131地块，绝大部分居民都搬走了。小时候听妈妈和邻居们在弄堂里闲聊，附近的那些马路，他们常常还习惯用法租界时期的老路名来说事，比如马浪路、萨坡赛路、麦高包禄路、克来特路、贝勒路、福煦路、喇格纳路等，都是用外国人姓名来命名的，一条比一条拗口，殖民色彩浓得化不开。崇德路在过去叫喇格纳路，东西走向，在靠近东台路古玩市场的地方还有一幢颇有些异国情调的楼房，一开始是喇格纳小学，后来成为安南巡捕的兵营，解放后成了邑庙区第一中心小学，再后来成了卢湾区第三中心小学。等我读中学时，它摇身一变又成了凌云中学，这是特定时期的应急措施，我就在这里读了四年中学。

登上五层楼平台，极目远眺，大上海一览无遗。法国人当年建这所小学是花了相当的代价，每间房子都是大玻璃钢窗，靠墙两排热水汀，连赭红色的地砖都是从法国运来的。一帮捣蛋鬼用榔头敲它，它硬是不碎！现在这幢钢筋水泥大楼也要拆了，听说瑞安集团要在此建造一幢浦西最高楼。

后来我写文章建议将这个兵营改建成上海租界史料馆，但有关方面谁也不敢拍板，再后来上海历史博物馆总算借了原英国跑马总会的旧址搞定，有关租界的史料基本上就被一笔带过了。

# 阁楼上的风景

陈村，作家圈朋友都叫他"村长"。村长的原创桥段不少，比如自诩"妇女用品"，曾把整个上海的美女笑瘫。三十年前，新民晚报资深编辑林伟平请一帮作家朋友参观延安中路刚建成的晚报大楼。大家兴致勃勃地来到最高一层的大会议室，颇有一览众山小之慨。唯村长抬头望了望天花板，冷不丁蹦出一句："可以搭阁楼。"

众人笑翻。

这五个字既体现了地方特色，又折射了时代风貌，还挠到了上海人的痒处，堪为绝代妙语。

搭阁楼是上海人的一大发明，也可说是上海人的心结。

上海滩阁楼之多，值得收入吉尼斯世界纪录大全。遥想当年这座城慢慢摊开之际，石库门房子如雨后春笋，门楣上写着富足、安祥、仁寿，后来战争来了，难民来了，房子不够安排，二房东、三房东就挖空心思拓展空间，阁楼应运而生。上海话中的"二层阁""三层阁"，与西方建筑中自带窗子的"假三层"并不一样，中式阁楼内部是个三角形空间，必须挖孔开窗才能透气采光。

艰难时世中，上海人能在阁楼容身算是不错啦。在有些石库门房子，比如沿街开商铺的那种，底楼比较高爽，那么在底楼与二楼之间的楼梯旁边会有一扇移门，拉开，露出一间夹层。天哪，夹层只有一米多高，身子根本站不直，这也能住人？我们老家隔壁那幢房子就有夹层，住着夫妻俩加一个女孩，早出晚归，见了邻居客客气气，关了门别有洞天。贺友直画石库门风情，就有一幅画专门描写夹层的：男人挑了一担煤球颤颤巍巍地走上楼梯，女人在煤炉上炒菜，作孽啊！

老宁波对上海石库门生活太熟悉了，只有他画得出来。

妈妈还告诉我：夹层里住的是二房东。想不通是吗？二房东把最敞亮、最正气的前客堂、前厢房租给人家，可以赚更多的钱。想象着二房东老太在阁楼里钻进钻出，在昏暗的灯光下数钱，我对莫里哀笔下的阿巴贡就有了深刻理解。

二十世纪七十年代知青纷纷回城，弄堂愈发局促。大龄青年要结婚、要生子，单位里房子紧张，头发花白的老师傅还在排队，轮到你不知猴年马月呢。求人不如求己，搭阁楼就成了华山一条路。有三角铁、工字钢、方子、三夹板，叫上几个师兄弟，一两个休息天就大功告成。再不行，买两副板床也能凑合一下。

房管所规定，阁楼的横梁插进墙壁就要收房租，产权归公；凭空搭建不打墙洞，就不收房租。我家"历史形成"的阁楼是不插墙洞的，但在一次大修中山墙重砌，工人师傅为安全计，给阁楼加了一根穿墙的横梁，房票簿上随即增加了四角钱。前几年老家动迁，倒是折算了一半面积。

大多数阁楼属于隐蔽工程，弄堂房子看上去还是二楼三楼，内部已成为五楼六楼。再后来沿街房子的居民破墙开店，下面挖地三尺做生意，上面搭阁楼住人。今天不少财大气粗的老板，当初就是靠着这样的盘算挖到第一桶金的。

有阁楼，就会有老虎天窗。上海的老虎天窗各有千秋，蔚成大观。当年赵丹在电影《聂耳》中探身老虎天窗拉小提琴的一幕，真把一班中学生迷死了。我经常幻想家里的阁楼突然开了个老虎天窗，阳光噌地一下撑满了小世界。

然而现实是骨感的，开天窗的难度大于登蜀道。至少有四五年光景，我一直在没有天窗的阁楼里打转，直不起身子，但可以安放一个矮柜。我装了电灯，挂了几个镜框，里面镶嵌着从外国画报上剪下来的美女和风景，高考复习时每天奋战到半夜三更。

如果阁楼开了天窗，世界就不一样了。住在带天窗阁楼里的小男孩大都有爬屋顶的壮举。站在方凳上，手搭天窗引体向上，一骨碌就翻了出去，"悄悄地进城，打枪的不要"。我与邻居玩伴一起爬过屋顶，屋顶上有晒干的猫屎，有废弃的自行车轮胎，有野蛮生长的野葱……干爽的瓦片咯咯响着，有好几块倔强地玉碎，走在仿佛鲫鱼背的屋脊上，左右张望，心里未免慌张，两边就是斜坡，若是脚底打滑，就会不可阻挡地滑下去，要么天井，要么后弄堂，重则粉身碎骨，轻则断手断脚。

站在制高点往周围眺望，可以看到自己的五层楼学校，看到淮海公园的假山，看到沪南发电厂的烟囱，看到国际饭店。苍茫的地平线伸向遥远，莫名的惆怅突然涌上心头。大上海，你如此辽阔，在哪里可以放飞我的灵魂？

爬屋顶是一趟冒险的旅程，被家长知道少不了一顿臭骂，但在国庆节那天获得了赦免。吃了晚饭我们坐在屋顶上看人民公园放焰火，嚯，左右前后的屋顶上都爬满了人，还有人拿着啤酒和鸡腿呢！最期待"百鸟朝凤"过后，被探照灯照亮的夜空突然绽放了一大片降落伞，又如水母般向城南飘来。我们高举晾衣服竹竿去拦截，绝大多数降落伞从我们头上一掠而过，偶尔也有一两只归鸟般地扑来，在狂欢声中被梢头勾住，大家在屋顶上滚作一团，剥开降落伞系着的纸筒，里面有一卷水果糖，真甜！

很久以后读到金宇澄的《繁花》，阿宝与蓓蒂爬上屋顶，阿宝10岁，蓓蒂6岁，两个孩子在屋顶上并肩坐下，眺望远方，像受洗一般庄重而纯静。瓦片是温热的，黄浦江那边传来巨轮的鸣笛声，悠扬如圆号。蓓蒂紧拉着阿宝，江风穿过她的发丝，轻舞飞飏。

这一幕，想必深深感动了每个爬过屋顶的上海男人。

前不久我在微信上看到一张照片，夜色温柔的上海，四个小帅哥爬上屋顶，他们身材峻峭，各持一架单反，向着浦江对岸的东方明珠眺望。年轻人背对着镜头，默默无语，我看到了恰似星光的希望。

我忘了是谁拍的，又没存在手机里。先容我向作者致敬，然后请知情者告诉我，我想用这张照片做我下一本散文集的封面。

谁是谁的风景（沈嘉禄　摄）

# 灿烂的暑假

在懵懵懂懂的学生时代,我爱暑假胜过爱寒假。寒假来去匆匆,小伙伴仿佛在树下躲个雨;而暑假将近两个月,漫长到令人恍惚,但这还不是主要原因。寒风砭骨的三九天,给时间抹上一层灰扑扑的颜色。我家住的是后厢房,整个冬季被阳光遗忘。越是冷越是饿,越是饿越是冷,我下楼到弄堂里找人玩,居然连只野猫都看不见。

突然有一天弄堂里热闹起来,知青们回家过年了,我的几位哥哥也气咻咻地回来了,他们带来了花生、黄豆、核桃、红枣和甜到牙痛的高粱饴,还有小道消息,我在一旁拼装一艘500:1的护卫舰模型,将耳朵高高竖起。

家里变得狭小,空气中流淌着肉烧蛋与八宝饭的暖意。这不是很开心吗?是啊,可我就得劈柴生炉子、剁肉糜、摊蛋饺、舂芝麻、磨糯米粉、排队买年糕、打酱油拷酒,帮妈妈烧这烧那,不许偷懒,看小说的时间就少了。等年过完,压岁钱被妈妈收缴,汤圆、年糕、粽子(绍兴人有春节包粽子的习俗)吃光,哥哥们返回北方，家里就像四面漏风似的。我反刍他们留下的小道消息，愈发的清冷孤独。独孤过后就是成长。对，这是马尔克斯说的，但我要等二十年后才知道。

暑假就大不一样了。阳光火辣辣地砸下来，脸上滚落的汗珠好像也在跳舞，弄堂里、马路上有很多人，个个兴高采烈。晚霞染红了树梢，男女老少将床板和竹榻摆开在弄堂或路边，空气中弥漫着敌敌畏拌了木屑暗燃后的呛人气息。吃过晚饭打牌、吹牛，偶尔也有西瓜和盐汽水，夜深人静，凉风习习。

我还与小伙伴一起坐摆渡船到浦东三林塘看农民踏水车，偷番茄，爬到树上捉皮虫，粘知了，逮麻雀和金龟子。每周三次结伴去二医大游泳，来回基本靠走，晒成一只猴子。午后，在弄堂口过街楼下四国大战，我还自学了国际象棋，成了弄堂里的"独孤求败"。

小学阶段我最爱做暑假作业，有的同学两三天就将一大本全部做完，余下的日子无牵无挂。我选择细水长流，享受着每天一页的厮磨，语文、算术、美术、百科知识的大拼盘，赛过纸上少年宫。我意犹未尽，东摘西抄编了一本名为《真有趣》的智力测试小册子，在同学间传递。

进入中学后我迷上了阅读，那时候小说得从同学那里借，限时限刻要还，只能看个昏天黑地，不求甚解。但是遇到爱情描写，就要抄录在黑封面笔记本里。普希金、屠格涅夫、托尔斯泰、契诃夫、左拉、巴尔扎克、雨果、莫泊桑、欧·亨利、勃朗特三姐妹都是我的偶像，中学毕业时我已经积累了十几本硬面抄。

图书馆悄悄开放。有同学通风报信：卢湾区图书馆（今明复图书馆）里有高尔基的成长三部曲和《母亲》，凭学生证就行了。还等什么嘛！那时男生都穿平脚裤，我可不敢亵渎知识的圣殿，翻出一条劳动布长裤套上，大汗淋漓地走了一小时，谢天谢地被我借到了，是《我的大学》。回到家里剥下湿漉漉的裤子，两条腿上布满了赤豆样的痱子。

有同学去乡下看望外婆，我们可以通信了。见字如晤，畅谈革命理想，交流读书心得，谁谁谁谁怎么了，此致敬礼。我自己做的非标信封个性十足，绘有卡通风格的长颈鹿和大熊猫。

寒假后开学第一天，男生们在攀比谁的大翻领运动衫"懂经"，谁的压岁钱多，我不免自惭形秽；暑假结束后我倒很充实，我知道了彼埃尔与娜塔莎，知道了沙威警官与冉·阿让，积累了令人遐想不已的"爱情描写"。是的，同学们也成熟了许多，有的嘴巴上还长出了毛绒绒的胡子。女同学变化更大，她们打量男同学、男老师的目光有点异样，痴头怪脑、咄咄逼人的让我害怕。

夏季，农作物在烈日暴雨中快速成长，对孩子来说也一样。野蛮生长可能会留下一道浅浅疤痕，但我相信，生命的果实会更加饱满。

开学后老师也会问我暑假读了哪些书，我故作轻松的回答是有保留的。有一次我在上课时偷看巴尔扎克的《贝姨》，语文老师用夸张的舞台腔领读《别了，司徒雷登》，边读边走，就像法庭上的律师，突然出现在我后面，一把夺走没得商量。课后我去她办公室求情，她看看周边没同事，就说要带回去看几天。发小知道后不免担心:"刘备借荆州——有借无还。"我不怕,她不至于这么无情,再说巴尔扎克是受马克思、恩格斯肯定的一位批判现实主义作家。一周后她将书还给了我,一句话也没有说,彼此一笑而已。

"纸屏石枕竹方床,手倦抛书午梦长。睡起莞然成独笑,数声渔笛在沧浪。"宋代的蔡确知名度不高,但他这首《夏日登车盖亭》不少人背得出。暑假里的白日梦,嘴角淌着口水,心中阳光灿烂。

# 我的"图书馆"

上初一的时候,我在阁楼上发现了一个秘密:二哥留下的两本日记。日记的最后一页记录了他去新疆生产建设兵团前夕的心情:"路途遥远,可惜行囊里的书太少,也许我可以跟同伴交换着读。没能建立起个人的藏书,是青春的遗憾。"

不过在一口红漆衣箱底层,我摸到了二哥留下的几本书,托尔斯泰的《哈泽·穆拉特》、巴尔扎克的《家族复仇》、柯切托夫的《叶尔绍夫兄弟》,尽管有些破旧,仍让我欣喜若狂。

那是一个文化荒芜的年代,多少个冷风凄雨的夜晚,一盏黄灯映照着惨绿的脸,家里可读的书所剩无几。精神饥渴引起的焦虑非常折磨人,所幸我很快在年级里建立起一个小圈子,可以交换劫后余存的图书,记得有《野火春风斗古城》《粉饰的坟墓》《红岩》《创业史》《多浪河边》《金星英雄》等等,连《十万个为什么》的体育分册、植物分册也饥不择食地一读。我那本薄薄的《家族复仇》至少出借二十次,后来不知所终。至于那本很厚的《叶尔绍夫兄弟》,我看了不到十页就扔在一边,实在不好看。

学校图书馆处于冰封状态，但有同学从气窗翻进去，弄出一两本翻译小说在同学间流传，也让我初尝雪夜拥被读禁书的滋味。偷书的同学对阅读并不感兴趣，他们以此为饵钓鱼，借一本书得给他一角钱，外国名著收费加倍。他们在弄堂口扎堆抽烟，对路过的女人品头论足，烧的是读书人的钱。

为了读书，我将吃早点的钱去支付借书的费用。整个上午我在饥肠辘辘中度过，最可怕的肚子里突然发出不雅之声，引得同学哄堂大笑。我还将家里的肉骨头、鸡毛、老酒瓶、鸡肫皮卖给废品回收站，换来三五天的阅读权。放学回家后我侧身坐在窗台上，不知不觉中晚霞燃烧起来，金色的霞光将我薄脊的身体涂满，淮海公园方向传来嵩山消防队的悠扬号声，我为书中人的命运而忧伤。

后来我意识到，不能这样一直被小混混剥削下去，必须建立自己的藏书。我干脆向他们购买，五角钱可以买到一本，如果在他们烟瘾上来时，价格还可商量。有一次我"悬赏"五元钱让他们去库房寻找《基度山伯爵》，但他们只找到一本"卖相老好"的书——精装本《物种起源》，敲了我七角钱的竹杠。到初二时，我已经拥有三十多本图书了，从理论上说，与四五个同学交换，便可实现一百本书的阅读量。

"九·一三"事件后，各方面的情况有所改善，学校图书馆也解冻了，我每周都去借书。班里的铁哥们也用各自的借阅证帮我借书，满足我的贪欲。有一次我实在舍不得归还《鲁迅全集》第二卷，文富兄就帮我玩了把狸猫换太子，后来我将这"大部头"送给了回沪探亲的二哥。

等我积攒了一百来本图书后,就想建一个小小图书馆。这不是三分颜料开染坊吗?关键时刻妈妈将一具从老家绍兴带来的被头柜给我瞎弄,锯为两半,再买一张三夹板,洋钉胶水,猪血老粉,油漆一刷,两口书柜并肩登场。有些翻译小说已经破烂,封面也掉了,不知道作者是谁,我就用两层牛皮纸做一个封面,再用旧画报包得服服帖帖。我还专门跑到福州路,在一条弄堂口的摊头上偷学老师傅的图书修理技术。若干年后我写了一篇文章介绍自己修理图书,以及在书脊上用美术字装饰的文章,发表在《新民晚报》"读书乐",那时候我还不认识版面编辑米舒老师。

同学们知道我有一个小小图书馆,走动更勤了。当好几个小伙伴挤在我家,从书柜里找到自己想读的那本书时,甚至为某本热门书你争我夺时,以及"打上门去"向某"失信者"追讨逾期不还的那本书时,我非常享受支配这些稀薄资源的乐趣。关系最铁的同学来,我就拿出三哥留在上海的美术资料让他们大饱眼福,里面有惊世骇俗的维纳斯。借出去的书最怕人家不还,更怕自己忘记,所以我专门做了借阅记录本,还刻了一方小印章,就一个简体字:"还。"

阅读让我体验丰富的生命,帮助我认识世界、触摸灵魂,我矢志不渝地爱上了文学。考大学时我想报考图书馆专业,但最后一刻我听到了鲁迅先生的召唤。

这段经历也让我懂得了分享的原则,这大概也是公共图书馆的价值。乔迁新居后,有位朋友动员我向一家新建图书馆捐点旧书,我立马装了两大箱送过去,其中有不少新书连塑封还没拆开呢。退休前我还整理出十几箱图书分送给需要的朋友,有些画册十分精美,实在是家里放不下了才忍痛割爱。后来我还向多家图书馆捐过图书和手稿,以至于有人想收藏我的手稿,我连一张草稿都拿不出来了。

# 刻花样

在玩耍中学习，这大概是儿童游戏的意义。模仿、琢磨、竞争、创造、分享……快乐或失落、厌倦或惊奇，生命与小草一起成长，希望与想象贯穿游戏始终。常常，我得知某位老人将告别人世，他在一个月前就进入昏迷状态，但有一天清晨突然哼起了童年的歌谣，或者拿一张纸折成一只田鸡，然后面带笑容朝另一个世界走去。为他祝福吧，他是快乐的，在这一刻。

小时候我玩过不少游戏，滚铁环、打弹子、钉橄榄核、飞豆腐格子、扯响铃、抽贱骨头、别菱角、斗鸡、跳山羊、撑骆驼、做航模、放风筝——我会做蝴蝶风筝，全弄堂闻名。至今在黄浦江边看人家放风筝，还会发痴地站半天。三十年前在《小说界》发表一个中篇小说《风》，风筝是小说的意象。

但是我最爱刻花样。一张蜡光纸，在背面画上图案，人、花、动物都行，再用半根锯条磨成的刻刀依着线条刻下来，根根不断，就成了。男孩子最喜欢战争题材，连环画和香烟牌子里有取之不尽的素材。我以为刻花样应该是剪纸的"副歌"。剪纸以剪为主，有时为了更加完美也会借助刻刀。小时候我家附近的八仙桥有纸样店，各种花样夹在黑丝绒衬底的玻璃框里，挂在店门口吸睛，花鸟虫鱼简洁而传神，妩媚而不落俗套。顾客有特殊需要，师傅也会当场剪给你。只见他手中的彩纸不停地转动，而剪刀不动，只消几分钟，一对喜鹊就从手里"飞"出来啦。海派剪纸大师王子淦早年就在八仙桥纸样店学生意，他被朱镕基总理称为"神剪"。前几年海派剪纸也被列为国家非遗项目了。王子淦的儿子王建中是同济大学教授，他送过我一套三本自己的剪纸作品集，深得海派剪纸的奥义。

在我读小学二年级的时候，妈妈就差我去买纸样，我家的枕套、被横头、拖鞋都是妈妈绣的。纸样很便宜，顶多一角两角，放在今天就是艺术品了。二十多年前我在汾阳路上海工艺美术研究所里看到老工艺师用旧挂历剪纸样，象牙细刻艺术家张国恩兄给了我几张，我如获至宝。

因为我从小喜欢画画，不少同学就请我将连环画上的人物描下来，或者照样子另外画一张，供他们刻花样。三国、水浒、说唐、杨家将，还有八路军和游击队等，人物形象要完整，气宇轩昂英姿勃发，眼鼻口等都要连线，刻好后还要让人一眼认出来，确实有一定的难度。发小王继荣深度近视眼，刻花样废寝忘食，常常翘课。我为他画花样最多，关系最铁。十年前与他重逢，说起刻花样，两眼泪汪汪。

蜡光纸烟纸店里有，几分钱一小张，但是我们情愿来回走一个小时去连云路新城隍庙，那里品种最齐，色彩也最丰富。等王继荣刻好了"母本"，就会有同学来拷贝，将花样平摊在玻璃台板上,蜡光纸光面朝下覆盖,用铅笔一帧帧涂下来,图案就印出来了,这种方法与传拓有同工异曲之妙。有时候一张花样经过十几次拷贝,大大走样的复制品连我自己也看不懂了。

我自己当然也刻,私心驱使,画与刻格外用心。后来我还去南京路医药商店购买医用手术刀,工欲善其事,必先利其器嘛,手术刀比锯条称手多啦。不过有一次三哥告诉我:"剪纸要有刀味。""刀味"就是走刀的痕迹,这让我琢磨很久,直到二十年后看到马蒂斯的作品才恍然大悟,剪纸若过于精细、纤巧、光滑,格局反而不大。今天海派剪纸中"刀味"最足的要数林曦明先生。

有了刻花样的基础,后来亲戚朋友结婚时,我都乐意为他们剪喜字,那可不是一般的连体双喜噢,还得配上龙凤、鸳鸯、蝶双飞等吉祥图案,从冰箱、彩电到马桶、痰盂,每一件都要贴一张,弄得新房里红红火火。后来大红喜字店里有卖了,但大家还是要我的这个"刀味"。不是自夸,凡贴了我剪的喜字,夫妻关系特别和谐,子女也有出息,当然喜糖我也吃了不少。有个朋友,女儿都谈婚论嫁了,墙上还贴着当年我剪的双喜牡丹。

现在可没时间剪喽,眼睛也不行啦。

点绛唇

**成长故事**

窗外的风景

摄影：沈嘉禄

# 小寒亭不怕"老面皮"

因为在冬天来到这个五彩缤纷的世界，我就给小孙女取名叫"寒亭"，小名"南南"，等她牙牙学语时，居然自封"南南公主"。再后来，因为看了一本以冰箱温泉镇为背景的美国动漫书，就自比书中的英雄角色："闪电麦坤"。而将我与书中的丑角"大板牙"对应起来，从此，我就成了她口中的"大板牙爷爷"，其实我的两颗门牙并不"板"。

好吧，俯首甘为孺子牛，屈身何妨大板牙！只不过，在日常生活中，我就此成了一个倒霉角色，被她时时嘲笑并承担失败和错误，一直处于下风头，咸鱼很难翻身。当然，我也乐意扮演这样的角色，有意让她在游戏中代入正面角色，感知正义、勇敢与友爱。比方说，我根据学前教育的画册教她背唐诗，先让她跟我念几遍，再讲述与诗中情景相关的故事，这样她当天就能口齿欠清地背出来。第二天，第三天，我引导她温习，她难免有些生疏，我就进入大板牙的角色，装作犯迷糊，而她也自觉进入闪电麦坤的角色，进而纠正我的错误，慢慢就找到了记忆路径，终于完整地背出来。

今年桃花盛开的早春，我与太太带着小寒亭参加朋友组织的春游，在农家乐的大院里观赏樱花时，正好有一阵风吹来，被我抱在怀里的小寒亭面对落英缤纷的情景脱口而出："花落知多少"。在场亲友吃了一惊，抄着纸尿布就能背唐诗啦？后来，在我有意识的提示下，她看到下雨就会说"清明时节雨纷纷"，听到树枝上有鸟叫，就会联想到"两个黄鹂鸣翠柳"。我平时教她背唐诗，都选择有场景、有人物、有时序的那类，看来是有效的。

去年，也是橙黄橘绿的季节，我在中华艺术宫参观"蒙卡奇和他的时代：世纪之交的匈牙利艺术"，按职业习惯拿手机拍了一些照片存着。没想到几天后小寒亭玩弄我手机时，打开了这个文件夹，一张张色彩鲜亮的油画引导她进入了一个新世界，我没有制止她，而是在一旁观察。村舍、山峦、河流……她看得十分认真，两根小眉毛不时抖动。但当她看到一张女性的裸体画，并表现出格外专注的神情时，我还是有点紧张的。要不要让她接触"少儿不宜"？我飞快地想了一下，决定先看看她的反应再说。没想到此时她抬起头来，脸上浮现出纯真和坦率的笑容，还有一点点好奇。

我一脸严肃地表态："小孩子不能看这个的，看了老面皮。"

她伶牙利齿地回答："我就是要看老面皮。"

我晕！

好了，她对我手机的兴趣越来越浓了，每当抢过手机就迫不及待要翻看图片，打开艺术展事的文件夹，熟门熟路地从数百张图片中找出那个裸女，定神欣赏一两分钟，抬起头来冲我一笑，好不得意！

好几次我为要不要删除这张照片而犹豫，最终还是不动。我当然知道这一课是绕不过去的，虽然对一个刚过两岁的孩子来说早了点，但此时的她，面对一个女人的身体，表现得如此赤诚，让我的种种顾虑显得多余。小半年后，她偶尔还会翻检这张裸女油画，但表情越来越淡定了，最后我还从她的笑容中看到了一丝女孩子特有的羞涩。

上周，龙门雅集的李亚俐女士寄给我三本丁雄泉的画册。那是一个色彩斑斓的世界，鲜花、佳果、游鱼、禽鸟，还有许多美女，她们在"采花大盗"笔下浓妆艳抹，列队而出，风情万种，粉红色胴体拖曳及地长袍，欲抱琵琶，势不可挡。而现在，我已经无法阻止小寒亭翻看画册了，没想到她在美女面前非常淡定，目光一掠而过，反而在孔雀、游鱼这些画面上凝眸更久。我好像可以释然了。

不只是西洋的和当代的，小寒亭对中国传统绘画也兴趣盎然，历年来我积存了上百本拍卖图录，都成了她在动漫画册之外的调剂。嚯，她对书法也有兴趣，有一次她翻到一页吴昌硕的石鼓文，要她奶奶读给她听，奶奶不认识，她就指着图录一字字读出来："树影不随明月去，荷香时与好风来。"

别激动！并非她认识石鼓文，如果这样的话，就成妖精了。我家客厅里挂着一幅我三哥写的唐人诗联，她早已背得滚瓜烂熟，情急之下，她就拿这条对联来解读吴昌硕的石鼓文。

到年底，我家小寒亭要满三足岁了。昨天下午我坐在躺椅上看报，小寒亭爬上我的肚子玩耍，不经意发现了一个秘密，于是就有了下面的对话：

爷爷，你有白头发！

是呀，爷爷年纪大了，以后你要照顾我噢！

我现在就照顾你吧！

——啊呀，天下还有比这个更幸福的事吗？

# 静看一朵花的绽放

给孩子学点什么？这是今天做家长的急切与忧愁。不过我倒认为，放眼看世界最最重要。世界在哪里，在美国、在日本吗？不，从眼前开始，从脚下开始，从日常生活开始。

孙女南南两岁半时我教她背唐诗，现在的儿童读物配了彩色的图画，选的诗歌都是生活化的，孩子愿意进入那些场景。我还跟她有互动，角色转换，情景再现，她更有兴趣了。春天我们带着她去郊区一家农庄度假，在室外遇到一阵风刮来，樱花撒了一地，她脱口而出："花落知多少"。春雨绵绵，池塘微澜，她游兴不减，就说"斜风细雨不须归"。

她的机灵提醒了我，我觉得要创造条件，帮助她与自然界建立亲密关系。有一次我们去太太的大姐家做客，我带她到花园里采集黑色小珠子状的花籽，第二年清明前，我与南南一起将花籽分别埋到四五个花盆里，为她示范她如何浇水，等到出苗时，她高兴得又是唱又是跳。两个月后，鲜花渐次开放，我再告诉她，这种学名叫"紫玉兰"的花总爱在傍晚时分绽放，所以就叫"晚饭花"。

有一天幼儿园的老师给每个同学分发了两颗种子,她小心翼翼地带回家,我们一起将它们埋进了花盆里。我也不知道这两颗表面有着美丽花纹的种子是什么,等长到一尺多高并开花结果后才知道原来是很平常的刀豆!我与南南更加仔细地为它浇水除虫,可惜没有施肥,又是盆栽,刀豆长得又干又瘦。最后我们还是慎重其事地摘下四根,与一锅刀豆炒在一起,因为事先做了记号,南南如愿以偿地吃到了自己种的刀豆。这一天,她的胃口特别好。后来她告诉我,整个班级只有她的种子长成了刀豆并分享了果实。

阳台上还有一盆金橘,沉寂了两年,今年初夏突然开满了白色的小花,然后就坐果了,眼看它们一天天长大,南南十分期盼吃到酸酸甜甜的金橘。有一天,眼尖的她发现了叶片上有虫噬的印痕,我凑近一看,果然有几条软巴拉叽的小虫贴着叶片啃得不亦乐乎,我赶紧抓起要"处决"它们。南南拦住了我:"小虫也是生命啊,不要让它们死,太可怜了。"

"生命"二字重于泰山,我如何让小孙女信服一条虫子的生命就一定不如一株植物呢?只得从生命的起源与地球的生存环境开始讲起,还必须扮演正反面角色,南南听得一知半解,仿佛看了一场戏,总算明白了一点:为了让绝大多数有益的生命得到延续,必须抑制个别有害的生命。当然,我希望等她长大后,会更多的角度来审视这个话题。

今年我们家里种了鸡冠花、凤仙花、晚饭花、牵牛花、六月雪等,鸡冠花没有发芽,我向南南检讨:"因为我在花籽还没有完全成熟的情况将它们从花冠上薅下来。"

她问:"那么,什么时候我们家的凤仙花花籽才会成熟呢?"我回答:"凤仙花的花籽成熟后都躲在小球球里,然后自己爆开,弹向四方,一颗颗躲在泥土里,等待下一年再发芽。"南南说:"那么我们应该在它爆开的时候才去采花籽是吧?"

我微笑着面对五岁半的小孙女,击掌相约这一天。

# 李白兄，一路保重！

学龄前儿童背唐诗宋词，这虽不能说是中国人的专利，但肯定是大多数家长乐意选择的启蒙教育。从"鹅、鹅、鹅"起步，中国诗词所营造的美丽图景将一路陪伴孩子的成长，这实在是传统文化给予的最大恩泽！与旧时私塾面对木刻线装本的死记硬背有所不同，今天的孩子通过图文并茂的绘本蹦蹦跳跳地进入唐诗宋词的美丽世界，这些绘本印刷精美，生动有趣，有些还出自名家之手！

不过我也发现，也有些绘本在选编上比较随意，从入选篇目中很难找到线索和逻辑，看了半天也猜不透你是根据哪个思路来选编的，也难怪孩子在背了十来首后未免兴趣递减。

后来我看到戴敦邦先生出过一套古典诗词绘本，就是以植物、动物、时序来分类的，这样就便于家长引导孩子从某个题目切入，山阴道上，并辔而行，渐入佳境，目不暇接。我三哥沈嘉荣在儿童画创作上成绩斐然，出过数十种绘本，有几本是以古代儿童诗为题材选编的，他画的婴戏图一下子将孩子带入载歌载舞的欢欣场景。

接下来，互联网提供了极大便利，任你要什么类型的诗词，在百度上输入关键词后，分分钟就能跳出 N 个对象。而且同一首诗会有多种视频可供欣赏，成人版、少儿版备齐，动漫和真人秀一个不少，还有秒读少儿、秒读百科之类的解读，一机在手，寓教于乐。

在孙女寒亭（小名南南）就读的蓬莱路幼儿园，老师也通过儿歌来引导孩子们接触唐诗宋词，这为通向中国古典诗词搭建起桥梁。我是通过几条线索来挑选诗词的，一是时序，包括二十四个节气，比如到了立春、清明、中秋、重阳、冬至，就挑一首给孩子讲解气候变化与动植物、与人的行为等关系，然后教她背诵。二是动物，从农耕社会常见的家畜到传说中的吉祥瑞兽等，只要她突然想起，或在别的书上看到，诱发求知欲，我就从古诗中找出来加深她的印象。三是花卉，一年四季花开花落，或妍或媸，从形状、颜色到气味都可一讲，家里又有盆栽或鲜花，是近距离观察对象，我就根据花期和花语等信息来引导她。四是食物，瓜果菜蔬、糕饼米面等与民俗有关的对象都有诗咏，都可琅琅上口。还有儿童游戏、风土人情等，都是值得赏析的主题。

在引导孙女背唐诗时，我不做老师，只做同学。我们祖孙俩一起学一起背，有时我会假装背不出，她就会提醒我，这对她也有促进作用。一开始一首七绝要背两天，现在一首七律一天也许就能拿下了。读者朋友都知道小孩子白纸一张，记忆力强，能背个滚瓜烂熟也不算什么，关键是有些词句要弄明白，所以每首诗词我都得给她讲故事，还有作者身世与时代背景等等。昨天我问孙女：春节到了，一般家庭会吃什么？她回答吃春卷、吃年糕、吃汤圆、吃八宝饭，还要喝屠苏酒。其实现代人不喝屠苏酒了，这是她背了王安石的《元日》后知道的，春节有"春风送暖入屠苏"的规定情景——不过已经离我们很远了。

古人强调学而时习之，背唐诗宋词也是如此，隔三岔五我就会"出花头"，让南南来一场"淘宝游戏"，今天背十首带"雨"字的诗，明天背十首带"花"字的诗，"送别""秋思""饮酒""友情""登高""丰收""战争"等关键词也类似"引子"，一次凑足十首，让孩子搜索一下大脑库存，能起到增强记忆的作用。南南有时候还会自我增压，"按图索骥"地一口气背出十多首！

为了加深印象，我们有时还会进入角色，情景再现，一边背诵一边表演。有一次我给南南背苏东坡的念奴娇《赤壁怀古》，除了苏东坡这个叙事者的角色之外，她还扮演了周瑜、小乔、诸葛亮等三位人物，而且动作转换极快，居然都学得惟妙惟肖，特别是背到"小乔初嫁了"一句，那犹抱琵琶半遮面的样子真叫人忍俊不禁。还有一次她从幼儿园回家后告诉我，某男同学会背很长很长的《将进酒》，她要挑战他。那好，我马上教她，三天后她就背得滚瓜烂熟，而且也知道了"金樽""高堂""圣贤"的意思，并稍稍懂得了"唯有饮者留其名"对诗仙李白的真正价值。

出于我个人的爱好和启蒙的便利，我们对李白的诗背诵最多。在背诵《赠汪伦》一诗时，我们分别扮演李白和汪伦，然后给孙女讲解"踏歌"是怎么回事，从网上找出马远的《踏歌图》给她看，再给她演示一番。

最后，李白与汪伦在岸边依依惜别，我立在船头拱手再三："汪伦兄，谢谢您的盛情款待，让我在桃花潭好吃好喝，饱览美景，胖了三斤。"孙女擦擦眼皮，再挥一挥手："李白兄，一路保重，回到长安后记得给我发个微信报声平安！"

# 乘风破浪小棋手

"摸子动子，落子无悔。胜不骄，败不馁。不许扔棋子，不许拍桌子，不许哭鼻子，耶——"祖孙俩念念有词，大手小手紧紧一握，再猛击一掌，开战！

在我阅读、写作数小时后，在孙女做完回家作业后，我们一起点亮欢乐时光。这个仪式是彼此的约定，为一场代际游戏定下欢乐基调，但也可想象祖孙对弈伴随着怎样的跌宕起伏，不，是共同成长的经历。

去年夏天，寒亭进入有着百年历史的蓬莱路第二小学，最让她高兴的是学校有一个"蓬莱小镇"，小镇里的活动丰富多彩，包括邮递、消防、播音、摄影、烹饪、魔术、彩泥……还有多个课余兴趣班供大家选择，孩子们争相报名，瞬间爆棚，哈，孙女抢到了国际象棋班的名额！

在孙女幼儿园毕业前夕，我们全家去美国旅游，有一天去圣地亚哥的一个奥特莱斯购物，我与寒亭对购物没有兴趣，就在广场上瞎逛。有一副半人高的国际象棋摆在那里，我跟她讲了一下国际象棋的来历和游戏规则。现在的孩子都有外国童话的阅读经验，对王、后并不陌生，她嘻嘻哈哈地站在车与马之间留下了一张照片。

但真要学棋，就得接受严格训练。一开始，她每次从象棋班出来，小脸蛋都绷得紧。"梅老师太凶了，今天又骂人了。"学校聘请的老师虽然没骂她，但压力还是分摊到了她身上。我在读小学四年级时学过国际象棋，不过那时候少年宫停止活动，老师没处找，我根据一张说明书慢慢琢磨，居然也能杀遍弄堂无敌手。其实那会同学少年都玩象棋和陆战棋，国际象棋"寂寞开无主"哪！

重温游戏规则，慢慢找回感觉。我一边走棋，一边跟她讲讲围魏救赵、调虎离山、虚张声势、草木皆兵等成语典故，还有长平之战、赤壁之战、淝水之战等著名战役。谈笑间，小棋手还不懂排兵布阵，很快就被我杀得片甲不留。她"哇"的一声哭响，一把将棋子撸到地下，小拳头嘭嘭嘭地敲打棋盘。老婆大人使了个眼色，我才意识到"友谊第一"，三局让她两局。但她赢了仍要大哭："你为什么要让我啊，你这盘棋明明可以赢的呀！"

还有一次，她被我"痛斩三局"，小脸蛋低垂，眼睫毛上挂起晶莹的泪珠；独自嘀咕道："今天语文期中考试我得了Ａ，我周围的几个同学都没我考得好……"言下之意我懂的，便暗中让了几步，她才破涕为笑。

年初疫情突起，学校兴趣课按下暂停键，但寒亭正在兴头上，我们就让她在外面继续跟着梅老师学棋。每周两次的象棋课见效显著，我对棋局的控制权渐渐丧失，一不留神，要么被她捉双，要么王被底线闷杀，也想拍桌子、扔棋子。再后来，小棋手的防守越来越严密，进攻也越来越犀利，还不时蹦出几个术语，什么王车易位、皇家捉双、苏格兰开局、西班牙防御等。进退两难之际，只好跟她兑子。小棋手一脸坏笑地问："你这是什么意思？"我回答："拼多多战术！"

有一次她挖坑成功，不费吹灰之力就吃了我双车一马，眼看我山穷水尽，她暗中将己方一只车捏在手里。哇，叫我情何以堪！

必须全神贯注地投入战斗，但仍然负多胜少。有一次还被她连下三城，感觉上就像做了一回李后主。当然每次输棋，又如同喝下一杯甘醇佳酿。今年以来，小寒亭乘风破浪，每月去外区棋校参加考级比赛，从最低的十级开始往上爬。上个月考五级时我看她信心不足，赶快给她打气：重在参与，受点挫折倒可以夯实基础。逼上梁山一路厮杀，有好几位同龄棋友铩羽而归，寒亭也黯然出局，校门一出热泪两行。幸亏老师及时追来：刚才出了点差错，积分经过重新计算，沈寒亭应该晋级。小棋手破涕为笑，手捧证书在校门口拍照，阳光灿烂。上周迎来"五进四"，对手更加强大，小孙女出门前特意挑了一双旧鞋，也不知她从哪里听来的，据说可得神助。结果三胜两负，更上一层楼！

"班师回朝"的当晚，她向我讨一张 A4 纸，不声不响对折，凭尺划拉。我凑上去一看，原来是"手抄本"《国际象棋升级证书》，教练一栏写着她的芳名，专用章一栏盖着她的橡皮卡通图章，最后她指着学生一栏说："爷爷，写上你姓名。以后不到一定的级别，就没资格跟我下棋啦。"

哇，看来我得要步步紧跟啦。当然，胜负不重要，晋级也不重要，重要的是孙女愿意牵手爷爷一起玩，一起乘风破浪！

# 马镫烛架与上海蜜梨

十多年前，与老婆大人去云南旅游，在丽江待了三天后，特地去张艺谋拍《千里走单骑》的外景地束河古镇转了一天。彼时的古镇刚刚苏醒，保留着不少黄泥墙、茅草屋、石头路，青龙桥上时有老汉牵着马匹经过，石阶已被磨得非常光滑，老马伸出前蹄时也不免犹豫。束河是与丽江一起申报世界文化遗产并获通过的，旅游业开发正暗中使劲，服务配套做得不错，街上游客不多，纳西族老太太坐在墙角晒太阳讲古，河边的水车按照千年不变的调性慢吞吞地转着。

走进一家古玩杂货铺，一只在翘头案上睡懒觉的虎纹猫看了我们一眼，见来者和善，喵了一声后继续睡去。我在一堆积满灰尘的杂件中翻出一对马镫，锈迹深厚，有些年头了。老板——一位纳西族美女——从后屋显身，宣称是从清代一个戍边将军的后人那里所得。我笑笑，关于古物，总有人喜欢讲故事。不过在这个昔日马帮的必经之地，我倒愿意相信这对马镫经历了血与火的洗礼。

点绛唇·成长故事

我买下这对马镫，美女老板又找出一只穿着皮绳的铜铃，也是老旧之物。纳西人在牛脖子上挂个铜铃，山路弯弯，叮当作响，一路上不会寂寞。我一并带回上海，牛铃挂在门楣上，回家开门，叮当一响，感觉自己就是一头晚归的老牛。马镫挂在阳台上，让它俯瞰魔都的街景。

近来美国航母编队蹿来东海挑事，战机啸聚，浊浪滔天，为了在大选战中多得选票，美国政坛的戏精做出一连串恶形恶状的小动作。在手机上，也有个别网民推演了用导弹灭掉来犯舰队的战术思路。某日傍晚我在阳台上凭栏远眺，风雨欲来，并排而挂的那对马镫互相碰撞，发出清脆的声响。古人认为"剑鸣匣中，期之以声"，我不免生出些许伤感和惆怅。

中国人民饱受战争的磨难，数千年的中国历史，几乎就是用刀剑刻录的。今年是朝鲜战争七十周年，我希望电视台有回顾历史的纪录片播出，不止回顾战争进程，还要面向未来，更要探幽发微，比如回应太平洋彼岸的反战呼声。我还想起老家邻居的一位大叔，亲历过这场战争，得过奖章，耳朵却被"卡秋莎"震聋。有一次他家孩子翻出一对尉官肩章在弄堂里显摆，正好被回家取东西的父亲看到，拖回家一顿暴揍。我妈去劝，大叔说这肩章是牺牲的战友留下的，比生命还宝贵。

有现代历史观的人不希望战争，不鼓动战争，最后一刻也不会放弃遏制战争的努力。我摘下这对马镫，铲去表面锈层，用大红油漆喷涂几遍，使之成为一对别致的烛架。我请孙女来做小助手，顺便跟她讲讲马镫如何帮助汉武帝打败匈奴，讲讲战争给人类带来的灾难性破坏，再讲讲中国人民热爱和平的哲学观和愿景。

马镫上部有一个漂亮的抛物线，空间感也比较强，大红颜色赋予它时尚气息，一个留作自用，一个送给孙女。我与她一起点亮蜡烛，塞进马镫里，提着它可以将烛光传递到更远更广的地方。

前几天与朋友吃饭，有幸认识了一位老前辈，他是某医院放射科专家。他跟我讲了一个故事，当年尼克松总统访华，震惊了整个世界，最后一站到上海签署公报，上海方面为接待作了精心准备，精心到何种程度呢？举一例，在领导人会晤时按要求茶几上要放一盘水果。有关方面选择本地特产——上海南汇县果园大队生产的"上海蜜梨"。黄褐色的蜜梨颜值不高，但汁液饱满，脆嫩香甜。不过也有一个毛病，梨心容易生虫，而外表不见蛀洞。假如外宾一口吃出虫子，就是不小不大的外交事件啦。于是领导选中那位通过严格政审的放射科专家，分批次将蜜梨放在X光仪器前"照一下"，没有虫子的才能使用。忙活了一整天，那位专家完成了任务，也为此守口如瓶半个世纪。

"后来我看到一张照片，那盘上海蜜梨就放在周总理与尼克松面前的茶几上。"老专家今年八十多岁，往事历历在目。

可见，当年中国政府为了恢复中美两国的正常关系，花费了多大的心血，体现了多大的诚意！

# 女孩与大师

有一次看电视里名人访谈节目,一位世界著名高尔夫球星回忆,四岁时被父亲带到绿茵场看比赛。小孩子还不懂游戏规则,但能够真切感受到那个气场,一大群人跟着球星移动,他到哪,掌声、笑声、欢呼声就跟到哪。"我自然而然就产生了一个想法,成大后也要成为这样的人。"那位球星的话,对于大多数体育明星而言,也许就是心路历程的起点。

孙女在读小学三年级,陪她做回家作业时,我从语文课本的选编中体会教育改革的良苦用心。唐诗宋词是永远的经典,练童子功必备,中外童话真是不错,让孩子从小懂得真、善、美,构建人与自然、人与动物的友好关系,在开阔视野的同时,润物细无声地进行人格教育,受益的不只是孩子,还包括陪读的家长。

孙女的学校是有着百年历史的蓬莱路第二小学,学校的领导和老师对素质教育十分重视,课堂内外营造的气氛一直鼓励学生博览群书,手脑并用,思维创新。老师布置的"绿色作业"最受欢迎,一张 A4 纸,一个主题,一组关键词或图案,剩下的交给学生自由发挥。孙女视"绿色作业"为重点工程,往往弄到吃晚饭也不肯收手。学校里有一个"蓬莱小镇",为丰富课余活动而设计,户外活动之外还有各种兴趣班,比如环保、魔术、彩泥、小菜场、邮电局、空乘、西餐馆、布艺店、化妆品调配、恐龙博物馆等。凡有兴趣课的那一天,孩子们放学后像一群小鸡那样奔出校门,特别开心。

学校还鼓励学生写书并组织出版!受家庭环境影响,孙女较早接触唐诗宋词、成语典故、历史人物,对《三国演义》尤感兴趣,二年级时受校长、老师鼓励,报名参加写作团队。一开始她也想写科幻或穿越,我建议她关注现实题材。小姑娘吧嗒吧嗒眨眼睛:"难道也让我写游记吗?"我说:"你既然是少年日报的小记者,何不采访身边的艺术家呢?"

这对孩子来说是一个挑战,但我必须鼓励她,为她创造条件,让她感受一下文化名流的气场。经过商量,最终锁定十位上海文化界的名人,书名初定为《南南公主与十位艺术大师》。南南是她的小名。

首先采访著名画家戴敦邦。巧了,戴先生早年就在蓬二小学的前身西成小学读书,一老一小是校友!采访稿写成后,校长还请戴先生回母校参观,了却老人家的心愿。接下来是江宏、江宪昆仲,分别是画家和摄影家,第四位是京剧名家关怀,第五位是书法篆刻家陆康。得知孙女要写这样一本书,大咖们都热情支持,放下身段接受她雏凤清声的采访,把她夸得心花怒放。在青浦金泽的工作室,孙女兴致勃勃地与"斜杠青年"尔冬强爷爷交流了两个多小时,从摄影到航海,从丝绸之路到中医药传播,还有丰盛的下午茶，简直乐不思蜀。要写的内容实在太多，最后写了两千字，严重超载，还被一家杂志的老总看中，刊登出来。接下来还有古建筑守护人邢伟英、歌唱家王维倩、漫画家郑辛遥，最后一位采访对象是评弹名家高博文，恰遇上海封控，只能与"吴韵一哥"视频对话，完成采访。

采访前，我先将采访对象的简历和艺术成就向孙女作一番介绍，然后一起拟定提纲，让她记在小本子上。采访时我为她做好录音，拍照合影。

将录音整理成文章，总要先拖几天，到周末有空再打草稿，稍经我修改、调整后誊抄在作文簿上。女孩子总是"作"，而况在我们家，先要燃一炷香来点仪式感，写到一半再涂点风油精在脑门上。背脊痒了，给她挠；指甲长了，给她剪；笔尖粗了，给她削；口渴了，赶紧倒水；肚子饿了，糕饼伺候；蚊子骚扰，奋起围剿；一声咳嗽，枇叶糖来啦！有时候她也会说：爷爷你去眯一会。眼皮刚搭拢，突听得一声喊：爷爷，缆绳的"缆"是什么偏旁？有时候她写着写着泪眼婆娑："老师布置的作文顶多三百字，你看我已经四张纸了，脑子也要爆炸啦！"叫她休息一会又不肯，犟得很。

哄、捧、逗、噱，种种许诺，种种激励，揩眼泪，小拥抱，揪揪小耳朵，揉揉小胳膊，再不济就让她团起小花拳"咚"在我掌心里！就这样，从亲家到冤家，再从冤家到亲家，回眸时看小於菟，俯首甘为孺子牛，循环往复，春暖花开。

因为疫情的原因，采访延续了一年多。但每次采访，都让孩子看到了一个美丽新世界，从而，她懂得毛笔字的一笔一画中有做人的道理；懂得在学习过程中如何管理自己的情绪；懂得艺术作品中的反面人物也要认真塑造；懂得方言中隐藏着丰富的文化密码；懂得人类更非是大自然的主宰；懂得一个人如何面对时代的剧变而抵达理想的彼岸；懂得如何将有限的生命托付给一项伟大的事业……艺术大师的讲述，也不只是励志故事，更是人生观、价值观和世界观的"现身说法"。

五一小长假里一天也没休息，最后阶段加紧誊抄、配插图和照片、设计封面，书法篆刻家陈少峰还为她刻了一枚琥珀印章。我问孙女：写这本书，你最大的心得是什么？她眼皮一翻：做名人很累，写名人更累。

方浜西路动迁前的最后一瞥（范筱明　摄）

# 吃孩子的东西

抱在母亲怀里牙牙学语的小孩是讨人喜欢的,于是我们经常可以看到一幅充满市井乐趣的图画:这个孩子正在津津有味地吮着水果糖,好几个可以做他奶奶或阿姨的大人围上去讨糖吃。小孩不知是计,依着天性不肯,可大人们不屈不挠哄着、逗着、做出种种空头许诺,甚至假装生气地虎起脸来。一阵软硬兼施之后,小孩终于迫于形势伸出了小手,请故作天真状的奶奶、阿姨们分享他的糖果了。大人们继而张大嘴巴做出大口吞噬的模样,小孩则必须坚持将糖往她们嘴里塞。此时大人们却把小手推了回来:"噢,宝宝乖,宝宝自己吃。"跟上好几个湿漉漉的吻戳在小孩的脸蛋上,仿佛是给考试者盖的合格章。

这也许是小孩来到人世后很难逃脱的关于"献爱心"的启蒙教育,但是他的那份天真无邪的爱一旦献了出去,实际上得不到真正的落实。说得不客气一点,就是大人们为了得到那份浅薄的满足。瞧,那个小孩终于给我吃糖了,我的形象还不至于那么恶劣吧。要是得不到糖吃,大人们的脸色就难看起来,讪讪地离去之前会丢下一句话:"这小人真小气。"

我常常为母亲怀中的小孩难过和抱屈,这就是白纸一张的小孩在我们这个文化环境中遭受的第一次愚弄。

我们热情地歌颂母爱的伟大,特别是这样一种母爱:她历经千辛万苦把孩子哺育成人而不需要任何回报,当孩子功成名就之时,包括荣誉、金钱和地位的拥有,她只需远远地看一眼就满足了。要是孩子再忸忸怩怩地叫一声妈妈,她就会止不住热泪喷涌。读到这种文章(这种文章现在不少),我就会浑身汗毛倒竖。另一方面,不少文章又在愤世嫉俗地呼唤传统的孝道,批评那些只顾自己享受,不知道孝敬父母的逆子。其实在教育不孝之子的同时,做父母的也应该检讨一下,比如平时是不是把孩子宠为皇帝,是不是以身作则地孝敬着自己的父母,是不是给子女的那份可贵的孝道有输送的渠道。有些做父母的常常抱怨:"我们对孩子百依百顺,宁可自己省吃俭用也要满足他的要求,到头来他还是不懂得孝敬父母。"问题就在这里,溺爱过度,孩子就会滋生依赖思想,把父母的关怀视作理所当然的责任,而自己则不愿尽一点子女的义务,连分割一点利益或享用也觉得吃亏。于是就有了一个小学生独吞十几个大虾而不让母亲尝一口的报道。

从小家贫,谈不上有母亲的溺爱,但作为最小的儿子,母亲对我总是有所偏爱的。这种爱表现在点点滴滴的关心上,而不是稀里糊涂的忍让、宽待或怂恿。相反,正是较早地让我知道生活的艰难,才使我真切地体会到母爱的深沉。二十多岁时我领到第一笔稿费,才几元钱,就想为妈妈买一件羊毛背心。妈妈知道后极爽快地说:"要的。"一点也不客气。

妈妈收下了儿子的一点心意，心里是很愉快很自豪的，这不仅是对我取得成绩的肯定，同时也让我的一份孝心得到了落实，我也很高兴。父母领受子女的孝敬有什么可客气的呢？从此我就明白了这样一个道理。轮到我做父亲了，我也这样对待儿子。我让他从小就明白，儿子只是家庭的一员，任何利益都必须平均分享，吃东西也应该一人一份。自私自利是可耻的，不道德的。同时也让他参与家庭的事务，让他发表意见，承担一点小小的责任和义务，尽管他暂时还不能为家里做什么重要的事。现在我还不能说我家的那个愣头青有什么出息，但心里想着父母是一直贯穿在日常生活中的。有一点好吃的东西，我们一分为三，他再馋也不会生出贪婪的念头，有时故意怂恿他吃，他也能抵制住诱惑。

有一回在老城隍庙和丰楼吃排档，最后还多四元钱的铜牌，他就去领了一只炸鹌鹑，吃之前先扯下一块："老爸，吃个腿。"一个鹌鹑腿，才小拇指那么一丁点，我还是接过来啃得津津有味。我要肯定他的做法，让他的孝道得到落实，同时对他的行为也是一种比表扬更有效的鼓励。很巧，邻桌有一个和我儿子年龄相仿的小孩，却霸道地将盘子里好吃的东西全往自己嘴里塞，他父母想管也管不住。儿子看看我，脸上的表情很自豪。

另有一回他参加浦东新区一个儿童绘画比赛，得了奖，奖品是一套六件头青花瓷文具，知道我平时爱好瓷器，就送给我了。其实我根本看不上这种比较粗糙的商品瓷，但儿子将在他眼里已经很大的这件奖品送给我是需要一点孝心和牺牲精神的。所以我就很愉快地接受了，并极认真地感谢了他。

我在这里并不是矜夸"癞痢头儿子自己好"，我只想表明一种态度，一种实验的结果。其实我在别的小孩身上也一直做这种努力的，有一次在朋友家里看到他的儿子很讨人喜欢，就以平时大人们惯用的手法逗小孩，要吃他手里的糖。小孩很爽快地将小手伸到我面前，我也就不客气地吃下了那块被他捏得快要溶化了的糖。谁知小孩一愣，马上大哭起来。他一定给大人们的这种游戏操练得形成"条件反射"了，大人要，他给得快，相信大人是不会吃的，事后还能得到一声乖宝宝的褒奖，没料到我居然真的吃了。

别的大人愚弄了他，他很高兴；我尊重他的意愿，相信他的诚意，他却哭了。如果这个小孩早熟，就会在心里记住我这个大人违反了游戏规则，是一个"老面皮"。我留给他的是一个伤心的故事，一副丑恶的大人的嘴脸。这是不是有点黑色幽默？

在上海人的生活习惯里，吃小孩的东西是"老面皮"的，但我要说，如果小孩真心诚意让你吃，就应该毫不犹豫地吃，天真烂漫地吃，吃得津津有味。要孩子长大孝敬父母，就必须从娃娃抓起，吃他们的东西是抓而有效的方法之一。为了下一代的健康成长，我们要不耻做一个"老面皮"。

# 拍儿子马屁

我相信一句老话：棍棒底下出孝子。想当初，我还是个淘气包时，没少挨过母亲的棍棒。棍棒的味道当然不如冰棍，揉屁股时确实有点怨天恨地的感觉。但从此记住了哪些不该做、不该说。

等我有了儿子后，也袭用祖传秘方，所以我那愣头青也难逃棍棒的教育。最辉煌的纪录是将一块乒乓板打成两瓣，而且我还要他将那两块断木片挂在床头，早起晚睡狠狠地看上一眼，将被打的耻辱铭刻在心。他知道我又玩起卧薪尝胆的把戏了，死活不干。

当然，每次体罚后，儿子抹鼻子擦眼睛，太太噘起嘴巴也不痛快，我自己更要内疚一阵。同一屋檐下就三个人，一人向隅，个个窝心。

后来儿子长高了，力气也大了，算是没白吃我们的饭，我再对他诉诸武力，他也敢反抗了。若真较起劲来，我还占不了上风。更让人认识到，体罚对孩子的心理伤害大于皮肉。他可能认你的权威，但不一定认你的理。你打了他再说道理，他就接受了？他要是懂道理，也不需要你动手了。只有在自己也说不清道理的情况下，用武力加强自己的"说法"。这算是高明的老子吗？

于是，对儿子采取怀柔政策。比如激将法、励志法、中华英才对比法、忆苦思甜法，甚至将自己年轻时留下的一厚叠笔记本当作传家宝捧出来进行传统教育。儿子表面上臣服，骨子里是不买账的。这我也知道，他是给我面子的。

等到儿子读高二了，住读在校，周末回家，冲把澡就一头沉在书桌前做作业，只是生物钟太准，做一小时就要晃到客厅里看电视，如有体育节目，就情不自禁地会把休息时间延长到半小时。等我猛咳一声，才悻悻然趿着拖鞋回他的房间。有时也真想放他一马，让他多轻松一会，但又一想，今儿个不抓紧，明年怎么考大学？

儿子还算争气，初中高中读的都是重点学校。只是如今的升学竞争太厉害，一开始他不知天高地厚，将大学目标瞄准剑桥、哈佛，后来就调整为牛津、耶鲁，再后来收缩回国，改读清华了，从高二起又调整为复旦、交大，及至中考结束，已经把目标锁定在同济了。我得知他战略调整后也没吹胡子瞪眼，反而跑到书店里抱回一大摞建筑方面的书籍扔在他面前。他不是要学建筑吗？先看看人家梁思成是怎么说的？

其实，这样的拍马屁早就开始了。比如每次考试结束，只要够得上中上，就一家三口结伴直奔徐家汇而去，以名牌运动装奖励。代表学校参加有相当级别的作文比赛，奖励一顿麦当劳，得了奖,再以真皮篮球或耐克运动鞋追加。在杂志上发表文章,按所得稿酬金额加倍奖励现金。但是后来我发现胡萝卜政策似乎效果不甚明显了,儿子对作文比赛兴趣益淡,写文章见报也激不起热情,想来也许是运动鞋尚未穿破,打篮球没有时间,麦当劳的滋味也不过如此。所以,只得好言相劝,好好读书吧,等你日后赚大钱,帮我们还清买房贷款,有余钱的话再买一辆宝马赛车,也让我们坐上一小会,体验一下轻舞飞扬的感觉,行不行?嘿,还别说,这一招真管用,这愣头青学习努力起来了。看来,棍棒底下还是出得了孝子的。

人家不是说吗,孝子孝子,如今是老子孝顺儿子。我们今天孝顺儿子,说穿了,是为了引诱他考个好大学,将来挣大钱,做父母的也好借点光。不然的话,儿子考砸了,父母还得多花几倍的钱让他读民办大学,要是将来找不到饭碗,吃你的,穿你的,整天在你眼前晃悠,你就亏大啦。所以子女的马屁得赶紧拍。还有聪明人说得够透:这叫投资。得,那就赶紧掏钱吧。

# 给下乡学农的儿子的信

正在读高中的儿子要去下乡学农,这本来算不了什么大事,但学校却兴师动众地召集开家长会,关照这,布置那,其中一条颇让人反感,就是要求家长写一封家信,并要保证在学生到农村后第二天就能收到。理由是"从中挑出一些信当众朗读,以此开一个主题班会"。

其实我和太太都不想在第二天就写信给儿子,学农才短短的一星期,若要写信,也应该在过后几天,而且写信是很私人化的事,何必公开?所以如今的学校在培养学生时,也染上了作秀的毛病,自己秀还不够,还动员家长一起秀。这样的诱导,学生岂有不作之理。在家长会上,老师就读了一封前一年家长写的信,满纸空洞的说教,居然当作范本。

但不写也不行啊,儿子在乡下如果没接到这封公开的家信,难免会产生失落感,于是只得打开电脑写几句。当然,我不希望这封信成为范本而当堂宣读,只要自己的儿子能记住一二,就达到目的了。我在信里回忆了我们青春年少时下乡时的情景,还有

一些可实操的建议:

真真:你好!

这次下乡,说是学农,其实也就是一星期的郊游,走马看花。你说学校布置了社会调查的课题,这就好,你还担任了课题组的组长,那么我们更希望你能扎扎实实地做好课题研究,走马走出一点名堂来。

做好研究性课题,特别是有关农村的题材,对生活在城市的学生来说也算个小小的挑战,你要仔细观察,掌握第一手资料,然后综合判断,尽可能做得稍许深入一些,并有自己的特色。具体如何操作,你可以多请教老师。最重要的一点,不能怕苦,不要蜻蜓点水,切忌做表面文章。

关于下乡劳动,我和你妈妈都有难忘的体验。之所以难忘,不光是因为新鲜,更在于体验到农村生活的种种细节。想当初,农村的条件比现在差多了,我们从小吃惯苦的人到了那里也有诸多不适。比如没有热水洗脸、洗脚,更不用说洗澡了。下大田劳动,都是真刀真枪的,割稻子、摘棉花、种菜、施肥、加固河堤等,干得腰酸背痛,双手都磨出泡来。还有挑担,一百斤重的担子挑着走五六里路,嫩嫩的肩头很快就磨破了。我们与农民一起在田头劳作,看他们干活,我为劳动者吃苦耐劳的精神所感动,也体验到劳动的快乐,特别是送到田头的大碗茶,喝起来分外香甜。有一次,我因为胃痛而被安排干轻活,与老太太一起剥棉桃——没有绽开的棉花,整整一个上午,我感到深深的耻辱,下午我就无论如何要下大田了。

我们那时睡在农民的家里,没有床,几个人睡一间柴屋或杂物间,稻草一铺就是床了,门和墙还漏风,晚上出门小便,遇着西北风呼呼地吹,那也够受的。伙食也跟今天不能比,一星期才吃两顿肉,但我们已经相当满足了。有时候几个同学瞒着老师走十几里路到小镇上,喝一碗油豆腐线粉汤,既享受到冒险的刺激,又享受到廉价的美味。

劳动回来,我们都胖了。那是劳动与大自然的慷慨赠予。

当然,社会在发展,生活水平也在提高,拿过去的经历要求现在的孩子是不现实的。但条件的改善并不能成为今天放弃体验农村生活的理由。我想这也是市教委要求学校安排学生学农的出发点吧。你可以睡得好一些,吃得好一些,但是,你一定要珍惜这次难得的机会,在有限的时间里争取最大的收获。以后你会强烈地感觉到,学农是一段难忘的经历,是一笔小小的精神财富。

为此,我和妈妈商量之后给你几条建议:

如果老师同意,挑一个晴天,早点起床看日出。坐在田埂上等火球似的太阳从地平线跃起。看日出,会使人感到兴奋,你会格外珍惜崭新的每一天。

走到田头,远眺广阔的地平线,并作深呼吸。大声唱歌也可以。这在城市的水泥丛林里是看不到的。

也是在晴天,到晚上站在打谷场上,抬头仰望满天星星(因为城市灯光污染的缘故,估计也看不到多少星星了)。我记不得哪位哲学家说过："我只在两种情况下感到崇高，一是面对正义，一是面对满天星斗。"我们希望你也能捕捉到这样的感觉。

学会目测，知道一亩地、一分地有多大。

小河里的水质如何？为什么会富营养化？为什么河水总是向东流的？

学会识别几种常吃的农作物，比如稻子、麦子，还有油菜、棉花，它们已经到收获的时候了。如果你能看到芝麻，则更幸运。你还应该观察卷心菜，它在地里生长的时候，叶子是充分打开的。而萝卜和土豆是深埋在地下的，但你可以观察它们的叶子形状。番薯也是如此，有藤，茎块深埋地下，叶子宽大，过去是农村的主食。茭白是长在水地里的，是吸附、消解污染物的好作物，割茭白也是比较辛苦的。

观察耕牛、马和猪。你知道牛的耳朵长在角的上边还是下边？你看到的是水牛还是黄牛？你可以近距离地观察牛，它与人很亲近。马——或许在你劳动的农村不多，但也不排除看得见——奔跑起来总有一条腿着地的。不像徐悲鸿画的马，四脚腾空或者前脚笔直。猪并不笨。

你还可以看看当地农民的住房，我说的是老式的民居，它的式样与江苏农村的有什么不同？比如屋脊、比如山墙。不要看那些新造的楼房，它们千篇一律，没有创意，没有诗情画意。

江南一带的农舍有一个特点，它大多是一厢两房格局，大门总是对着南面，后面有厨房和猪圈，还有一两分地种些自食的蔬菜。找到门，就知道方向。

看到牛粪不要掩鼻而过，蹲下去观察一下，深嗅它的气息，并记住。牛粪里会有没有消化的草，过去农民将它贴在墙壁上或扔到屋顶上，晒干后当作燃料。牛粪烧起来并不臭。今天在西藏或内蒙古，还有牧民用牛粪烧奶茶。你应该想一想，牛吃的是草，挤的是奶，这种生化反应多少神奇，如果今后发明一套系统，直接将稻草转化为牛奶，用物理反应替代生物反应，那会创造多大的经济效益？

向农民学几句本地方言。画一幅牛的速写，行吗？

早晨起来，可以跑到田头，看看露水凝结在庄稼叶尖的样子，白茫茫的一片。用手拂一下，又湿又凉。走在田头，裤腿也会被濡湿，但这样的感觉是很奇妙的。如果你能见到田边的麦秸垛，就会发现它正在朝晖中散发着热气。这是为什么呢？

记住牛粪和麦秸垛的气息，它能让你受用一辈子。童年时我在绍兴老家记住了这种气息，四十年后我去老家寻根，再次嗅到这种气息时，就像与老朋友邂逅一样，心情非常激动。它是记忆的引子，永远存封于心里，时时诱导你回想愉快的往事。

观察从头顶一掠而过的鸟，或许你可以看到灰喜鹊和白头翁。

如果你有幸看到老桥，不妨了解一下它建于哪一年？桥身有否石刻？

劳动时不要偷懒，一定要出汗。你可以嗅一下衣服里面汗气往外蒸腾的味道。

吃饭时尽可能吃得粗糙些,也不要太饱。在劳动时你可能饿肚子,这滋味并不好受,但值得记住。

用冷水洗脸、刷牙,洗脚也用冷水,洗后会感到足底发热。英国的贵族学校也用这样的方法磨炼学生的意志,何况你呢。

如果你双手带着血泡回家,我们要祝贺你。一个男子汉手上怎么能没有老茧呢?而血泡是老茧的蛹,也是思想的蛹。祝:

好!

> 妈妈在此一并嘱咐
>
> 老爸　11月10日

# 我恨乔丹

乔丹退役后还让人惦记,真叫弄堂里孵太阳、下象棋,或在健身器上扭来扭去的退休工人们愤愤不平。从职业的角度看,不论乔丹曾经飞得么高,曾经赚过那么多的钱,一旦退了,就是退休工人。凭什么惦记他?

但是,惦记不惦记,不以个别人的意志为转移。我们弄堂里有一位老伯伯,自行车修得好,象棋也下得好,可以喝三斤黄酒,喝假酒也不头痛。前几年死了,至今我每遇自行车出毛病,都会想起他。弄堂里的老酒鬼更是逢年过节唠叨他。他不是乔丹,却让我们惦记他。所以,世界上的事很奇怪,一个人只要在某一点上出类拔萃,就能让人家惦记他。

当然,乔丹让人惦记的理由更充分。因为有了乔丹,NBA才变得如此精彩。正是他的出色表演,演绎出了一个又一个令人回味无穷的进球。乔丹存在的意义就是为我们展示出篮球的无穷魅力。

在乔丹前面,我知道美国有一个非洲裔球星张伯伦,但咱们中国人，特别是小青年知道得不多，他一场球可以得100分呢！但是穿耐克鞋的愣头青们硬是不崇拜他。为什么？只怪张伯伦生不逢时，如果放在今天，我们每周直播NBA，就可以在第一时间感受张的魅力了，也会狂热地爱他了。所以说嘛，乔丹成就了篮球，篮球成就了电视，电视成就了乔丹。

现在，我们看NBA，很难从其他球星身上看到乔丹的影子了。往哲学层面上说，只看到乔丹的鞋子。这是篮球的遗憾，但却是我的幸运。

为什么这么说呢。

一切源于我的那个球迷儿子。他对乔丹的成长史、身高、体重、个性、爱好、转会费、车驾甚至在学校里犯过的小小过失都记得清清楚楚。而对我的发表在报刊上的小说、散文不屑一顾。我的生日，也是在他妈妈的一再提醒下勉强记住，虽然总相差那么一两天。

自从乔丹退休后，我就希望他能将爱心匀一点给我们。

有一天，我回家后发现桌子上放着一只大蛋糕，我想了半天也不明白这是什么意思，我和太太都不是那天生日，难道儿子有女朋友了？即便有，你们就悄悄地过吧，干嘛把蛋糕捧回家里呢？我问儿子，他神秘地说："等会告诉你。"然后又将蛋糕上的蜡烛点燃，双手合十，两眼微闭，口中念念有词，我在一边看得好笑。

"许个什么愿啊？"我忍不住问。

儿子说："天机不可泄露。"接下来他将蛋糕切成四大块，一块留给妈妈，一块推到我面前，自己揽了两块。

蛋糕很松软，奶香味浓郁。但我一向不吃不明来路的东西。在我紧逼之下，这个小赤佬总算摊牌了。"今天是乔丹的生日。"

"乔丹的生日管你什么事？还值得我吃这只大蛋糕吗？"我差点把蛋糕扔在他脸上了。

"你真老土，今天全世界都在为他庆祝。"儿子照样大口地吞咽着蛋糕，那劲头不亚于赛场上乔丹的支持者那般狂呼乱叫。儿子还告诉我，白天他去西饼店买蛋糕，店里的老板与员工也知道乔丹的生日，已经做了几十只堆在那里。乔丹的粉丝早在一周前就去订蛋糕了，还在字条上写下"祝飞人乔丹生日快乐"的英文短句让蛋糕师傅依样画葫芦裱字。"乔丹的生日蛋糕买得很好，我这是最后一只啦。"

大概是看到我的表情有点尴尬，儿子又说："你知道吗，乔丹在北京爬长城，成千上万的球迷堵在那里，一个北京人因为见到了真人版的乔丹，居然跪在地上大哭。"

孩子也许是健忘的吧，去年他就没有为乔丹过生日，不过我注意到他开始将注意力转向姚明了。

# 看他一条道上走到黑

在儿子读小学的时候,我也曾想通过夸奖来激励他,但这小子不争气,要找到值得赞美的素材还相当困难。直到进了中学,情况发生了悄悄地变化,当然不是说这愣小子一下子开窍了,考试咚地一下得了个满分,这个我做梦都不敢想,而是有一天他一本正经地向我宣示:我要写小说了。

是嘛?我这么说的时候表情带了点嘲笑,写小说这档事可不是卖西瓜,有两本钱就可开张,你小子准备好了吗?

写什么?能不能剧透一点?儿子卖关子,将笔记本藏得比《风声》里的情报还好。有一天我趁他上学后,对他的房间来个大扫荡,终于找到了他的手稿。他在写一部青春小说,刚开了个魔幻加悲情的头,接下来是长达一个月的空白期。纵览世界文坛,有这样写小说的吗?但是我假装没看见,让他折腾去吧。一直等到他放暑假了,看他打游戏正酣,才郑重其事地表示要欣赏一下他的大作。儿子头也不抬地回答说:"没写完之前不能说的,一说就没信心了。"

好吧，我继续假装对他的宏伟计划深信不疑，假装相信他在晚上继续操练，两年以后，他准备参加高考了，我瞅准机会开导他一番，从小说创作的经验与规律跟他聊了一通。最后开玩笑地说："不写小说不犯法，写小说倒可能犯法。你就写点别的吧，我们家里出了两个作家（另一个是我二哥），已经够了，这事要大家玩才有意思呢。"

这小子说："我也想到了这一点，所以尽早刹车，让韩寒去忙活吧。"这小子参加过首届《萌芽》新概念作文比赛，说起来是跟韩寒在同一条起跑线上出镜的，眼瞅着韩同学一路高歌猛进，风光无限，他不得不为自己另找一条出路。

也好，我跟他说："从事任何职业都不丢脸，扫大街也可出状元，关键是把自己的活做好，做到极致，你就是这个职业中的高手。"但现在的孩子看问题比较深刻，他说："我真要是扫大街去，你就不会这么说了，嘿嘿！"

有一天，有玩收藏的朋友来访，说起现在古陶瓷修复人才青黄不接，这小子就在一旁插嘴："要我说啊，这门手艺说难也不难。"

看这小子说得轻巧，我瞪他一眼。他不服气，指着书架上的一个瓷瓶说："这瓶子是你买来的吧，看看，我整得怎么样？"

我一听急了，这瓶子是景德镇当代陶艺家的作品，青花釉里红，我花不少钱买的，怎么啦？赶快拿出一看，天啊！已经修补过了，几条粘接的痕迹很明显。儿子马上坦白，那是一年前的事了，一天放学回家，家中没人，他就猴子称大王了，一不小心，书包将这个瓷瓶带倒，碎成八瓣。怕我知道后责备他，马上买了

502快干胶粘住,再将有裂缝的一边朝里面。好你个小子,骗了我整整一年!

若放在以前,我肯定要骂他,但这天有客人在,加上得知他事发后马上修补,态度还是积极的,就压下火气幽了他一默:"你居然把我也骗过去了,算你有种!"

想不到这小子误判形势,又表功似地坦白了一条罪状:"还有墙上挂着的那个黑陶浮雕,你不知道吧,也经我修补过。"

一样的起因,放学回家,家中没人,也是猴子称大王,靠墙竖蜻蜓,一不留神,双脚踢到了我从拍卖会上买来的黑陶浮雕挂片,咔嚓一声,碎了。这组作品共有八片,他踢坏了其中两片,也赶紧买来胶水粘好,怪不得有一天我发现地板上有黑陶碎屑,还以为当初买来时就是残次品,想不到又是他的杰作!

但既然瓷瓶坏了没骂他,黑陶挂件坏了似乎也没有理由责怪他了。一下子损失了两件收藏品,要说惨重也够惨重了。送走了客人,这小子自己也觉得事情有点过分,就跑到我面前安慰我:"等我工作了,给你买一只更大的花瓶。"

我知道这是空头支票,但想想现在的孩子,知道认错、知道安慰父母也算不错了,我就当补药吃进。直到今天,这小子已经在外资银行工作了,年薪跟我差不多,还没有买花瓶还我的债,这是预料之中的事。不过有一天他向我透露,他应一个网站之约在写球评,粉丝无数,好评如潮。是吗?我是资深媒体人,当然知道所谓的"无数""如潮"是咋回事,撇嘴一笑,想不到他又跟进说:"我或许会提前退休,以写文章为生。"

这话吓得我不轻,我写了三十多年的文章也不敢说"为生"、也不敢"提前退休",他才写了几年球评啊,已经打算在一条道上走到黑了!

后来见到一位朋友,他居然就是我儿子的粉丝,他郑重其事地告诉我:"你儿子的球评写得真不错。"

不过我从来不看球评,包括自己儿子写的,至今还是。

摸鱼儿

闾巷烟火

快餐消费是一道流动的风景

摄影：范筱明

# 戴大师的砂锅饭店情结

本文要讲的戴大师,就是著名画家戴敦邦先生。不过,大师这顶金光闪闪的帽子,戴先生是不屑一顾的。好几次我看到有人称他为"大师",戴老把手摇得跟电风扇一样:"我不是大师,我是民间艺人。"

这不是矫情,戴先生是认真的。在戴先生的画作一角,常常钤有一方闲章:民间艺人。这方闲章庶几可以成为判别大师作品真伪的一个关键。如果老先生知道我的这篇文章取这个标题,他肯定要跟我急的。

今天,大师满天走,教授不如狗。有些起于蓬蒿的民间艺人在街头巷尾上漂了三五年,居然也敢自封大师,那么戴大师自谦"民间艺人",反而显得有腔调。

江湖上吆五喝六的大师,我也见过一些,本事不大架子大,别的不说,要是有人请他吃饭,没有燕翅鲍,没有茅台酒,或者没有漂亮小姐陪酒,他那尊贵的屁股是不肯落座的。但是"民间艺人"从来不装,一脚踏进金碧辉煌的豪华饭店,眯起眼睛,不停摇头,关照东道主:"小菜简单点,有盆鸡屁股吃吃就满足了。"

所以,今朝我要跟大家讲讲砂锅饭店。

砂锅饭店在建国东路上,属于太平桥地区,不过在房产中介嘴里,就属于高大上的新天地板块。我在也属于"新天地板块"的崇德路长大成人,中学时期,我们必须参加学工劳动。锻炼人的地方就是老大昌的制糖车间,在斜土路上。我们去工厂要坐公交车,每天有一角四分的车贴。我们晓得"做人家",乘四站路,走两站路,就可以省下六分钱。碎银子积到一定"厚度",就到太平桥小吃街吃菜肉馄饨、油墩子、鲜肉汤团,味道不要太好噢。

我们还要上中班,晚上十一点钟下班,穿过墨赤乌黑的小马路,来到建国东路,灯光就有点晃眼了,用现在的话说,这里就是"人间烟火",而生意最好的就是坐南朝北的砂锅饭店,当时叫大庆饭店。两开间门面,"炮台"当街排开,两个师傅忙得满头大汗,一只只锅子在灶眼上转来转去,像变戏法似的。我们站在街边看一会,使劲地咽下一串串口水,暗暗许个愿:等哪天有钱了,进去涮一顿!

这个小目标实现起来也不算难,无非是多练练铁脚板。一个月后,我与两个同学就敢在大庆饭店坐下,不一会,热气腾腾的鱼头砂锅来了,每人一碗白饭,加点辣火大蒜叶,吃得酣畅淋漓。后来,我们又去吃过小白蹄,吃过全家福。大庆饭店的美食体验,成为我们的集体记忆。半个世纪后老同学聚会,提起这件事,少不了一阵狂笑,妙的是其他同学也有相似的经历,甚至,平时一开口就脸红的女孩子也去吃过!所以,有一次老同学聚会就安排在这里了。这天我们痛痛快快地点了好几只大砂锅:鱼头砂锅、什锦砂锅、小白蹄砂锅、咸肉豆腐砂锅、天下第一鲜砂锅……

今年春节前,我在上海电视台《寻味上海》节目摄制组当嘉宾,有一次拍到砂锅饭店,这集的内容就是上海人过年圆台面上的大轴戏"全家福"。为了增加节目的厚度,我将戴敦邦先生请到店里来,请他讲讲与砂锅饭店的情与缘。

戴先生从小住在顺昌路永年路,并在那里成家立业。二十世纪七八十年代,常有文化界朋友造访,聊到兴头上就要留饭,出门走几步就是砂锅饭店,白切肚尖、盐水毛豆、白斩鸡、猪耳朵、油爆虾、酱爆猪肝都可佐酒助兴,最后再来一只突突滚的鱼头粉皮砂锅,撒一把青蒜叶,一碗喝下去,通体舒泰。

"味道好,价钱便宜,我最喜欢。"戴先生笔墨生涯超过半个世纪,寒来暑往笔耕不辍,盐齑白饭知足常乐。

在艰难时世中,砂锅饭店还给了戴先生及时的安慰。师母沈嘉华的外公在解放前是某丝织厂的股东,二十世纪五十年代后期与另外几家丝织厂一起合并为上海第一丝织厂,作为资方代表的家属,师母享受到优先安排工作的机会,进厂从事统计工作。"史无前例"中,因为家里孩子大了,左支右绌,不免见肘,她就主动要求去第一线"三班倒",这样就可以多收入几块钱。戴先生心疼太太,每逢她上中班,就要去17路电车站接她。从杨树浦回到顺昌路的家,要转两部公交车,路上耗时一个小时,灯火阑珊之时,正是风寒砭骨之际,师母辛苦,戴先生也不轻松。有一次师母问戴先生:"你现在来接我,以后还一直来接吗?"戴先生斩钉截铁地回答:"当然,一直接你!"果然,戴先生每天晚上11点半就去车站接驾，暑来寒往，风雨无阻。

接到风雪夜归人，戴先生有时也会挽着师母的臂膀穿过马路，拐进大庆饭店买一碗阳春面，两人分来吃，遇到发薪日，手头得宽裕，才会各吃一碗浇头面。一直到1984年，全家搬到田林新村，而此时师母也回到了统计岗位，不用"三班倒"，戴先生的接驾使命才告圆满。

也因为有两人合吃一碗阳春面的"苦中作乐"，戴先生和师母对砂锅饭店很有感情，有时候也会带上四个孩子去那里吃面，或点几只价廉物美的本帮小菜，一家子其乐融融。

"小时候跟老爸老妈去砂锅饭店吃的本帮家常小菜，味道真的老灵额！"戴家门老三戴红倩兄至今思之，仍回味悠长。

那天在砂锅饭店的拍摄现场，厨师烧了几道骨子老菜，有酱爆猪肝肚尖、八宝辣酱、响油鳝丝、椒盐排骨、雪菜墨鱼、松鼠鳜鱼、塔菜冬笋，还有作为拍摄重点的小白蹄和全家福，为了应春节的景，还给每人上了一碗鲜肉汤团。戴先生吃得眉开眼笑："今朝厨师卖力的，小菜只只入味。"

夜幕降临，万家灯火，店堂里挤满了顾客，大家看到大画家来了，格外兴奋，都想挤进镜头里。看我们吃什么他们也点什么，"跟着大画家吃不会错，都是砂锅饭店的看家菜"。

最后，戴先生送了饭店一件书法作品，徐徐展开，条幅上赫然入目五个大字：砂锅好味道！

满堂喝彩。

听说建国东路已经进入动迁程序，那么砂锅饭店会不会从此消失？戴先生不免有些忐忑。富丽华集团的领导对戴先生的关切给出了明确的回应：砂锅饭店肯定要开下去，已经在马当路腾出了店面。

戴先生又跟上一句：汤卷会恢复供应吗？年轻的集团领导愣了一下，什么汤卷？没听说过。

也不能怪八零后集团领导业务不熟悉，现在的小青年都不知道汤卷为何物，因为此款美馔人间蒸发已经有 N 年了。

汤卷，取江南水域的青鱼（最好是吃螺蛳的青鱼，因鱼背乌黑，俗称"乌青"或"血青"）的内脏——主要是鱼肠、鱼泡做成的汤菜。为了提味，厨师还要请鲢鱼头尾烘云托月。汤卷价廉物美，以前是坊间老吃客与引车卖浆者流的心头好。与汤卷对应的是红烧秃卷，也叫炒卷，不加头尾，改汤为炒，略勾薄芡，浓油赤酱，也是一款别有意蕴的送酒佳肴。

好几年前戴先生就跟我说过："砂锅饭店最让我怀念的就是汤卷。"那个时候，只要砂锅饭店碰巧有汤卷卖，戴先生必定会叫一份解解馋。

我也是"汤卷控"，三十多年前的某一天，我假座城隍庙老饭店招待长春朋友，其中有一道汤卷，三个东北大汉面面相觑、不知所措的样子叫我开怀大笑。后来这道名菜在沪滨销声匿迹，我请教业内人士，都说汤卷做起来颇费手脚，现在市场繁荣，山珍海错琳琅满目，谁会在意青鱼肠子的长短？再说真正的老吃客不多了，备好货也不一定卖得出。

一旁的戴师母拉拉老爷子的衣袖说：都什么年头啦，老砂锅饭店如果重新开张，能保证亲民的价格，纯正的风味，就相当不错啦！汤卷只能成为过眼烟云，吃过就是你的福气。

# 檀香橄榄有点涩

新年里朋友光临寒舍，拎了两盒猕猴桃，未进门先抱怨。我家北面的江阴街上本来有七八家水果店，现在所剩无几。朋友好不容易找到一家敞亮些的，想挑一只体面一点的水果篮，被告知没有。"你看看，两只盒子叠起来用绳子一扎，就像一捆旧报纸，没气氛啊。"

"好在猕猴桃还是甜的。"我谢过朋友，奉上香茗，慢慢跟他讲道理："放在早几年，一到这个时候，街上水果店呈现的是一年中最繁忙、最热闹的场景。水果篮是走亲访友的标配，红黄蓝绿一篮子高高堆起，丝带这么一扎，赏心悦目。价格从两三百到上千元都有，价不够，酒来凑，只要老板没在篮底偷偷地卧几只烂瓜裂枣，这生意也可一直做下去。后来，大盖帽来了，水果篮不许堆放在人行道上，店门口的木框、果盘也要统统进店。从方便行人、改善环境的角度看当然是好事，但水果是小本买卖，一般店面不大，'防线收缩'后就转不开，水果篮的生意不好做啦，假如你提前预订，也许能办吧。"

因为旧区改造，我家周边的老房子这两年被拆掉很多，皮之不存，毛将焉附，水果店就一家家地关。剩下的，一家在三百米外，前后左右人去楼空，空城计再怎么唱，司马懿也不愿来。老板来自安徽，老婆和三个孩子还在老家，最小的孩子患了一种怪病，他坚守在这家开了十几年的小店，从早到晚，年中无休。现在就靠老顾客来照顾他的生意，我太太也宁可多走点路，去他店里买水果。还有一家门面更窄的水果店，老板是二十出头的小青年，当初听到他说上海话很是吃惊，现在上海的爷娘谁肯让自己的孩子去做这种行当啊，所以我愿意照顾他的生意。他待人接客诚恳热情，生意清淡的时候，从摊头下面拿出杂志来看，杜月笙在十六铺削生梨、叶澄衷在黄浦江上摇摆渡船的故事他也知道。

　　好几次，太太拎了一袋苹果回家，我拎了一袋香蕉进楼，两人在电梯口相遇，相视一笑。刚在家里坐定，快递小哥送来一箱脐橙。朋友微信随即跟上：这是扶农项目，请你收下。家里的水果吃不完，这也许是许多家庭"富足的烦恼"吧。

　　在我的童年，水果店也是认知世界的通道，那时的保鲜、运输不能与今天比，即使不断供，果品的干瘪、磕伤、溃烂也很常见，秋天叫卖"开刀莱阳梨"——把烂掉部分挖掉折价销售，可以吸引一些顾客。香蕉易烂，眼看形势不妙，师傅就将它们剥皮，一开二，拖面浆大锅油炸，外脆里软，口感奇特，滞销变作热销。再不行，烂水果切块，加红枣、银耳煮熟后勾芡做成水果羹，热恋中的小青年逛街逛累了，坐下吃一碗，仿佛很时髦。

　　甘蔗分红皮青皮两种，代客削皮是规定动作。为了促销，有些店家将甘蔗削皮切段去节，两角一斤，都是嫩头，吃起来真爽。淘汰下来的老头也可卖钱，四分钱一斤。老爸经常买来给我吃，不仅甜度打折，也累了可怜的咬合肌。在强调阶级斗争的年代，一根甘蔗仍能折射阶层差别，有些意思。若干年后去医院补牙，看到老医生对一位小病人的家长说：孩子的牙齿缺乏锻炼，买点甘蔗老头让他咬咬！老先生不领市面，甘蔗老头早就没啦！

代客削梨皮也是水果店的规定动作。我家弄堂旁边一家两开间的南货店，兼做水果生意，店家在水果摊摆了一只木盆，注满清水，再备两把尖尖的水果刀。客人买了水果，如果当场要吃的话，师傅就会帮你削皮。我们弄堂里的"马格里"，每天午饭后慢慢踱到南货店买一只天津鸭梨，师傅削皮的手势清爽，从头至尾确保梨皮不断，紧紧包裹在白生生的梨肉上。"马格里"伸手接过，轻轻一抖，梨皮松开落下，咬一口雪白梨肉，再说闲话。

以前的水果店在夏天还会卖枇杷、杨梅、白糖梅子、西瓜瓤等，秋冬季节会卖糖炒栗子，当街支起大铁锅，一条精壮大汉当众上演边炒边卖的戏码，淡淡的青烟与甜香的气息可飘至很远。老菱，也叫"老胡菱"或"沙角菱"，入冬后，一口大锅架在煤球炉上，锅上盖一条棉被，乳白色的水蒸气从锅沿溢出来，给冬天的街景平添一份生气。女孩子吃老菱真叫人心里发痒，她们用发夹从菱角的"肚脐眼"里掏呀掏呀的，掏出一眼眼粉末状的菱肉吸进嘴里，一只老菱可以消磨大半天！吃只老菱干嘛这么费劲呢？原来空菱壳晒干后可以吹出美妙的声音。

柿饼也是西北风起来后上摊的，柿饼裹了一层糖霜，甜到牙齿痛，价格也很便宜，我们家经常吃，老爸说可以败火。经常吃的还有地栗，地栗就是荸荠。荸荠是"两栖类"，可当水果，也可做菜,上海人家做狮子头会斩些荸荠粒掺在肉糜里。我家熬地栗汤,可以降秋燥,治咽喉红肿,熟的地栗就成了"药渣",不大好吃。风干地栗是绍兴人的零食,鲁迅先生就喜欢吃风干地栗。地栗装在网眼竹篮里挂在风口,十多天后就收干了,削皮吃,白色浆液在牙缝爆炸,极甜。

现在这些东西统统被超市收编了。檀香橄榄是上海人的恩物,水果店里装在玻璃缸里卖。贺友直先生在旧上海风俗画里有一景,广东籍小贩用煤油桶做成很滑稽的胡琴,边拉边唱:"檀香橄榄……卖橄榄。"

檀香橄榄也叫青果,老城厢有条小街就叫青果巷。正月初一去城隍庙湖心亭喝早茶,茶盅边滚着两枚檀香橄榄,这叫元宝茶,讨口彩。去年我在某宝下单,买了一袋潮州产的檀香橄榄,到货后发现皮色转黄。檀香橄榄初嚼涩嘴,久含回甘,满口生津。读好的文章要像吃檀香橄榄,这是老师说的。

是的,今天超市里百样水果都有,榴莲、蓝莓、树莓、牛油果、车厘子、莲雾、释迦、山竹、红毛丹、百香果……从前闻所未闻,现在欢天喜地奔来眼前。但我们还是喜欢去街头水果店挑挑拣拣,与店主拉拉家常,说说笑话。买水果其实也是一种社交。水果在超市里被归作"生鲜",冷冰冰的,在水果店里则是一种"生态",有烟火气。

# 鲞旗猎猎屋檐下

鲞旗，是我杜撰的一个词汇。黄鱼鲞、鳗鱼鲞、青鱼鲞、墨鱼鲞，大者不骄，小者不卑，成排成排挂在屋檐下，凛冽的西北风在高楼大厦的缝隙中穿插跑位，在这里收住阵脚，回旋风推得鲞们摇摇晃晃，弱不禁风的样子。不，他们乐意接受朔风的洗礼。一缕阳光投射在鲞的表面，反射片片银光，在街的对面望去，鱼鲞像不像一个个幡的方阵，旗的长队？

蹲守街角三十年的水产铺子，脚盆、保温桶、塑料箱摆得满满当当，几乎没有插脚的地方，甲鱼与大闸蟹似乎进入了冬眠。地面湿答答，一年四季没有干燥的辰光。老板与老板娘配合默契，将一条鳗鱼沉沉地摔在台板上，从头至尾抹几遍，从脊背处下刀，沿龙骨剖开，淋过白酒，抹上海盐，用数枚竹扦撑开肚当，竹竿挑起挂在屋檐下。鳗鱼尾巴系一张小红纸条，上书"29弄过街楼大胖子"或"华安坊15号嗲妹妹"。

鳗鲞长及人高，让人想起酒池肉林这个成语。路人跟店主招呼："又要过年啦，这日子，真快！"

老板回应一声:"今年你要不要再来一条?"

新风鳗鲞一挂,上海人就要过年了。

新风鳗鲞是春节家宴上的一味冷菜,切一段蒸熟,冷却后再喷几滴白酒,切成条(最好是撕开),蘸醋吃,味道一流,又是压饭榔头。

鳗鱼鲞有王者之风,但黄鱼鲞、墨鱼鲞不让鳗鲞专美于前,与五花肉共煮,是家宴上的硬菜。青鱼鲞也是下酒妙物,知堂老人在《鱼腊》一文中写道:"在久藏不坏这一点上,鱼干的确最好。三尺长的螺蛳青,切块蒸熟,拗开来的肉色红白分明,过酒下饭都是上品。"

有一年春节前在吴江七都与好友老徐逛菜场,看到有盾牌似的鲤鱼干堆在地上,他买了十片,贻我一片。回家切块,加霉干菜煮汤,汤色沉郁如陈酿,那是我从小吃惯的家乡风味。上周黄伟兄从绍兴带了一条鳊鱼干给我,蒸来吃,虽然骨刺稍多,但肉质细腻,也是记忆中的乡味。

有一年在宁波吃到四鲞冷盘:鳗鲞、带鱼鲞、沙鳗鲞、萝卜鲞。带鱼鲞的味道与上海人过泡饭吃的咸带鱼相似,沙鳗是浙东名物,生长在河海交汇处,比海鳗、河鳗都小,长不过一尺,肉头单薄,却不贫瘠,咸鲜略带甘甜,别有一种谦逊的轻柔。我曾用沙鳗鲞切丝炒芹菜,堪称隽品。前不久在饭店里吃到脆皮沙鳗,外脆里酥,别有风味。萝卜鲞就是萝卜干。习惯上,肉干称脯,鱼干称鲞,菜蔬晒成干,而宁波人将菜干称作鲞,可见对鲞的偏爱。对了,《红楼梦》有茄鲞。

上海有大量宁波籍人氏,对鳗鱼的爱好影响到所有上海人的味觉审美。河鳗曾经流行过一阵，葱姜蒸、豆豉蒸、锅烧、南乳烧、炭烤，日式鳗鱼盖饭也有一批忠粉，若论大快朵颐，毕竟不如海鳗。海鳗除了制鲞，鲜货可做鱼圆，质地比鲢、鳙等河鱼粗犷而且鲜甜。杭州鱼圆以花鲢为食材，鲜嫩糯滑；潮汕鱼圆用马鲛鱼、篮哥鱼、鳗鱼、青鱼等制作，以 Q 弹著称。以前延安东路有一家大华潮州菜馆，每年春节前都要做鱼圆专供外卖，上海的潮汕人氏无不喜大普奔。我与大华的厨师熟，遂探得后厨秘密，潮汕鱼圆在拌料时要掺大量籼米粉，有助于胀发，也便于捶打上劲。

鳗鱼头和鳗鱼皮是做鱼圆的厨余，弃之可惜，贱价待沽。鳗鱼头面目狰狞，两排利齿咄咄逼人，眼珠瞪圆略微内陷，眼圈渗出殷殷血水，仿佛熬过一个通宵。而我独爱这一味，劈作两爿，暴腌后加姜片葱结，甲绍一浇，旺火清蒸，宜酒宜饭。鳗鱼皮更便宜，两角一斤。葱姜加酒蒸熟，嫩滑肥腴，又无细刺之虞，可以一块接一块地入口。冷却后韧结结的，又是一种味道。吃不完的话，碗底会凝结起一层晶莹剔透的鱼冻，挑一筷盖在热粥上，眼看它如雪山一般慢慢融化，有坦诚的腥香味款款升起，在寒风砭骨日子里，是何等的慰藉！

现在很少有饭店会做鳗鱼圆了，鳗头鳗皮也不见了踪影。好在我们还有新风鳗鲞，鲞的朋友群也十分热闹。前几年有朋友送我一袋乌狼鲞，就是闻之色变的河豚干，家属不敢吃，我也不能送人，等到生出霉花，只能当作湿垃圾处理。

我家附近的乔家路、董家渡路、凝和路、旧仓街都面临市政改造，居民们都欢天喜地住进了高楼大厦。去年我在老城厢拍了几十张"鳗旗猎猎"的照片,今年就很难再看到了。一个老伯伯对我说:"上海人过年总归要吃鳗鲞的对吧。"我劝老人家把心放宽:"别担心,鳗鲞在南货店里还是买得到的。"老伯伯胡子一翘:"这跟自己腌制的味道不一样。再讲,屋檐下挂点风鸡、酱鸭、鳗鲞、鸭肫干啥个,才有过年的腔调呀!"

# 走在顺昌路上

搬离老家快三十年了,但对那里的动静一直很关切。济南路8号、9号双子楼开始打桩了,淮海公园还要收门票,一帮香港歌星到东台路古玩市场扫货。"新天地"蓄势待发,我倒是很兴奋。最早从陈逸飞口中听到对"新天地"三字的解读,那是在田子坊他的工作室,几个朋友在阁楼下面喝茶聊天。我建议在这个项目中引进夜市和小吃排档,还有老上海的叫卖声,比如栀子花白兰花、白糖莲心粥桂花甜酒酿。听说陈逸飞参与了早期的规划,但儒雅的他只是微笑,当年的我很天真。

很快,太仓路、嵩山路、普安路、东台路、吉安路、柳林路、寿宁路也动迁了,速度之快,似在弹指间。老家所在的崇德路也动迁了,久旱逢甘霖,第一天签约率就高达80%以上。两三年后,老房子被夷为平地,太仓路从西边杀过来,在曙光医院南面让开几步,就将拓宽后的大半条崇德路覆盖,与西藏南路接活。交通状况大为改善,但是这一街区的居民包括小狗小猫统统走了。现在,建国东路顺昌路一带的动迁也开始了,这标志着中心城区成片二级旧里以下房屋改造全面完成,也意味着我小时候的活动区域全面进入旧貌换新颜的阶段。

在波澜壮阔的历史进程中,小人物的记忆只是一些浮沫。但我仍想在顺昌路的废墟上捡拾一片落叶,对着刺目的阳光细察相互贯通的细小茎脉,这里面有我少年时代的欢乐与惆怅,也有成人之后的烦恼与希望。

"新天地"所在的街区以前叫太平桥,听说是填河筑路后形成的。南北向的顺昌路北端与太仓路交汇,这一段的民居质量很是不错。靠近兴业路口有个大同戏院,据说是越剧和绍兴大班的专用场子,后来也放电影,没有冷气,电风扇吊在半空中,光影有些扑朔,散场后乒乒乓乓一阵乱响,因为椅子是木质的。戏院南侧人行道上有一长排简陋的饮食摊棚,小吃为娱乐配套,生意做起来方便。太平桥的小吃街市有相当的规模,几乎囊括了大饼油条、阳春面、馄饨、生煎、锅贴、蟹壳黄、油墩子、葱油饼、甜咸汤团等所有品种。周末的上午,我常常捏了一只火柴盒走到太平桥,从火柴盒里数出一角钱买一碗小馄饨解解馋。

那里还有酒菜和饭,妈妈常常差我去买一碗汤。炮台炉子烈火烹油,光头师傅忙得满头大汗,买好一角五分或两角的筹码,耐心排队,菠菜线粉汤或肉丝豆腐汤,小锅烧好往你的钢精锅子里一倒,热气腾腾,可供全家分享。到月底米缸见底的尴尬头上,我买了汤后还会再去转角上的那家饭店买一斤白饭。去饭店不买酒菜,光买饭,好像太那个了,但老师傅照样客客气气,分量给足。为何我不在摊头上将白饭一并买好呢?今天的小青年没吃过我们的苦,难以理解其中的奥妙。摊头是集体所有制,大米供应量有限，而饭店属于全民所有制，原材料就有保障。

顺昌路与自忠路交汇处是太平桥的核心，17路电车翘着两根小辫子慢吞吞地拐弯，银行、百货店、皮鞋店、布店、五金店、食品店、熟食店、竹木杂货店、文具店、书报亭、照相馆、服装店、眼镜店、理发店、地段医院等等一应俱全。还有一家专卖针头线脑的小店，门面朝西，妈妈叫我去买绣花用的9号针，那是极细碎的物件，营业员阿姨就将两枚针插在从香烟壳子上裁开来的一小纸片上，再折拢来交到我手里，这样就不会在半路上弄丢了。我成家后，太太也经常去他家配纽扣、挑选花边。

顺昌路往南一直到徐家汇路，看上去相当遥远，但过了自忠路还是相当热闹的，只是气氛有所不同罢了。这里有一个室内菜场，这段路以前也叫菜市路。太平桥菜场比八仙桥菜场略小，也是主妇们的"打卡圣地"，马路菜场没有的品种在这里可以买到。

在我上幼儿园的时候，有一天吃了晚饭妈妈拖着我去太平桥菜场，说是去吃坏西瓜。坏西瓜有什么好吃的？妈妈笑而不答，同行的还有几位邻居大妈，嘻嘻哈哈地很兴奋。到了菜场门口，只见灯火通明，人声鼎沸，大卡车正在卸西瓜，菜场里的师傅与妈妈和邻居都能招呼得上。彼时市面上以长圆形的平湖瓜居多，偶见滚滚圆的黑皮瓜，所谓"解放瓜"。这天到货的就是解放瓜，车上抛，车下接，两相呼应，兼有表演性。假如师傅不当心脱手，西瓜摔破，只好当场处理，所以围了一圈等着吃坏西瓜的大妈。我虽懵懂，但对这种捡便宜的做法感到羞愧，但妈妈不由分说地把我按在台阶上坐好。

西瓜落地，由那个叫作"大佬倌"的师傅视其破碎程度论价，五分八分或者一角，但不能拿回家，只能就地消化。西瓜一来一去真是一趟危险的旅程，摔一只，卖一只，又有围观群众喝彩，那情景就像后来我见到的拍卖会。很快，卡车上的西瓜所剩无几，妈妈不淡定了，没想到大佬倌举起了足球守门员的"黄油手"，一只大西瓜从他怀里挣脱，落地炸成几大块，蹦出来的西瓜籽似乎弹到我脚面上。

"大阿嫂，这只是你的，给五分钱。"大佬倌将西瓜递到妈妈手里。瓜瓤又红又甜，汁液从指缝和嘴角淌下，我撑着圆滚滚的小肚皮，将最后一块藏在背后，带回家给小哥哥吃。多年以后当我对成人社会有所了解后，便有理由怀疑每一次"生产事故"都是大佬倌故意造成的。

进中学后，我的行动轨迹就着顺昌路向南延伸，在建国电影院看战争片，穿过合肥路去老大昌食品车间学工，去卢家湾桥头看一场箭在弦上但事实上不可能发生的集体斗殴。有一年冬天，学校安排我们上午在顺昌路建国路口引导行人"过马路要走横道线"，所谓社会实践，每周一次。佝头缩颈地杵在寒风中，路人倒也配合，但有些不良少年大概以为触犯了他们的地盘，就要捣蛋，在我们回校路上还要吃女同学"豆腐"。有一天我们再遭"伏击"，只好闪进一家中药店，老师傅厉声喝退了小混混，又教了我们一招：四人以上不妨排队行走，这叫邪不压正。

真的，后来我们在回校路上排成一路纵队，挺胸削肚，步调一致，麻烦制造者就再没出现过。即使在那个乱云飞渡的年代，上海人也一直在努力恢复正常的秩序，希望能保持体面和安宁。

可能就从二十年前开始，顺昌路的两元结构越来越明显，新起的楼盘自南北两个方向步步紧进，雅庐书场关门了，上海美专旧址被媒体再次"发现"并引起文化界关注，盛兴馄饨店倒成了网红。街上行人寥落，店铺老板多操外地口音，"尿不湿一条街"在不知不觉中形成并闻名遐迩。父亲卧床不起后，我骑着自行车在这里驮回了一大包纸尿片。不知道哪个品牌好，就挑最贵的。我听人说过，这里的尿不湿大多用劣质的、甚至是医院当垃圾处理的棉花加工的。想到上海人的未来可能就在这样伪劣商品中终结，不由得一阵悲凉。又看到一家商店门口堆了好几摞衬衫，关门大减价，我挑了两件羊绒衬衫。老爸拿到衬衫捏了一下，摇摇头：我用不着它们了。

崇德路有一所建筑风格洋化的学校，它创建时叫喇格纳小学，后来成了我的母校。作为保护建筑它有一种遗世独立的骄傲，可是前几年莫名其妙地进行了一次挪移，在原地转向四十五度，大概是某位高人的意思吧，我希望它最终有一个美丽的再现。只是，它周围的道路和参照物不大好辨认了，连带着我的有些记忆也发生了错位和重叠。但太平桥的画面，至今还是清晰的。

# 繁花落尽的骑楼

西风乍起，金陵东路几乎看不到一片落叶。是啊，有了骑楼，就没有行道树的位置。行人寥落，喧嚣多年的商店陷入沉寂，门窗被水泥砖块封住，秘密无人知晓。这里曾是琴行，音符从五线谱上坠落，一地琳琅。这个路口的电线杆下曾有一个摊头，跷脚修钢笔，还能在塑料笔杆上刻一阕水调歌头。这里曾是一家两开间门面的修理部，钢精锅子接底、热水瓶换胆、搪瓷脸盆补漏、钟表上油……最受居民欢迎的项目是修补棉毛衫裤，人长高了，棉毛衫裤短了，可以接一截再穿。这里曾是天香斋，一大壶热融融的肉汤搁在料理台上，吃阳春面或小笼的客人可随意添加……这里曾是鹤鸣鞋帽商店。有一天，橱窗里的皮鞋被悉数收起，取而代之的是顶天立地的大字报，这次是从伟大领袖的诗词中摘取精华，分作批判类、鼓劲类、歌颂类、展望类等等。当时风气，写文章时在开头、结尾引用几句诗词，便能山呼海啸，灼灼风华。

许多中学生站在橱窗前抄录诗词，中间还夹杂着一个戴海虎绒帽子的小男孩,耳朵冻得通红,捏着小本子念念有辞:"独有英雄驱虎豹,更无豪杰怕熊罴""宜将剩勇追穷寇,不可沽名学霸王""为有牺牲多壮志,敢教日月换新天"。对,那就是我。

骑楼是一个小世界,从西藏中路走到江边的外滩,刮风落雨也不怕。骑楼下鳞次栉比地开着商店、饭馆、仓库、修理部、批发站,它是八仙桥商圈的前奏或者延伸。小时候去得最多的是东方红文具商店,我的第一只铅笔盒、第一支钢笔、第一盒水彩画颜料、第一只口琴都是在那里买的。有一次去买象棋,营业员拿给我一副双面象棋,另一面是国际象棋。师傅给我讲了一下游戏规则,回家后再研究说明书,很快就会了。进中学后,英雄铱金笔经不起我日夜厮磨,但那里有零配笔尖,每只才四分钱。

那时候在金陵东路上还没有专门的乐器商店,成为钢琴一条街是二十世纪八十年代以后的事。不过在东方红文具商店我还是见识了单簧管、萨克斯管和长笛,中学时代心血来潮学起了小提琴,琴弦、松香和空白的五线谱都是在那里买的。

骑楼有粗壮的立柱,每隔两只门面竖一根,我倒也没数过金陵东路有多少根立柱。有一年立柱被油漆一新,还拉出了白底云絮状的大理石花纹,工人师傅爬上人字梯去写毛主席语录。一根立柱有四个面,朝外的三个面都要写,工作量相当大,再说在立面上写比在平面上写难很多,可是师傅们写得既好又快,仿宋、大黑、姚体、新魏,赏心悦目,气象一新。我放学后就跑去观察他们的手势,琢磨笔画的架构。直到夕阳的余晖照在油漆未干的美术字上,熠熠生辉,工人师傅扛着人字梯、提着油漆桶收工了,回头看我一眼:你怎么还在这里?后来我的美术字突飞猛进，老师就经常叫我给教室、操场挥写大幅标语。

金陵东路还有一家四开门店面的五金店，当我迷上木工活后就经常去，从螺丝钉子到铰链拉手应有尽有。在靠近江西路处还有一家油漆店，以零拷品种之全傲视浦江两岸。散装油漆贮存在货架上层的斗式箱子里，你报上品种和数量，师傅就将你的空瓶子与龙头对接，灌满后称重。调和漆、改良漆、硝基漆、腊克、泡力水、香蕉水……我大口吞进香蕉水气味，享受瞬间的晕眩；也有人过敏，眼瞅着小水泡在手臂上拦不住地鼓起。那几年上海男人都成了小木匠，手艺搭僵，全靠油漆，这家油漆店几乎天天排队。后来我在王蒙的意识流小说《夜的眼》里发现，他也留意到了小五金与油漆的脱销。

还有一家艺林家具店，我的结婚家具就是在那里买的。那天的场景波澜壮阔，永生难忘。一帮适龄青年紧紧攥着户口簿和结婚证，在家具店后门的弄堂里发疯似的往前挤，最先登记的前五十名才有希望。它让我想起电影《列宁在十月》里攻打冬宫的那场戏，太刺激了。

后来我认识了卖家具的一位老师傅，有一次他们进了一款小型的单人软包皮沙发，玫瑰红的人造革面子十分抢眼，走过路过都要看一眼。但是买的人不多，标价104元，乖乖，照彼时的工资标准，不吃不喝三个月才能将此宝贝搬回家呢。有一天老师傅值夜班，商店打烊后，我带了一把卷尺过去，将沙发的关键尺寸一一记录，回家后将图纸画出来。过了一个月我乒乒乓乓地敲了一对，叫弄堂里的朋友羡慕嫉妒恨，后来这张图纸在外面流转了小半年，回到我手里时已经像叫花子的百结衣了。这个时候柳林路上卖的牛仔裤和时装都是冒牌的，上海人称之为"驳样"，没听说"知识产权"这一说。

极具戏剧性的场景同样出现在鹤鸣鞋帽商店，那年夏天似乎整个上海的女人都来到那个显眼的拐角上，为了抢到一双半高跟的风凉皮鞋。以今天的眼光看，已是中古风！更具戏剧性的来了，鹤鸣东侧有一家灯具店，有一次展销来自洛阳的唐三彩，立马、骆驼、骑马仕女，抢购的队伍一直逶迤到云南南路电信局门口。生涩文青怎甘落后，我找朋友帮忙买到一尊立马，一元四角。若干年后参加《上海文学》洛阳笔会，误入唐三彩制作工坊，才发现原来是石膏模子灌浆，大刀阔斧泼釉。

长期来，金陵东路一直是南京路的跟跑者。二十世纪八十年代为了给南京东路分流，一批老字号在金陵东路开设分店，我的第一套西装是在培罗蒙定制的，女朋友在朋街买了她的第一件格子呢大衣。金陵东路还有好几家绒线店，其中一家的老板还是我家远房亲戚。小开是个纨绔子弟，继承家产后照样天天打沙哈，结果一家一当全部输光。有一天新老板看他笼着衣袖踯躅于骑楼下，便唤他进店站柜台。小开居然开条件："将招牌上的四个J涂掉，我才进这扇门。"这四个J，就是让新老板一举斩获绒线店的大杀器。1949年后，他定的成分是职员，阴差阳错地躲过一劫。在《冯秋萍绒线钩针编结法》一版再版的日子里，我帮朋友在老伯伯的店里买到了紧俏的开司米。

买奶油蛋糕要排队，买牛肉干要排队，买话梅糖要排队，买西瓜瓤要排队，买春卷皮子要排队，买生煎馒头要排队，买鲜肉月饼要排队，买有奖储蓄要排队，买缝纫机要排队，吃印度咖喱鸡饭要排队……那个时候的金陵东路阳光灿烂,春风拂面,骑楼下脚步轻快的人兴高采烈,精神饱满。

我最后两次在这条商业街上完成的值得一说的消费行为,是在二十世纪八十年代末,一次是在黄浦公安分局对面的紫阳观买了四只平湖糟蛋,病中的妈妈吃了眉开眼笑;另一次是在曹素功墨苑迟疑了半天挑了两碇松烟墨,营业员大叔神情坚毅地说:"贵是贵了点,但这是出口日本的噢。"

还有个镜头怎能遗忘?那是一个雾气迷蒙的早晨,两个老外在大饼摊前比画着手势大呼小叫。一个年轻人骑自行车经过此地,得知他们只不过想尝尝油条的滋味。他们有兑换券,却没有粮票,女服务员不卖给他们。年轻人从钱包里摸出粮票帮助他们实现了这个卑微的愿望。高高的骑楼下,两个老外帅哥举起咬过一口的油条,请年轻人为他们拍一张照。这张照片最终会刊登在《费加罗报》或者《泰晤士报》上吗?——年轻人想。是的,那就是我。

这个时候可口可乐已重返中国市场,在天香斋也能喝到。

今天,繁花落尽的金陵东路进入了冬眠。不过我相信,每一段骑楼都在酝酿欣欣向荣的第二春。

浦东，老式工房与"三件套"相呼应（范筱明 摄）

# 大脚阿婆的猪脚黄豆汤

猪脚黄豆汤也叫脚爪黄豆汤,是值得回味的上海老味道。入冬后,持中馈的煮妇就会做几次,炖得酥而不烂,汤色乳白。黄豆宜选东北大青黄豆,糯性足,回味甘甜。当年黑龙江知青回沪探亲几乎人人都会带上一袋。猪脚,上海人亦称猪脚爪。民间相信"前脚后蹄",前脚赛过猪的刹车系统,奔跑及突然停住时前脚用力更多,脚筋锻炼得相当强健。买蹄髈宜选后蹄,骨头小,皮厚,肉多,无论炖汤还是红烧,口感更佳。

寒冬腊月,特别是那种冷风吱吱钻到骨头里隐隐作痛的"作雪天",热气腾腾的一砂锅猪脚黄豆汤在桌子中央这么一坐,一家老少吃得暖意融融,小孩子吃饱了来到阳台上冲着黑沉沉的夜空大吼一声:"老天爷,快点落雪呀!"是啊,魔都有许多年没下雪了,如果有,也是轻描淡写地在屋顶上、车顶上撒一点,就像给一碗罗宋汤撒胡椒粉。

就是在这样寒气砭骨的冬天,我喝到了人生第一碗猪脚黄豆汤。

这里必须先交待一下背景。在我学龄前,也就是二十世纪六十年代前期,我妈妈在里弄生产组工作,生产组是妇女同志的大本营,"半边天"读出扫盲班,就有了更高的理想,希望进入体制成为工厂正式职工,吃食堂饭,有工装、有车贴、有浴票,享受全劳保,每个月还能领到肥皂、卫生纸。有一次,妈妈牵着我的小手穿过草原般辽阔的人民广场,来到一家简陋的工厂,大屋顶下,数十盏日光灯齐刷刷亮起,上百人分成若干个小组围在十几张长桌边给羊毛衫绣花。这其实是她平时在家里做的"生活",而此时她们非要像向日葵那样聚在一起,在形式上模拟车间里的劳作。妈妈忙着飞针走线,我在她身边像条小狗似的转来转去,没玩具呀,只能将鞋带系死,再费劲地解开,无聊得很,实在不行就瞅个空子逃到大门口,看对面操场上的中学生排队操练,怒吼"团结就是力量"。

第二天,妈妈就把我托给楼下前厢房的邻居照看。这家邻居的情景现在是无论如何看不到了,两个老太,一位叫"大脚阿婆",另一位叫"小脚阿婆",对的,其中一位缠过脚。在万恶的旧社会,她们嫁给了同一个丈夫,解放后男人因病去世,大小老婆就住在一起,相濡以沫,情同姐妹。她们有一个儿子,一个女儿,都成家了,分开住。

大脚阿婆收下我后就严厉关照不要跑到天井外面去,"当心被拐子拐走"。这在当时是极具震慑力的。转而又无比温柔地说:"今天我烧脚爪黄豆汤给你吃。"

等到中午,大脚阿婆将一碗饭端到八仙桌上,上面浇了一勺汤,十几粒黄豆,并没有出现我的期待。"脚爪呢?"我轻声地问。大脚阿婆大声回答:"还没烧酥。"

天可怜见的,我就用十几粒黄豆将一碗白饭塞进没有油水的小肚子里。好在有一本彩色卡通画册深深吸引了我,白雪公主和七个小矮人的故事为我打开了陌生而美丽的新世界,公主如此美丽善良,小矮人又如此勤奋,他们挖了一整天的矿石,天黑后回家才能喝到公主为他们煮的汤。不会也是猪脚黄豆汤吧,我想。所以我很知足,看一页书,塞一口饭。这本彩色卡通画册应该是她们的儿子或女儿留下来的,一起留下来的还有《封神榜》《杨家将》等几本破破烂烂的连环画,以及几十本布料样本(这大概与她们儿子的工作有关),也相当有看头。

第二天,经过一个上午的等待,饭点到了,同样是一碗饭,同样是十几粒黄豆,"脚爪呢?"我声音更轻地问。大脚阿婆更响亮地回答:"还没烧酥。"第三天,重复第一天的模式,一碗饭,一勺汤,十几粒黄豆,猪脚爪还没有烧酥。大脚阿婆与小脚阿婆在我吃好后才在屋子另一边的桌子上吃,她们有没有吃猪脚爪,我不敢前去看个究竟。又因为里屋光线极暗,墙上挂着一个红木镜框,鸭蛋型的内衬里嵌了一张擦笔画,一个精瘦的男人戴一顶瓜皮小帽,桌上的一羹一饭都被他看在眼里。饭后,大脚阿婆用刨花水梳头,小脚阿婆则开始折锡箔,口中念念有辞,弄堂里的人愿意买她的锡箔,她一边折一边念经,据说"很灵的"。

在楼下前厢房被托管了三天,白雪公主与七个小矮人的故事被我看到浮想联翩,里弄生产组大妈们精心策划的被招安行动宣告失败,她们灰溜溜地回到各自家里,继续可恨的计件工资制。妈妈松了一口气:"也好,可以看牢小赤佬,明年再送他去幼儿园也不晚。"

一直等我上了小学，身体又长高了点，有一天被班主任表扬了，有点骨头轻，回家就壮着胆子向妈妈提出："我要吃脚爪黄豆汤。"妈妈有点奇怪，因为我在吃的上面从未提过任何要求。"在大脚阿婆那里吃过脚爪黄豆汤，是不是吃上瘾啦？"

我这才把实情向妈妈汇报，她恍然："每天给她两角饭钱的，死老太婆！"

几天后，我才真正吃到了人生第一碗脚爪黄豆汤。但味道怎么样，没记住，印象深刻的还是白雪公主，一双美丽的大眼睛！

后来我家条件好了，也经常吃猪脚黄豆汤。我五哥是黑龙江知青，他千里迢迢背回来的大青黄豆确实是做这道家常风味的好材料。不过我又发现，那个时候像我家附近的绿野、大同、老松顺、鸿兴馆等几家饭店都没有猪脚爪，只有像自忠路上小毛饭店这样的小馆子里才有，猪脚爪与黄豆同煮一锅，有时还在三鲜汤、炒三鲜里扮演"匪兵甲"的角色。在熟食店里也有，无论老卤烧还是做成糟货，都是下酒妙品。后来有个老师傅告诉我，猪脚爪毛太多，啥人有心想去弄清爽？再讲这路货色烧不到位不好吃，烧到位了又容易皮开肉绽，卖不出铜钿，干脆免进。他又说："猪脚爪不上台面的，小阿弟你懂吗？一人一只猪脚爪啃起来，吃相太难看啦！"

想象一下指甲涂得红红绿绿的美女捧着一只猪脚爪横啃竖啃，确实不够雅观。在家可以边看电视边啃，不影响市容，所以在熟食店里卤猪脚的生意还是不错的，尤其是世界杯、奥运会期间，猪脚鸡爪鸭头颈卖得特别火，女人也是消费主力。有一次与太太去七宝老街白相，看到有一家小店专卖红烧猪脚，开锅时香气四溢，摆在白木台面上的猪脚，队形整齐，色泽红亮，皮肉似乎都在快乐地颤抖，端的是绝妙好蹄。马上买一只请阿姨劈开，坐在店堂里啃起来，老夫老妻，就不在乎吃相了。

平时在家，我们也是经常烧脚爪黄豆汤的，我的经验是不能用高压锅，必须用老式的宜兴砂锅，实在不行的话就用搪瓷烧锅，小火慢炖，密切观察，不能让脚爪粘底焦糊，一旦有了焦毛气，败局难以挽回。如果有兴趣又有闲暇的话，我也会做一回猪脚冻。猪脚治净煮至七八分熟，捞出后用净水冲洗冷却，剥皮剔骨，再加五香料红烧至酥烂，然后连汤带水倒在玻璃罐里，冷却后进冰箱冻一夜，第二天蜕出，切块装盆，蘸不蘸醋都行。如果加些花生米在里面，口感更加细腻丰富。炖猪脚黄豆汤时我喜欢加点花生米，不必去红衣，有异香，又能补血。以上几款都是冬天的节目，到了夏天就做糟脚爪，口感在糟鸡爪、糟门腔、糟肚子之上，春秋两季可红烧或椒盐。

进入改革开放后的新时代，猪脚爪才有了粉墨登场的机会，九江路上的美味斋驰誉沪上，他家的菜饭深受群众欢迎，浇头中的红烧脚爪是一绝，点赞甚多，我也经常吃。在黄河路、乍浦路美食街曾经流行过一道菜颇具戏剧性：猪八戒踢足球——三四只红烧猪脚爪配一只狮子头。最让人怀念的还是香酥椒盐猪脚，老卤里浸泡一夜，次日煮熟后再下油锅炸至皮脆肉酥，上桌时撒椒盐或鲜辣粉，趁热吃，体现了粗放的、直率的、极具市井风情的味觉审美。在市场经济启动后，在初步摆脱物资匮乏的尴尬之后，不妨在餐桌上撒撒野。那种"人手一只啃起来"的吃相，对应了"改革开放富起来"的歌咏,也可以当作"思想解放,与时俱进"的案例来看。

也因此,我在广州吃到猪脚姜和白云猪手,在东北吃到酸菜炖猪脚,在北京吃到卤猪脚与卤肠双拼,那种"放开来"的感觉,都不及在上海小饭店里大家一起啃猪脚时那般豪迈与酣畅。

疫情期间宅家太久,执爨就成了解闷游戏,有一天我煮了猪脚黄豆汤,考虑到医生对我再三警告,只敢用一只猪脚,多抓一把黄豆,汤色与味道就寡淡了许多。这只号称从"金华两头乌"身上取下来的猪脚,在回锅两次后皮开肉绽,失去了记忆中的劲道和香气,成了可有可无的药渣,最终与湿垃圾归于一类。

最想念大脚阿婆的猪脚黄豆汤。

# 亭子间的广东女人

弄堂生活的有趣,大概在于近距离见识各式人等;各式人等中,让孩子印象最为深刻的是操各种方言的女人。可以说,在我们每个人的童年叙事里,都有一位宁波阿娘,一位苏州好婆,一位苏北奶奶……还有亭子间嫂嫂。她们是一个鲜活的形象,也是一个闪烁的符号。她们来自五湖四海,萍踪不定,或暗香浮动,或花枝乱颤,如花如雾,如锦如梦,那股若有若无的气息,在我们的记忆深处窖藏、发酵……

在我读小学两年级时,二楼亭子间搬来一户人家,一个男人拖着两男一女三个孩子,锅碗瓢盆之外就是一张床一张小方桌,如果说稍见出彩的话,他家的凳子倒是圆凳面,比我们家的宁式骨牌凳摩登一些。芳邻远来,妈妈前去道喜,但男主人的上海话说不好,三两句后就转到广东话,于是你说你的我说我的,好在微笑是相似的,大家都能读懂彼此的心声。从此我也明白了"剪刀磨剪刀"(粤语"知道不知道"的谐音)是啥意思了。

亭子间男人姓刘,在老西门一家食品厂工作,厂里的师傅儿乎是清一色的粤籍人士,"官方语言"便是广东话,两点一线的生活使刘家爷叔缺少练习上海话的机会。刘家爷叔安顿好卧榻炉灶,在休息天做了两锅米花糖。甜暖的香气吸引我去看个究竟,炒菜锅子(刘家爷叔称之为"鼎")里倒入麦芽糖和白砂糖,慢慢熬至溶化,将事先准备好的爆米花倒进去,再撒一把黑芝麻,用力搅拌翻炒,火候到了,再倾倒在抹了熟油的桌板上,趁热压扁至一寸厚,吹冷后找来一把竹尺,用刀贴着划成长条,再切成方块。边缘不甚整齐的留着自家吃,外观靓丽的装了蓝边大碗楼上楼下分送邻居。

刘家爷叔做的米花糖松脆香甜,比八仙桥东方红食品店里卖的要好吃。

吃了米花糖,我与他家三个孩子也熟了,老二刘志强正好插进我们班里来,坐最后一排。有一天他在我家看《儿童时代》,妈妈请他吃刚刚蒸好的南瓜饼,看他衣衫破了就赶快找出针线盒,穿针引线之际不经意地问了一声:"志强啊,你妈妈……"

志强似乎早有准备,应对干脆:妈妈在广东,国庆节回家。

国庆节到了,志强的妈妈果然回家了。志强的妈妈踏进弄堂就成了新闻。一个身材苗条的女人,肤色黝黑,颧骨微突,唇薄嘴阔,绾了一个洋葱头似的髻,穿一件香云纱短褂,挑着一副担子,前面是一只红漆小木箱,后面是一只本色的藤条筐。扁担小巧玲珑,两头高翘,就像后来我在梅州看到的老房子上面的燕尾脊。女人脚头轻快,扁担跟着上下弹跳,就像是有生命的活物架在她的肩头。最大的亮点在贴边绣花的裤子下面,赤脚穿一双木拖鞋。木拖鞋是弄堂生活的常见之物,但她的木拖鞋出类拔萃,不同凡响，后跟有两寸高，用大漆绘了彩，还在鞋底和鞋帮上画满了花鸟鱼虫，珠光宝气，世俗美艳。十只脚趾被指甲油涂成两把樱桃，成了触目惊心的风景。挑担女人滴呱滴呱一路走来，弄堂大叔看得眼睛都蹿火了。

志强的妈妈叫阿珍。阿珍将带来上海的番薯粉条和蚵仔干分送给邻居，她会说普通话，一点点口音也不妨碍与大家热烈交流。她抽烟的姿势很好看，就像女特务，进了我家也不看山势，把烟盒递到我老爸面前，叫他一脸通红。大家很快知道，阿珍是"跑单帮的"。但是要等我看了京剧《沙家浜》后才知道"跑单帮"是怎么回事，不免肃然起敬。

女人来了，亭子间弥漫起热蓬蓬的烟火气，刘家爷叔跑腿，阿珍将袖当灶，朴刀咚咚，锅铲咣咣，各种小菜变戏法似的端上桌。阿珍买了一只八斤重的大公鸡烧白斩鸡，一顿吃个精光。烧了一锅卤水大肠，也是一顿吃光。刘家爷叔从厂里带回做火腿月饼扦下来的火腿皮，脂香汹涌地炖了一上午，叫楼上楼下里的邻居口水流了一地。他家的亲戚从四面八方聚拢来，欢声笑语，不醉不归，在天井里都能听到亭子间里鸟语般的广东话，他们甚至唱起了咿咿呀呀的潮州戏。邻居们相视而摇头：上海人家没有这样吃法的，败家子啊。

让我眼睛发亮的是，亭子间门口并排摆放着的好几双绘彩木拖鞋，女眷们穿来的，走到门口一脱，白脚光光地进了门。这也许是一种风俗，也许是亭子间太小了，容纳不了木拖鞋发出的声响。

这意外地让我看清了木拖鞋的鞋底，凤凰、孔雀、牡丹、芭蕉、椰树……还有帆船，构成了一幅幅精美的图画。它们是小型的画图展览会，是移至脚底的风景，有臭气的脚，长着鸡眼的脚，沾着泥巴的脚，都不配伸进如此漂亮的鞋——我这样想着，不免生出些嫉妒。

几天后阿珍悄无声息地走了。第二年国庆节她又来了，还是"黑里俏"的模样，还是穿一双绘彩木拖鞋，后跟却削平了，略略显得笨拙。这次她做了豆腐馅的馒头给邻居吃，豆腐拌了猪油渣和蚝油，真是太好吃了。她向邻居借粮票，吃过豆腐馒头的主妇不好意思拒绝，我妈给了她三十斤粮票。

阿珍不在家的日子漫长而昏暗，刘家爷叔一个人带三个孩子过日子实在辛苦，亭子间充斥着一股尿臊气，而且像冰窖那么凛冽。他出门前给每个孩子两角钱，让他们自己解决伙食，大饼、炝饼是他们经常吃的主食。到了暑假，志强有时不高兴吃饭，上午棒冰，下午雪糕，竟然也能将一天对付过去。我与志强读到四年级了，他还像猴子一样精瘦。那时候谁家都没有多余的吃食，我偶尔也会扯半根油条、掰半只大饼给他。

秋风有了寒意，志强每天一早便去菜场，小木板往地上一铺，给买菜的主妇们刮鱼鳞。刮鱼鳞是不收钱的，报酬就是鱼肚肠和鱼鳞。那时候菜场卖得最多的就是带鱼，志强把鱼肚肠卖给养猫的人家，小半罐银光闪闪的鱼鳞带回来煮粥，咦，这么腥的粥能好吃吗？志强说：好吃，营养！嘿，广东人都是属猫的。

某天黄昏，窗外飘着鹅毛大雪，西北风啾啾地往门缝里钻，志强来到我家，"我要去乡下读书了"。他说着便往我手里塞了一块半尺长的绕线板,两头大中间束腰,两面分别雕刻着腊梅和牡丹,朱漆描金,似有一种不甘寂寞的喜庆。"你喜欢画画,就给你留个纪念吧"。这神情与口气和年龄不大相称,我有点害羞,但他不容我多想,提出向我要一件纪念品。这又让我为难,我实在没有什么好玩的东西可以给他。他眉毛一挑:"你可以把《红岩》送给我呀。"

这年头书没读多少,但同学间还能悄悄地传阅小说,我的这本书得之不易,舍不得送人,便说借给小黑皮了。"我已经问过了,他说今天一早就还给你了。"情报工作做得这么好,我就无路可退了。我抚摸了一下用牛皮纸修补过的封面,将心爱的"藏书"压在他手里。

后来刘家爷叔跟我妈说,他把志强送给了乡下的一个亲戚。这年春节前阿珍回家了,挟了一只蓝布包袱走进弄堂,赤脚穿一双绿色的军用帆布跑鞋。天寒地冻,云海翻腾,她这次回来有些突然,当晚有里弄干部上门,关照她去派出所报临时户口,"投机倒把的事情不许再做啦!"

第二天她趁我独自一人在家,就来找我要那块绕线板:"这是我从娘家带来的,志强怎么可以将女人用的物件随便送人呢?你应该比他懂事吧。"

这有什么稀奇的,我给了她,当然也有点生气。不过她也给了我一枚"红灯记"纪念章,那是用四颗有机玻璃纽扣做成的一盏号志灯。一阵狂喜几乎叫我窒息,同学们可要眼红死啦!

吃过端午粽子,刘家搬到南市去了,从此再也没有见过那个

"黑里俏"广东女人,还有刘家爷叔和志强。但是我清楚地记得那双绘彩木拖鞋,此后也再没见过这种散发着民间艺术之美的木拖鞋。为写这篇小文,我特地微信广州一家杂志社的朋友,她说这种木屐在南粤早就绝迹了。

# 老虎灶的"黄胖"

在我青少年时代,几乎天天要与老虎灶打照面,除了泡开水,还有一个原因是老虎灶楼上住着我的同学李建刚,他家有满满两篮头连环画供我借阅——他父亲过去摆过小书摊,当然也是要付代价的。他从《三国演义》《铁道游击队》等连环画中选中某一页,叫我画在蜡光纸上供他刻成剪纸,因为是画在蜡光纸背面的,所以得画成镜像,比如刘洪举枪向鬼子射击的时候,我就得画成左手拿驳壳枪。二十世纪六十年代,刻花样是男孩子的一大乐趣。

老虎灶的烟囱穿破屋顶直指蓝云。周惟波写过一个话剧:《炮兵司令的儿子》,所谓炮兵司令就是老虎灶老板。建刚家在二楼,烟道从他家北墙穿过,冬天室内很暖和,赛过烧炕,夏天就不好过了,烟道外壁烫得可以烙饼。整个暑假,建刚就在弄堂里做市面,做作业,刻花样,下象棋,包括吃饭。暴雨突至,就端起小凳子一头冲进老虎灶。

这个老虎灶与上海所有的老虎灶一样,当街砌灶,埋两口锅，锅上接木桶圈，灶膛正对着街道，真像一只老虎的血盆大口。老板手执钢钎捅炉子的时候，烧红的煤屑纷纷落下，遇到膛内的积水发出嘶嘶声响，我很喜欢听这淬炼似的声音。

店堂里靠墙摆两张八仙桌，供茶客喝茶。后面还有小半间，冬天孵豆芽，夏天供人洗澡，挂一块旧布帘，用墨汁写"盆汤"两个大字。有一次我看到一个大块头脱去汗衫，肉墩墩的背脊上布满了刺青，是两条张牙舞爪的蟠龙！这让我想起旧上海的"白相人"。

老虎灶老板也是个大块头，槽头肉端的厚实。那时已不能叫老板了，大家都叫他"黄胖"。黄胖在上海方言里有特定指向，某人得了"腰子病"（肾病），食不进盐，面孔又黄又肿，便叫"黄胖"。老虎灶的老板姓庞，据说还是当时一位电影明星的堂房亲戚，所以才落了个"黄胖"的诨名。

黄胖系着一条围裙，从早到夜立在灶头旁，老板娘只管烧饭洗衣裳。烧开水技术含量不高，但黄胖也有几项独门秘技，他会给人家冲藕粉，冲得滴溜丝滑，不结块，不溏稀。有一次我在建刚家吃了一碗藕粉，口感特别爽滑，建刚娘说这是黄胖冲的葛根粉，大补气血。秋冬季节，街坊大妈端着一脸盆毛蚶来老虎灶请黄胖烫毛蚶。蚶壳微启，一剥就开，饱含鲜汁，大妈都会抓一把给黄胖下酒。

再比如，小菜场里的师傅常常将一大桶黄鳝抬到老虎灶，水族紧张不安地扭动身躯，黄胖先泼一勺冷水激一激，然后一铅桶开水倾盆而下，压上盖子，只听到桶里似有无数条皮鞭在抽打，热气从桶盖边缘逸出，腥臊气慢慢转化为若隐若现的甘香。黄胖烫的黄鳝皮不破，肉不烂，划起来相当顺手。有时候小菜场里也会进一批鲨鱼，鲨鱼需要退沙（其实是细鳞），比黄鳝难弄，菜场里的师傅就交给黄胖。黄胖成竹在胸，举重若轻，烫好后，从墙上摘下一把半尺长的半月形牛角刀，刷刷几下，鲨鱼便露出玉白的内皮。鲨鱼可红烧，也可沃羹。鲨鱼是发物，我家从不进门。

黄胖大显身手的一场"惊天大戏"，今天的年轻人想破头也想不出来。有一次弄堂里的阿毛娘抱来一大捆帆布央求黄胖"退砂"，原来这是工厂里处理掉的布基砂皮，大块小块一团糟。黄胖将砂皮泡在开水桶里，闷半个钟头，然后摊平在一块石板上，硬是用牛角刀将金刚砂一寸寸刮干净。黄胖在操作时，看客颇多，我看他面带笑容，十分享受这个过程。不过好戏收场时已经满头大汗，黄胖捶着腰对阿毛娘说："阿毛娘噢，我今朝要死在你手里啦！"

这十几块帆布被阿毛娘染成黑色，做成衣服裤子。阿毛娘的男人死得早，丢给她三颗"光榔头"，日子过得真艰难。

后来泡开水的人常常跟黄胖开玩笑："黄胖，听说你被阿毛娘弄得腰也直不起来，真看不出这个女人这么厉害啊！"

茶客哈哈大笑，黄胖也哈哈大笑。

窦尔敦有虎头双钩，黄胖有牛角刀，据说是一个走方郎中送给他的，岁数比我还大。他用牛角刀为人家刮痧，手到病除。有一次我中暑，掼头搭脑，他把我按在八仙桌上，汗衫褪到脖根，一刀划过痛得我哇哇直叫，第二天就满血复活，生龙活虎了。

黄胖还会给人家治疗落枕，按摩推拿，老虎灶还备有专治烫伤的药膏，这些都不收钱，只要求你买几角钱的竹筹。一枚竹筹泡一热水瓶开水。比香烟略短的竹筹上烫有店号字样，那是老时光的印痕。泡开水的来了，黄胖接过竹筹，朝灶台上的铁皮罐里一扔，百发百中，就跟汪曾祺在小说里写的一样。

  黄胖还会烫浆糊。石库门人家多板壁，逢年过节需要重新糊一层印花壁纸，这种浆糊要烫得薄，有足够的黏性。钢精锅子里倒点面粉，用冷水拌匀，移至灶台的入料口上慢慢搅拌起泡，冷却后就可用了。妙的是黄胖还会在浆糊里加一小匙黄柏粉，据说能防霉，还有很好闻的气味。也有人抬了一只木桶，倒了一包雪花似的化学浆糊粉请黄胖调开。黄胖知道这桶浆糊要拿去贴大字报，便双手抱胸："这个我不会。"

  如今在上海中环以内再也找不到一家老虎灶了，但我还记得黄胖这个人，还有那把神奇的牛角刀。

# 饭乌龟阿七

中学毕业后,我被分配在一家饮食店里当学徒。那时候,我们店里有一群固定的老顾客,他们每天必到,雷打不动,风吹不摇。黄昏四五点钟的样子他们一个个不知从哪里钻出来,很快就将相对固定的那几张八仙桌占满,嘻嘻哈哈的亲如一家。这批老顾客邋里邋遢,满口脏话,兜里也没多少钱,一群不可救药的酒鬼。对他们的"大驾光临",我们从上到下很头痛,轰也不好,骂也不好,还得侍候好他们——为人民服务嘛!

他们一坐下来屁股仿佛被粘住了,一直要等到上中班的职工下班才摇摇晃晃地离开。他们主要是喝酒,菜倒是真的不在乎。张三一碟辣酱,李四一碟毛豆,几碟小菜往桌子中央一推,就喝开了,这叫做"拼盘"。吃到碟子只只朝天,谁都屏着不动,其中一个会摸出一把西瓜子往桌子中央一撒,也能对付半天。

有时队伍还会扩大,老阿姨——其实也就四十多岁的女人,零零落落地进来,眼睛一扫,就知道可以在哪里入座。她们也是好酒量,丝毫不让须眉。有时候八仙桌坐满了,她也会坐在男人的大腿上。

酒鬼们喝到嗨了，会莫名其妙地相互攻击，然后以拼酒的方式决一雌雄。每桌推选一个代表，其余的人在周围摇旗呐喊，把老老实实坐着就餐的顾客吓跑。闹到最后，几个人扭作一团滚到店门外，衣服撕成一条条，脸上沾满了阴沟里的污泥，而嘴巴还在有气无力地叫骂。

我为他们经常做的事只有两件，一件是通知他们的家属来领人；另一件是把地上的碎盆子片捡起来用秤称一下，计算出损失的价值，叫他们的家属赔偿。看到酒鬼们坐在地上骂人，看到他们的家属泪痕斑斑的黄脸，我就会想起高尔基自传三部曲中描写的种种场面。而这些酒鬼们第二天仍然坐在一起，笑嘻嘻地把碟子拼到一起干杯。酒鬼们没有仇人，也没有永远的朋友，谁的酒量大谁就是英雄。

相比之下阿七是个好酒鬼。

阿七是我们的同行，在附近的另一家饭店当"饭乌龟"，专司烧饭。那时候饭店的燃料主要是计划供应的煤球，煤球质量时好时差，火力较难控制，烧大锅饭容易焦。有聪明人用铝皮敲成一只大漏斗，大漏斗周身戳满了细细的眼子，倒置于锅底，然后倒入黄糙糙的籼米，柄朝上出气，这样饭就不容易焦。现在这种工具成了古董，没多少人见识过。

而阿七师傅不屑借助漏斗。还有一个原因是，他每市烧三四锅饭，最后一锅故意要留下镬焦。他烘饭极认真，清出米饭后用铜铲将完整的镬焦起出，挂在窗口风干。明天，镬焦就可以做什锦锅巴或虾仁锅巴。阿七师傅烘的镬焦薄而脆，中间黄褐色，均匀地向周边晕散，加之外形是一个饱满的半球形，打个不妥当的比方，就像成熟女人的乳晕。

阿七很胖，胖得分不清哪里是下巴，哪里是脖子。也很矮，只长到我肩膀处，还是个秃顶。"我是一只老酒甏。"他说。

阿七快六十岁了，老婆在乡下种田，一个女儿已嫁人，也在乡下种田。因此他就没有什么束缚，工作服没有一天是白的。他上的是早班，把中午市的饭烧好就要喝一盅。他在自己的店里不能喝酒，因为还在班上。他要了一支小炮——100克瓶装的55度土烧，菜是一角钱一碟的辣酱，或者卤豆腐干，慢慢抿，可以消磨一个小时。有时他也会找几个酒鬼聊天，但从来不吵，他肯吃亏，能装糊涂，更因为他没有醉的时候。等早班的职工下班了，他就帮忙一起翻凳子、扫地。他常常会从鱼骨头、肉骨头堆里发现几枚硬币，这就成了他的战利品。阿七是唯一受我们欢迎的酒鬼。

阿七师傅每月往乡下寄二十元钱，别的就不管了。他很少说起老婆、女儿，几十年了，他似乎已经独身惯了。偶尔回老家探亲，假期没到就上来了。"乡下有什么意思？要喝酒也找不到一个像样的搭子。"他说。

我上前替他收拾桌子，前面有一客人吃了碗辣酱面，"过桥"的辣酱是盛在一个小碟子里的，内容剔尽后留下了明亮而红润的辣油。阿七师傅冲我一笑："这只碟子借我用一用。"我将碟子推给他，他变戏法似地从口袋里摸出几块镬焦，刮了点辣油送进嘴里，咯崩脆的声音响亮而坚决。阿七说老婆病了，往家里多寄了十元。

阿七师傅晚上回到单人宿舍还要喝一点，开销不小。

有个女服务员偷偷地送了他一碟猪头肉，他很高兴。

"以后我发财了，请你到我们店里吃一顿。"

"新社会了，你还想发财？"

"要是我不喜欢三滴水，早就当上经理了。"这也许不是酒话。

有一天阿七师傅正在喝酒，跌跌撞撞进来一个小青年，头发乱糟糟的好像一蓬草。他要了两支"小炮仗"、两盆卤菜，找了个角落开吃，一口灌得有点猛，呛着了。阿七端了酒杯和碟子坐过去："有啥不开心？跟老爷叔讲讲。"那个男青年人果然被女朋友甩了。阿七师傅很客气地把碟子推过去请他尝尝辣酱，又把自己瓶子里最后几滴酒倒在他的杯子里。

小青年的表情从警惕转为松弛最后发展到感激，也把自己的两碟菜推了推，阿七就不客气地挟了一块酱鸭，然后对他开导起来。阿七师傅用了一个绝妙的比喻，他说："女人是一条鱼，跟女人睡觉就好比吃鱼。照过去的说法，小老婆是鲥鱼，又鲜又肥，不过代价太高；姘头是鳗鱼，肉质细嫩，就是骨头太多，吃起来不方便；野鸡是河豚鱼，味道更加鲜，不过有毒的，弄得不好会吃死人。自己老婆是咸带鱼，味道差一点，不过蛮杀饭的，少吃多滋味嘛。"

小青年如醍醐灌顶，又问："那么你老婆在乡下，是什么鱼？"

阿七师傅有点窘，但马上举起杯子回答："我只吃酒，不吃鱼。吃鱼时不小心会把鱼骨头鲠在喉咙里的。吐不出咽不下，真是讨厌。"

桌上的酒菜差不多吃光了。小青年站起来去添,被阿七师傅用力按住,说是老前辈有心带一程,意思意思。但他把口袋掏了半天,又说:"你先借我五只角子,明天还你。"

这顿酒吃完,小青年的脚步虽然有点踉跄,但两眼炯炯有神,已从颓丧中挣脱出来,从此和阿七成了酒友。

过了不多久,阿七到乡下去了一趟,一个星期后他戴着黑纱走进了我们店。老花头,一支小炮仗、一碟辣酱,想了想又加了一盆油爆虾。他说:"老太婆走了,以后每个月我就可以少开销二十元钱,吃油爆虾,想通点。"

这天他喝醉了。我是第一次看到他喝醉的样子,两眼通红,脸上泛出一道青光。他指着我说:"你,你,的确良当揩台布,檀香木当柴爿烧,你们的领导眼乌珠瞎掉了!在解放前,你满师后就是账房先生!"我赶快走开,不接他的嘴。

阿七摇摇晃晃离开时一把捏住我的手说:"人生在世一个字:忍,心字头上一把刀。吃得苦中苦,方为人上人。你们店里的油爆虾比我们的好吃,那帮小赤佬,没有本事,只会老卵。哪天我当经理,叫他们统统去捡煤渣。"

第二天,没来。第三天,还是没来。一问,才知道那天他喝醉了乘公交车回宿舍,一脚跨上车门,另一脚却踏空了,脑袋撞在汽车的门框上,当场瘫倒在地上说不出话来,送到医院已经断气了。医生闻到他浑身的酒气就挥挥手说"脑溢血"。据服务员回忆,那天阿七师傅至少喝了一斤土烧。

过了一个星期吧,那个在阿七的开导下加入酒鬼行列的小青年提了一包下酒菜来找阿七了,我们把阿七师傅的死一说,希望他"酒缸无边,回头是岸"。可是他仍然在阿七坐过的凳子上坐下,慢慢打开一包猪头肉。

"不喝酒,叫我干什么呢?"

那个年头,青年人大多没有事情可做。

# 独眼龙

中学时代我一度迷上了小提琴。学器乐的也有一个朋友圈，钟强是吹黑管的，住在锦绣坊，从二楼窗口看下去，就是曙光医院的太平间。黑管的声音低沉、忧伤、抒情，也可以很活泼，不过初学者吹出来总带有哭腔。钟强一吹，楼下就有人喊：吊死鬼叫魂啊！

钟强不买账，朝楼梯下面吼了一声：勾侬魂！

不过钟强的外婆言辞凿凿地告诉我：某年某月的某一天半夜三更，她真的听到过鬼叫，还是一个女鬼。

我每次去钟强家，除了练琴，就想听听鬼叫。

钟强外婆说：现在锣鼓家什整日介嘭嘭敲，吊死鬼、讨债鬼、饿死鬼、落水鬼、痨病鬼、枪毙鬼、杀头鬼统统逃走啦。

不过钟强告诉我，有一天晚上下大雨，他也听到过鬼叫，呜呜地叫着，在风里雨里，忽高忽低，还会拐个弯再来一遍。他听得毛骨悚然，咬紧被角不敢出声。第二天才知道是楼下后客堂的根宝在哭，这天正是他老婆的祭日。

根宝是个苦命人。在他十六岁的时候爷娘就死了，靠叔叔抚养成人，后来进了里弄生产组，也娶了个老婆，想不到一年后暴病而亡，一根苗也没给他留下，真是霉到根了。再后来根宝从生产组里出来，跟一个手艺人学穿牙刷，天天串街走巷，风里来雨里去，拖着颤音喊：穿牙刷……

我读小学时，许多家庭还在用骨柄牙刷，塑料牙刷还很稀奇。牙刷用到脱毛，朝外翻卷了，就得请师傅重新穿过。根宝技术不错，先在牙刷背后用小刀拉出三四条纵向的沟槽，露出植入鬃毛的小孔，顶出旧毛，穿上新的猪鬃，最后剪平整，牙刷就可以继续使用了。新三年，旧三年，缝缝补补又三年，这是艰苦奋斗的好传统，南京路百货公司的橱窗里也这样宣传。根宝从来不在自己弄堂里穿牙刷，他一早就背着木箱子到处溜达去了，我在弄堂里看到穿牙刷的手艺人都是外来的。

后来塑料牙刷普及了，骨柄牙刷退出历史舞台，再也没有人穿牙刷了，根宝就改穿板刷。这个时候上海人还没见过洗衣机呢，洗衣服、洗被单要用一块木板搁在自来水的水斗上面，抹上肥皂后用板刷来回刷，弄得一天世界。双休日天气晴朗，家家户户端出脚盆洗衣服，大妈阿姨呱啦呱啦嚼舌头，这是弄堂最有生气的时候。杂货店有一种棕毛板刷，但后来又出现了尼龙板刷，好看，耐用，消费升级。根宝就穿这种时新的尼龙板刷。

当时物资供应紧张，尼龙丝也是紧俏货，根宝是如何搞到尼龙丝的呢？黄浦江边上有不少港区，江边停泊着轮船，用缆绳带住码头上的缆桩。缆绳有两种，一种钢丝缆，另一种是尼龙缆。根宝潜入码头，看看前后没人就解下尼龙缆绳，割一段下来塞进包里，这一把尼龙绳可以用来穿几十只板刷。

缆绳很长，割一段下来赛过被蚊子咬一口，万吨轮又漂不走。不过码头工人警惕性很高，终于把根宝抓了个正着，打得半死。根宝穷人出身，否则扣上一顶"阶级敌人搞破坏"的帽子，起码三年官司。

后来尼龙丝有卖了，他的生产物资就有了保障。他穿的尼龙板刷很耐用，可以用两三年，但是他的生意总不见起色。后来他才知道，日本人的家电产品为什么看着漂亮，却不耐用，不是他们做不好，而是不愿做得太好，寿数是限定的，商品的更新速度因此加快，老板可以赚更多钱。根宝知道这个秘密时，已经是八十年代末，他已经是小老头子了。"小阿弟，做人太老实就要吃亏啊！"

根宝单靠穿尼龙板刷养不活自己，就帮人家穿棕绷。这个时候，上海人家大多是睡棕绷的，我结婚的时候就买了一只棕绷。有一种用尼龙绳穿的棕绷在坊间流行，它比传统的棕绳棕绷好看，弹性足，坚固耐用，消费者很认可。如果传统的棕绷坍下去了（上海方言称"坍"为"藤"），也可用尼龙绳在棕棚下层纵横交错地绷上几十道，紧一紧，"缝缝补补又三年"。

穿绳的原理一通百通，难不倒根宝。他穿的棕绷紧实而有弹性，请他穿棕绷的人要排队，特别是新结婚的小青年，到这时就客客气气叫他爷叔了。

穿棕绷是露天作业，棕绷的框架用四只方凳搁平，一道道尼龙绳像画格子似地穿起绷紧，这比穿牙刷更具技术性，也需要更大的力气，表演性也强，故而围观群众也多，不排除还有些人想偷点技术。反正,穿棕绷也是二十世纪八十年代末上海弄堂一景。弄堂里做写字台、做沙发、做玻璃橱、做喇叭箱,都是男人大显身手的时候。

根宝还发明了一种工具,这也是从码头上看来的,码头上有绞车,绞缆绳,他参照这个原理截了一根空心钢管,在管子上再打几个眼子,往小孔上插进可以脱卸的小钢棍,缠紧了尼龙绳后,使劲扳动小棍向后转动,就可以将尼龙绳扳得很紧很紧。如此穿成的棕绷,可以在上面跳迪斯科。

弄堂里的阿姨大妈都夸根宝舍得用力,棕绷经得起用,他得意洋洋,格外卖力。有一次尼龙绳绷得太紧,断了。断头打回来,弹到他左眼上,惨叫声中,眼球当场弹出,血肉一片,惨惨惨!他从此就少了一只眼睛。

弄堂里的人却从此叫他独眼龙,他居然也应,应得很爽快。

我和钟强中学毕业后,各奔东西,节假日难得聚在一起。吃饭要紧,乐器这档事就不谈了,武功全废。不过每次到他家去,都会打听独眼龙的消息。钟强告诉我:独眼龙后来娶了一个老婆,这时他已经将近六十岁了。可惜,不到两年,老婆又死了。但独眼龙似乎并不悲伤,还有点自嘲,弄堂里的女人也喜欢跟他搭讪。

独眼龙不能再穿棕绷了,再说后来席梦思流行了,大家都睡席梦思,比尼龙棕绷舒服。那么独眼龙做什么呢?他做假眉毛、假胡子,做成了卖给戏服厂。眇一目者,居然看得更准更细,不能不说是一个奇迹。做这个好像与穿牙刷也有相通之处。他做的假眉毛、假胡子相当逼真,甚至有电影导演来找他下订单。有一次我看到他将刚做好的小胡子贴在自己的"人中"处，活像电影里的日军小队长，"花姑娘的有？"

这个生意还是太小，后来他就做起了假发套。假发套这个市场很大，并不是秃头才需要，满头乌发的人也需要，就为了好看嘛，今朝金色的，明朝棕色的，后天绿色的，好白相吧。独眼龙做的假发套包括黑发套，彩发套，卷发套，柔软、顺滑、自然、服帖，戴在头上几乎看不出来。他在家里做假发套，操作过程不让人看到。有人戴了墨镜找上门来，他把门帘一放，给客人量尺寸，这个过程也是不能让人看见的，要保护人家隐私嘛。

独眼龙的生意出名了，日本人、韩国人、俄罗斯人、新加坡人都来要货。质量一流，行销中外——这是独眼龙写在店招上的话。"社会上都在打假，但是打不到我的头上。我这个做假是受法律保护的。"独眼龙说得理直气壮。

他还做过大法官戴的假发套，卷成一团团的，白的，远看像一张绵羊皮。

我曾看到独眼龙的家里——时髦的说法叫工作室吧，立着好几个模特儿，秃头。叫我想起一出戏：《秃头歌女》。

独眼龙喜欢看人家的牙齿，特别是小孩子的牙齿，看了一声叹息："你看，牙齿七翘八裂的，牙龈严重萎缩，都是尼龙牙刷害的。用猪鬃牙刷就不会这个样子。猪鬃软，跟人亲，不伤牙床。"

独眼龙发家致富了，又找了一个老婆。他已经七十岁了吧，独居一室当然寂寞。但是新婚第一天他就死了。钟强对我说的时候，嘴角流露出一丝不屑。

他跟新娘子——一个年过五十的寡妇——睡下后直奔主题，突然摸到新娘子的脑袋，操，是个秃顶！一口老痰涌上来塞住喉咙，他白眼一翻，两脚一蹬……

阅人无数的独眼龙怎么会被一个秃顶吓死呢？钟强的这个说法我不大相信。

"你别不相信好吗？"钟强说："十多年没有碰女人啦，老古话讲得好：心急吃不了热豆腐！"

钟强比我成熟，他已经谈过好几个女朋友了。

# 刘大厨

刘大厨在饭店里立灶头,业内叫作头煤炉师傅。一般厨师多为大胖子,他却是芦柴棒一根,鹰爪鼻头小眼睛,整个人就像一条风干的老腊肉。他执业已有四十多年,专做京帮菜,拿手菜就是扒熊掌。我很小时候就听弄堂里的老人说,他上北京给某位领导烧过这道菜。后来运动来了,有人审问他为哪个走资派烧过,他只好坦白:这是骗骗人的,只给谁谁谁——都是些资本家、小开、演员、画家——烧过。

我从小爱好烹饪,成家后也向刘大厨请教过醋椒鳜鱼、京葱烧海参等几道名菜的制作秘诀,他问我是不是准备开饭店?我发誓说不是,他就放心了,说了几个关键程序。我起火一试,果然有点石成金的功效。刘大厨的手艺可不是吹的。

刘大厨退休了,在家闲不住,到一家私人饭店当顾问,但现在法律不允许卖熊掌了是不是?他的独门秘籍就成了屠龙之术,憋得团团转。有一次,一个广东食客跟他说,他有朋友在那边一个富得流油的小城市开饭店,专营野味,也从东北搞来一些熊掌，问刘大厨想不想去露一手？刘师傅听说工资开得蛮高，心动了。

去广东的火车上，刘大厨跟卧铺里的同行旅客吹起了牛皮，一个小青年自称是吃遍天下的美食家，听说他会做熊掌，就表现出强烈的兴趣。刘大厨也留了地址和手机，约定到了那个地方，可以去饭店找他，吃一次熊掌，人生也值了。"我要让你体会一下做乾隆皇帝的感觉。"

到了广东的饭店，刘师傅亮出绝活，红扒熊掌确实有皇家风范，老板很满意，食客也很满意，不少土豪开着豪车从很远的地方来吃熊掌。半个月后，那个小青年果然寻来，见到刘师傅——如果不是熟客，服务小姐是不会亮出隐藏菜单的。小青年点了一盆红扒熊掌，吃一半，一半打包，说是回去让老婆分享。刘大厨夸小伙子懂得疼老婆，还送了他一只烧鹅左腿（鹅常以左腿独立，肉紧实，最好吃）。

谁想到，第二天风风火火来了一帮大盖帽，一句话也不说就直扑厨房，打开冰箱门，扯出一只蛇皮袋。往地上一倒，滚出几十只冻得绷绷硬的猪脚爪。哟，那个自称美食家的小青年也在，还带了两个人，扛着摄像机——来者不善啊。但是他一看到满地的猪脚爪就傻眼了，他问刘师傅："昨天我吃的熊掌在哪里呢"？

刘师傅说："熊掌啊，你昨天不是吃了嘛？"

"是啊，我说是生的原料，在哪里？"

要紧关头饭店老板过来，把那个小青年狠狠推了一把："什么熊掌，我们是守规矩的饭店，从来不卖野生动物。"

刘大厨这才连击自己额头：掉进坑里了！

青年记者瞪了刘师傅一眼："昨天你明明说是熊掌嘛，你骗我是不是？"

戴大盖帽的工商局干部上来责怪那个记者多事："你提供的情况不实嘛，害得我们白跑一趟。我们知道的，这是一家先进企业，又是利税大户。你不要见着风就是雨，破坏这里的营商环境。"

青年记者从口袋里掏出一个塑料袋，里面还有几片肉："那你们看看，这是什么？"

工商局的干部接过来左看右看，上看下看，最后还打开袋口嗅了嗅，铁板钉钉地回答："是猪爪，的确是猪爪。"

青年记者急得头顶冒汗："明明是我昨天在这里点的熊掌，你们……"

工商局干部以严肃的科学态度告诉他："这个师傅是哄你的，跟你开开玩笑。这里的猪爪是用当地的黑毛猪来加工，胶质丰满，弹性十足，顾客都叫它赛熊掌。"

"对，老子这里的猪爪就是赛熊掌，这是我们店里的招牌。"老板也说。电视台的摄像抓住机会给了他一个特写。

青年记者像只斗败了的公鸡那样走了，留下一地鸡毛。刘师傅看到电视台的摄像和工商局干部都捂着嘴巴偷笑，只有老板瞪了他一眼。

刘大厨回上海了，连工资也不敢向人家要。

刘大厨后来在一家小饭店里发挥余热，专门烧猪脚爪，他将红扒熊掌的技法移植到猪身上，略加增删，一炮打响，菜单上写的就是"赛熊掌"。小饭店生意火爆，吃猪脚爪要排队。有人开了奔驰、宝马来吃猪脚爪,这也是我们这条老街最最风光的时刻。

刘大厨怎么会死的?弄堂里的老人告诉我,有一天晚上他不知为何高兴了,多喝了几杯,睡下后不知不觉食管返流,胃里的东西回上来堵住了呼吸道,两脚一蹬走了。还有一个老人补充说:那天晚上他吃了猪脚爪,猪脚爪胶质丰富粘性足,其实最害人了。

刘大厨也喜欢看人。人家做生意发了,肚皮腆出来了,红光满面,他却摇头:"别看他花天酒地,天天赶场子,其实没吃过好东西。燕翅鲍参算什么?跟熊掌比就差远啦!"

# 小皮匠

小皮匠在弄堂过街楼下面摆个小摊,生意不错。我上小学时他就在这里摆摊了。起先,他在柳林路文元坊弄堂口那个修鞋摊,三五个师傅围着一口枯井,清一色的哑巴,他是跑腿打杂的小伙计。那时候我还在上幼儿园,天天经过这条弄堂,看到他低着头钉鞋掌,或者将楦好的白底黑布鞋挂上墙,整整齐齐的,就像一群麻雀停在电线上。有时候哑巴师傅唔唔啊啊地跟小皮匠讲什么,我想他其实也听不懂的,主要看手势。

后来他自己单挑了,到我们这条弄堂里来开疆辟土,大家都叫他小皮匠,真名不晓得。小皮匠头发白了,还是小皮匠。

小皮匠修皮鞋有一手,最风光的是在"破四旧"的那段日子。那时候我已经读小学二年级了,停课闹革命,老师已管不住我们,大家将书包一掼,像一群逃出笼子的小鸡,满街散开。看"小将"们烧皮沙发,烧外国画报,烧棺材和红木家具,烧庙里的木头神像。有人好好地走路,他们就追上去,拉住人家的裤脚管就是一剪刀,再脱下他的尖头皮鞋掼到半天高。我们在一旁起哄，开心极了。

有一天我发现小皮匠在弄堂口挂了一块木牌，上书六个字：尖头皮鞋改圆。哈，小皮匠也革命啦！

很快，有人拿了家里的尖头皮鞋请小皮匠改。还不能大明大方地拿来，用报纸包好，或埋在竹篮底下，上面盖些菜皮，左右看看没人，朝小皮匠手里一送。小皮匠改好的皮鞋就摆在摊头上，真是妙手回春，尖头一刀截掉，兜拢来的圆头多少显得有些生硬笨拙，如果是白的、黄的、咖啡的或者其他花里胡哨的颜色，还要染成黑的。总之，经过小皮匠的手，皮鞋就可以穿着上街了，没人再追着你脱下来。有些人从街上捡来尖头皮鞋请小皮匠改，但付不出工钱。小皮匠也有对策：改两双，留一双，工钿就免了。捡来的皮鞋反正不要钱，两双换一双，值。

改一双皮鞋可能比新做一双还吃力，好在小皮匠年轻力壮，还找到了窍门，生意很不错。后来上山下乡了，知青们也会到他这里来买皮鞋——那时候买皮鞋要凭票，式样单调，选择余地很小。而改了圆头的皮鞋，前身是进口货，皮质好，穿在脚上光鲜，下雨也不怕。靠这个，他赚了不少钱。

我搬出六合里是在"上世纪末"，那会儿，小皮匠已经七十多岁了，皮鞋摊还摆在过街楼下，他的生意却发生了方向性变化：专门替人定做皮鞋。脚有些畸形的人，需要特殊规格的皮鞋，没处买，他来做。有些外国人喜欢手工制作的皮鞋，只要给他看一眼外国画报上的照片，就能做下来。小姑娘的高跟皮鞋别掉了后跟，他能配，一点也看不出修过的痕迹。他会趁机摸一下小姑娘的脚，小姑娘也不是省油的灯，"老头子，七折优惠！"

他白眼一翻，只好吃进。

小皮匠死于哮喘，这是老毛病。弄堂里的老人告诉我，长年累月在弄堂口干活，整个人都被风干了，一刀老咸肉。

小皮匠摆摊头，喜欢看过路人的脚。他总是摇头："现在的皮鞋，图个好看，穿几日就走形了。过去的原版进口货才叫皮鞋，穿到死也是这个样子。"有人问他自己做过的皮鞋哪双最好，他说："我改尖头皮鞋最有本事，全上海第一。"

小皮匠的老婆早几年死了，有一个儿子，分开住。儿子过来整理遗物，发现柜子里还留了一双尖头皮鞋，男式的，硬皮底，烫了金色的花体英文，鞋面居然还是紫罗兰色。过去的上海人真敢穿！想来是小皮匠当时舍不得改，舍不得染，或许他认为改好了也没有人买来穿吧。他儿子离开弄堂时，倒是穿了这双尖头皮鞋。

"像个新官人"！老人们说起此事还有点气不过的样子，"一房间的鞋楦头，有不少还是进口货，上面烙着外文，抛过光，几十年后还锃锃亮，不识货的败家子不要，统统被收废报纸的当垃圾处理。其实走几步送到东台路去，还能发一笔小财呢。"

小皮匠原来姓张，我现在才知道。

行香子

灯下独吟

建国中路上的骑车人

摄影：范筱明

# 戴敦邦是曹公的知音

以"民间艺人"自许

  戴敦邦先生是一位极可爱的艺术大家,他的可爱至少体现在两个方面,一是物质生活上没有任何追求,非常不讲究,不抽烟,茶随便,穿着方面就像一个二十世纪七十年代的老农。历史上的苦行僧是为了抑止自己的欲念以达到修行目的,而老爷子并非刻意为之,而是天性使然,更是为了省却诸般麻烦。燕聚酬酢、逛街购物、游山玩水,在他来说都是浪费时间。头发长了,由戴师母剪一下,布鞋破了,请戴师母去店里挑一双,试穿下来差不多就行。我没见他戴过手表,更没见他用过手机。时下有不少画家手里会盘一块羊脂白玉,腕上勒一圈菩提子手钏,腰间再挂一块龙山文化时期的"太阳神",这些劳什子他一概不要。除了画画,让他开心的事也有不少:一是喝酒,二是唱昆曲,三是拿自己开玩笑。

  另一个可爱之处是他对艺术的无比虔诚,在读书和创作上又极其勤奋——恐怕再也没有比他更珍惜光阴的艺术家了。有时为了创作大作品，他在画室一呆就是一整天，中午饭点到了，吃几块饼干喝几口茶，就算一顿了。

这样的状态不是一天两天，而是常态。

如果说还有什么可爱之处的话，那就是戴老爷子从来不装，从来不抬高自己，从来不炒作自己，1979年，他随中国美协代表团远赴西北采风写生，在陕西西安、甘肃敦煌、山西永济等地的寺院、洞窟观摩了许多民间艺术遗珍，这些劫后余存的壁画、泥塑、木刻等基本没有留名，不知道作者是谁，但穿越千年时空，仍然感动到每个观众，戴敦邦认为它们共同拥有一个不朽的名字——"民间艺人"。回上海后他就请人刻了一方闲章：民间艺人，至今还在钤用，这是他对自己的定位和警醒。

14岁就出版了连环画

戴敦邦的籍贯是江苏丹徒，在上海长大，他当年居住在与我老家咫尺之间的顺昌路太平桥一带，少年时就读于敬业中学，后入第一师范学校。学生时代的戴敦邦，数学成绩一塌糊涂，他的志向是当一个画家。学校里画宣传画、出墙报、布置会场等等，没他就不行。他与另两个同学抱团互勉，立志成为中国的库克列尼克塞（苏联画家库普里扬诺夫、克雷洛夫、索科洛夫三人共用笔名）。课余时间里，戴敦邦还画起了连环画，处女作《梨》就是在这个背景下诞生的，那一年他才14岁。后来他还创作过《杏花盛开的时节》《为了庄严的国旗》《狄青》《小银燕》《五彩路》等。

师范毕业，他北上京城，在团中央下面的中国少年报社工作，后来又回到上海在中国福利会的《儿童时代》杂志社担任美编。工作之余，他创作了《三边一少年》等连环画。小荷才露尖尖角，早有蜻蜓立上头，鲜明的艺术语言让连环画界惊讶并记住了"这一个"。他从陈老莲的《水浒叶子》及任伯年的绘画中汲取中国人物画的养料，虽然还没有经过西洋绘画的严格训练，却能与时俱进，对中外凡有实效的绘画技法都有极大兴趣，都有相当研究，并能应用到中国画创作上来。这一点，在当代中国画领域里是难能可贵的。

二十世纪七十年代末，戴先生迎来了艺术生涯的第二春。为了抢回被耽误的时间，他"满血复活"，焚膏继晷，马不停蹄地创作了《蔡文姬》《白蛇传》《长恨歌》等连环画，在国内外频频获奖。还出版了《戴敦邦黑白插图选》《戴敦邦新绘旧上海百多图》《戴敦邦古典文学名著画集》等画册。不久他出任上海交通大学文学艺术系教授，直到1998年荣退。

著名画家华君武曾说："鲁迅曾预言画连环画的会出大画家，我看戴敦邦就是其中的一个。"

## 梁山好汉被他画出了精气神

戴敦邦为美术圈外的广大读者熟悉，是为电视连续剧《水浒》创作人物形象造型。电视剧《三国演义》播出后，有专家认为此剧有两个缺憾：一是武打场面不够精彩，二是人物造型也不够准确。后来中央电视台在筹划拍《水浒》时，一是请香港袁家班来担当武术设计和导演，二是由时任制片主任的张纪中专程到上海来找戴先生，请他来设计人物形象。张纪中后来在回忆文章中说："在戴先生寒冷的画室里，我怀着将遭到拒绝的不安心情说明来意，戴先生听罢沉寂片刻对我说：'此事必由我来做，没有报酬，我都愿意。没有其他原因，就是因为我太钟爱这部旷世名著了。'"

戴敦邦推掉一切事务埋头创作，家里小，摊不开，又因为楼上邻居在装修，师母发现小区里的一所幼儿园寒假时正好空关，就借下来当临时画室。幼儿园没空调，冷得人也要跳起来。但就在这样艰苦的条件下，戴先生将梁山好汉一个个"请"出来。

戴敦邦先生是根据小说人物出场的顺序来创作的，梁山英雄好汉 70 余个，加上反派人物和社会闲杂人等共 200 多个，他就画了 180 幅。当画稿分批送到北京后，张纪中将它们一一贴在墙上，剧组人员看了无不为之叹服，纷纷认领角色。跃然纸上的人物形象，各具性格特征，各有文化背景，各有故事支撑，为演员们提供了极佳的参照，后来服装设计和化妆都以此为依据。

《水浒》播出后，两件艺术"副产品"得以流传于世，一是刘欢演唱的《好汉歌》，一是戴先生画的人物造型群像。人们至今记忆犹新，《水浒》在每集播出前，随着主题歌旋律起伏，一连串栩栩如生、性格毕现的天罡地煞依次登场，令人血脉偾张。从此，戴敦邦的画名响彻大江南北，家喻户晓。

我曾问他对剧中哪几个人物感到最为满意。戴先生说："我不偏爱某个人物，我将每个人物画得都很认真，我反对'三突出'的做法。反面人物我也不会脸谱化，比如梁中书、蔡京，从小说里看，他们也是相貌堂堂的；小人物呢，我同样倾注了很大心血，有时候小人物的性格反而特别鲜明，让人过目不忘。有的人物在小说里命运会发生很大的变化，我就多画几张，比如武松、鲁智深和林冲。我的任务就是要通过考察人物的命运和社会地位，加上特定情景将人物的精神面貌准确地反映出来，要抓住最能体现人物精神面貌的一个定格。"

叶浅予曾称赞戴敦邦："运用中国画的造型用笔，描绘历史故事人物，是当今独树一帜的高手。"辽宁著名画家王弘力干脆就说："戴先生是当代的任伯年。"

结缘"红楼"四十年

戴敦邦为中国人物画做出的另一个重要贡献就是对古典名著《红楼梦》的精彩诠释，忠于原著，再现原作，屡绘屡新，不断深化，整个过程持续四十年，在中外美术史上也罕见媲美者。这不仅清晰地刻录了戴敦邦的艺术轨迹，也见证了中国文学界、美术界的思想解放和人物画创作的发展路径。

前不久西方权威机构评选"史上最伟大的100部小说"，这是西方评论界为掌控话语权而做出的动作，但也不得不将《红楼梦》与《堂吉诃德》《战争与和平》《源氏物语》等巨著放在同等显赫的位置上。

《红楼梦》是一部具有世界地位的史诗性巨著，也是中国古典小说的"珠穆朗玛峰"，在中国文学史上具有里程碑的地位，影响深远，无与伦比。它又被视作中国封建社会的百科全书，传统文化的集大成者，为后世在历史、政治、社会、文学、艺术、经济、教育、民俗等诸多方面提供了极为丰富的研究素材。小说以贾、史、王、薛四大家族的兴衰为线索，以富贵公子贾宝玉为视角，描绘了一批举止见识出于须眉之上的闺阁佳人的人生百态，展现了真正的人性美和悲剧美，可以说是一部从各个角度展现女性美的史诗。近代以来，专家学者围绕《红楼梦》的品读研究，形成了一门显学——红学。

《红楼梦》虽然是一部小说，但真正读懂它并不容易，连毛主席也向党内高级干部强调至少要读五遍以上。而《红楼梦》能在民间产生广泛影响，还得益于其他文艺样式对它的解读与移植，比如戏剧、曲艺、绘画、音乐、民间艺术等。而数十年来，通过连环画进入《红楼梦》这一片美妙境界、感动于宝黛爱情故事的读者又何止成千上万！

戴敦邦常说自己这四十多年的艺术生涯，总是和《红楼梦》缠绕在一起。这里有感叹，还有欣慰与自豪。

河清海晏的1977年年底，受文化部外文局（现北京外文出版社）委托，刚刚恢复自由的著名学者、翻译家杨宪益、戴乃迭夫妇将《红楼梦》翻译成英文版。为帮助国外读者理解这部巨著，出版社决定为该书配上插图。戴敦邦不无幽默地说：大概因为那个时代比较特殊，有些擅长人物画的名家还没有获得机会，"结果给了资历尚浅的我一个大好机会"。

能为《红楼梦》配插图，让戴敦邦异常兴奋。早在读中学时，他就津津有味地读过四大名著，对《红楼梦》尤其倾心，激动之余还向同学表示有朝一日将《红楼梦》画出来，也不枉人间走一趟了。

出版社的要求看似很简单:"画出来的画要让外国人看得懂。"要做到这一点,首先要还原历史真实,将文字转化为经得起反复考证的图像。戴敦邦认为除了准确地表现服装、头饰、家具、器物、园林、建筑等细节,更重要的是再现那个时代的富贵人家、名门望族的日常生活和人物形象。

于是,戴敦邦去北京请教阿英、启功、周汝昌、端木蕻良、吴恩裕等红学专家。他前往医院拜谒"研究红学资格最老"的阿英,此时老先生已在病床上气息奄奄了,得知戴敦邦对如何画好《红楼梦》尚有顾虑,立即对他鼓励。已经说话含混不清的阿英先生通过他的女婿、著名评论家吴泰昌的"翻译",对戴敦邦一一点拨,建议他"人物造型以明代为主,不排除清代"。于是这句话就成了戴敦邦创作《红楼梦》人物形象的基准。

为了准确地表现满族贵族妇女的服装头饰,戴敦邦还跑到故宫博物院,故宫为他找出雍正时期的皇后与妃子服装让他观摩研究。此外他还考察了紫禁城、恭王府等建筑格局与居室细部,向故宫专家请教清代官宦人家的礼仪以及老北京的岁时风俗。

1978年英文版《红楼梦》问世,戴敦邦创作的36幅插图也随着英文版进入外国读者的眼帘,他本人也因此名声大噪,在美术界甚至有"一想到画《红楼梦》,就想到找戴敦邦"的说法。

由此推算,戴敦邦画《红楼梦》是在画《水浒》之前。

## "一目山人"如愿以偿

不过戴敦邦是非常清醒的,在艺术创作上也是永不满足的。

他一再跟朋友强调：这套作品虽然下力甚重，在中国绘画造型的基础上还增加了一些西洋画的元素，但受限于时代条件，在表现封建大家庭的内部斗争与底层丫环反抗封建压迫等方面着力较多，而对于宝黛等人的纯真爱情表现较弱，这不能不说是一个遗憾。

但是，戴敦邦研究《红楼梦》、再现《红楼梦》的艺术征程由此开启！

在之后的四十年里，戴敦邦一直将《红楼梦》牵挂在心，他创作过白描组画《红楼人物百图》《红楼群芳图谱》等。后来又创作了连环画《红楼梦故事》，在文艺大繁荣、大发展的良好环境下，虽然各种可笑的限制没有了，但那次只要求画五个故事，老爷子不过瘾，一直耿耿于怀。

正当戴敦邦以老骥伏枥、志在千里的雄健姿态站在世纪交替的门槛上，上海古籍出版社约请戴敦邦画红楼全本，给了他一次"弥补"的机会。他重磨旧墨，耗时两年多，呕心沥血地完成了240幅《新绘全本红楼梦》，一个章回画两幅，就这样原原本本、完完整整地画出了他心中的大观园群芳谱，画出了贾、史、王、薛四大家族的兴衰史。

与之前的几次涉笔有所不同，这次戴敦邦来了个全景式扫描，将上至皇妃国公、下至贩夫走卒都一一展现出来。为此，他又精读了一通《红楼梦》，对每个人物、每个场景、每个细节反复推敲，甚至像电影导演那样为人物写小传。在画《寿怡红群芳开夜宴》这一回时，戴先生和师母比照原著，为参加寿宴的人物排座次，直到排得与小说描写的场面差相仿佛，才铺纸落笔。

就这样，戴敦邦先生画了整整两年！

这套巨作印刷出版后，业内外好评如潮，并理所当然地抱得第十三届中国图书奖。

画《红楼梦》看来功德圆满了，但国家邮政局突然找到戴敦邦，请他绘制《红楼梦》邮票。

此时的戴敦邦太需要休息了！因为赶在辛亥革命一百周年这个时间节点前，他受有关方面委托，就这个题材创作了《辛亥革命人物百图》，因为时间过紧，任务过重，用力过猛，导致眼球大出血，一只眼睛的视力再也无法恢复，从此成了"一目山人"！

家人、学生、朋友，还有全国各地无数的戴粉们都为他心疼，但是老爷子知道邮票是国家名片，使命光荣；老爷子更知道，画邮票又比平常画人物画多了一重难度，它对原作的要求主要体现在两个方面：一是尺幅要小，便于印刷；二是人物要精，场面要大，色彩要鲜亮，一句话，既要体现主流意识形态，又要体现人民大众的世俗趣味。

已是耄耋之年的戴敦邦对艺术是有一股拼劲的，他欣然受命，以仅剩的那只"忍辱负重"的眼睛来挑战自我，再次向曹雪芹致敬。

为照顾到邮票的艺术样式，他再一次重读《红楼梦》，慎重选择了原来不曾画过的情节、人物，以及根据《红楼梦》诗词创作的诗意图，还有作为压卷之作的《怡红快绿》长卷，力求在原有基础上，画出新貌、新意、新韵。

2014年，《红楼梦》邮票第一组（一枚小型张加四枚纪念票）隆重发行，引发邮迷和戴粉的疯狂追捧。接下来，老爷子重振精神投入创作！

国家邮政局跟老爷有约在先：《红楼梦》邮票计划发行五组，每组5枚，共计30枚，十年内完成。

戴敦邦有君子之风，一诺千金，对这项"一个人的工程"极其用心，也信心十足。他从女娲补天开始画起，葫芦僧案、黛玉进府、熙凤弄权、元妃省亲、双玉读曲、巧识金锁、黛玉葬花到晴雯补裘、中秋联句等人们熟悉的故事一一展开，直到进入高潮：宝玉大婚、黛玉焚稿、宝玉出家，前半卷色彩明快华丽，后半卷沉郁清冷。《红楼梦》一书最重要的人物与情节，在数米长的画卷中徐徐推进，如放电影一般闪亮呈现。其人物之多，场景之细，刻画之精，堪称戴敦邦《红楼梦》题材绘画的集大成之作。

可以说，戴敦邦呕心沥血耗时多年创作的这套《红楼梦》邮票，完全有资格在中国邮政史上留下光彩的一笔，在互联网的背景下仍能照亮蛛网密布的邮路，并代表中国文化走出国门，走向世界！

"三敦居民"奏响了余音绕梁的尾声

《新绘全本红楼梦》，《红楼梦》邮票……戴敦邦用画笔精彩诠释了这部奇书，但是他在画案前对弟子们说的话又十分沉重："画了一辈子《红楼梦》，只缘我太爱这部伟大的小说了。曹雪芹把《红楼梦》写得太伟大了，看了那么多年、那么多遍，总觉得不够，仍怕自己一知半解。我已是耄耋之年，这也许是最后一次创作《红楼梦》题材的作品了。今后希望我的弟子们能在我的基础上，继续用自己的画笔，来诠释这部伟大的作品，画出新的样貌来。"

除了上述的两部古典名著，戴敦邦还画过《西游》《三国》乃至《金瓶梅》，还为唐诗、宋词、元曲等一系列文学作品和我国优秀历史故事配了许多可以单独欣赏的作品。

2019年，久事美术馆为年逾八旬的戴敦邦先生举办个人画展，老爷子相当感动，也相当认真。他说："我平时更在意与同仁或徒众一起办群展，无意办个展。这是我的第一个个人画展，也是最后一个个人画展。能在'上海的客厅'呈现我为《红楼梦》创作的作品，是我的莫大荣耀。"

这次，戴敦邦仍然围绕《红楼梦》这部旷世巨著创作了一批新作品，有些是原计划在《新绘全本红楼梦》中画而没有实现的，有些是从小说场景和人物中发现新的素材，有些是小说人物在特定场合、特定情节吟诵的诗词，有些是作者为映射人物命运或推进小说情节发展创作的诗词，还有些是与小说有关的李白、杜甫、白居易、王安石、苏轼、陆游的诗意再现，可以这样理解：戴敦邦先生这批作品是给自己创作的《红楼梦》人物画唱响了余音绕梁的尾声。

更值得一提的是一组六幅尺幅不大的《红楼梦》人物画，它的组成颇有意义。大约在1990年，戴敦邦在敬业中学求学时的美术老师徐培三先生已届八旬高龄，兴致盎然地为名声远在自己之上的"戴同学"画了一组六幅花卉图，这是戴敦邦请恩师为自己示范的,并一直珍藏在画室里。徐老师去世后,戴敦邦为了纪念恩师,取出这六幅花卉作品,仔仔细细补了六个红楼人物,使之完美合璧。

师生合作,并无策划,但今天睹之再三,我发现犹如天作之合!

戴敦邦曾经送给我一篇手稿的复印件,里面有一段话可以作为理解他为人为艺的注脚:"吾有个固执而保守的习惯,或者可以称之为自己恪守的规矩与守则:出自笔下的人物图形,是存有灵性的,可以与吾对话诉说衷肠的,犹如自身生命的一部分,总是难以割舍的,随着自己生命的临界,更忧心于他们的远去与离散,不时泛起阵阵失落与孤独,所以吾总是乐意接受创作任务而吝啬出售与酬答原画。"

这段话也可以帮助观众理解戴先生很少举办个人画展、很少出售作品,但同时又能保持旺盛创造力的原因。

戴敦邦说:"在文化大发展大繁荣的今天,传统文化越来越受到人民群众的重视,能有那么多读者喜欢我的画,我发自内心地感到高兴!我也感谢这个伟大的时代!曹公在天之灵假若得知,一定也会感到欣慰和喜悦的。"

如今,戴敦邦的弟子遍布大江南北,他们都爱读中国四大名著,在绘画、雕塑、刻瓷、设计与插图、连环画创作等方面,均取得令人瞩目的佳绩,而且大家有一个共同的名字——"民间艺人"。

最后再说一个故事:曹雪芹创作《红楼梦》时家道已经衰败,他居住在京城西郊,自称"举家食粥酒常赊",后来得到王族公子敦诚、敦敏的慷慨资助。戴敦邦认为自己的姓名中也有一个"敦"字,就将敦诚、敦敏两位引以为穿越时空的知己,自称"三敦居民",并刻印钤用。后来他还画过一幅漫画,他在敦诚、敦敏两位的引荐下拜谒曹公,曹公与他执手相视,露出欣慰的笑容……

　　高山流水,空谷幽兰,戴敦邦当然是曹公的知音!

# 杯匕之间，一窥文人风采

钟叔河先生在1990年编选《知堂谈吃》一书时，特意写了一篇序坦陈初衷："吃是人生第一事，比写文章重要得多。"拿屈原的《招魂》《七发》举例后，钟先生又把"中国古代第一美食家"苏东坡推到前台："贬谪出京，在以做官为性命的人看来，应该如丧考妣了，可是他却因为可以享受一顿早已艳羡的美味大快朵颐而洋洋得意，简直比连升三级还要高兴。……由此可见，谈吃也好，听谈吃也好，重要的并不在吃，而在于谈吃亦即对待现实之生活时的那种气质和风度。"

三十年前，谈美食的文章见诸报端的还比较少，偶有所见，副刊编辑一般也安排在版面一角，似乎为了避免刺激某些人。某些人或许以为，吃吃喝喝承载不了宏旨大义，弄不好又有小资情调的嫌疑。想不到《知堂谈吃》问世后好评如潮，于是在十几年后再修一版。钟先生筑渠引水，另辟蹊径，一时间名家美食散文集便呈山花烂漫之势，姚黄魏紫，美不胜收，雅致闲适，别有怀抱。可以说，好的美食散文既可载道，又能怡情，既传高义，又能修身，春风化雨地影响到许多人的味觉审美与生活态度。

这一现象其实对应着两个背景：一是中国人终于告别了供应匮乏的尴尬，迎来物资充裕的大好时代。二是当市场经济大潮汹涌澎湃之际，有些值得我们深深铭记的事物和场景却遭到了抛弃，或被强大的离心力甩出前行的轨道，有文化情怀、有生活雅趣、有丰富阅历的作家试图通过对个体美食经验的发掘，在呈现中华美食及风土人情的同时，唤醒读者对美好时光及亲情友谊的怀念。

至少我是这样认识的，也为此身体力行，积极参与到美食写作的庞大队伍中。当然，在这个愉悦的过程中，我一直努力向前辈大师学习，从他们的锦绣文章中体悟彼时的欣喜与伤感、激越与沉沦。不妨说，聆听前辈作家煮酒闲话，或能抵达作家的内心世界，窥探作家身处的环境，对于理解他藉以立身扬名的代表作品，也多了一个得窥豹纹的视角。

而况有些前辈作家对食事颇有研究，信手拈来，走笔龙蛇，将珠玑文字化作椒豉姜桂，鼎边执爨也不让专业厨师太多，或燔或炙，色香并美。我也很爱读这样学术含量较高的美食美文，在风俗历史与世故人情之外又多了一份收获，跟着大师穿行在柴米油盐的温热气息中，不亦乐乎？

进入新世纪以来，随着中国经济的高速增长，物质供应越来越丰富，从整体上说，老百姓的餐桌比历史上任何一个时期都要丰盛，吃得好，吃得巧，吃出健康，吃出情调，吃出文化，已成为全民共识。加上网络世界与现实生活的重合，美食爱好者也层出不穷，斗奇争艳，各领风骚，餐饮这一块对刺激消费、拉动内需的作用越来越明显。庚子流年不利，全球范围新冠疫情爆发，也迫使中国社会多个环节停摆，但在有效防控的前提下，最先复苏的就是餐饮业。

正是基于这样的情势，人们对美食的热情持续高涨，对美食图书的研读兴趣及写作欲望也水涨船高，体验与抒怀，独酌与分享，无不体现了对辛勤劳动的犒赏，无不寄托了对美好生活的感恩与向往，"仰观宇宙之大，俯察品类之盛"，"一觞一咏，亦足以畅叙幽情"，兰亭雅集穿越而至的现实版，似乎构成了美好时代的世俗化特征。

张伟兄是我的同学，上海图书馆研究馆员，文史专家，几十年如一日，焚膏继晷、心无旁骛地做学问，一箪食，一瓢饮，乐在其中。他视野宽广，敏于思考，积累丰厚，在上海近代史研究领域建树颇多。从他惠赐的大作来看，研究课题涉及土山湾、小校场年画、月份牌、上海电影史、上海唱片史、上海新闻史、上海市民生活史等等，说他著作等身决非虚饰。近年来他又对上海饮食生活这一课题发生兴趣，去年与同人合作编了两本与上海咖啡历史有关的图书，填补了这方面的空白，上海街头的咖啡从此更加香浓。此次他又以"海上食事"为主题，从卷帙浩繁的文档中爬梳剔抉，抹去历史的浮尘，整理出数十万字的美食美文，社会各阶层日常生活的私人化书写，不经意中成为一个时代的真实见证，恂恂学者的砚边墨余，读来更觉趣味盎然。诚如钟先生所言："从杯匕之间窥见一点前辈文人的风度和气质，而糟鱼与茵陈酒的味道实在还在其次。"对于今天热衷于美食写作的人们而言，前辈作家的文字，经过陈酿琼浆的浸润，至今仍散发着缕缕芳香，读进去便可猜想他们宿醉初醒时的憨态。

那么这本《海上食事》又能为我们提供哪些历史信息和文化滋养呢？

首先，它为我们展现了一幅烟雾缭绕、热气蒸腾、车马辐辏、市声沸腾的街市图景。上海开埠前后，随着外国传教士和商人的进入，西方文化也随之浸染这个东南大都会，而食事又最能以味觉刺激让市民感知，并当作一种风尚来领受。开埠不久，太平天国战事席卷中国南方，上海境内又突发小刀会起义，硝烟弥漫，山河变色，上海周边省份的小生产者和农民纷纷涌入上海租界避难，形成上海第一波移民大潮。战争与移民的不期而至，直接反映在食事上，就是引进了许多外省风味。接下来，甲午战争爆发以及清王朝覆灭、民国肇始，外国资本与异质文明加快了对上海的渗透，中国的民族资本也开始觉醒并崛起，上海诞生了最早的实业家和买办，也诞生了中国最早的工人阶级。魔都似乎能提供比人们的想象还要宽广的生存空间，于是一波更壮阔的移民大潮汹涌而至，其中不少人也选择了餐饮业，外省风味——包括西餐——的大规模进入，遂使上海成为美食大观园。抗日战争期间，江南诸省的民众再次进入上海租界躲避兵燹，客观上也促进了孤岛的畸形繁荣。

必须说明的是，移民潮引发上海风味美食的"物种多样性"并不是主动的、有预案的，而是被动的，是外来移民出于生存需要，选择了这一门槛很低的业态，又因为日益膨胀的城市人口及商贸酬酢的需要而形成了庞大的市场客体，互为作用地形成了风味美食百花争艳的格局。

"上海来谋生的人，既然有满溢之患，那些贫民贩夫，岂有不谋一个容易谋生而有持久性的职业干，挑着担，摆个摊，卖些小吃或点心之类，这是最好的一条出路。"（钱一燕《吃在上海》）灯红酒绿的浮华背后，有衣衫褴褛，也有血泪斑斑。

其次，我们还可以借助前辈作家的客观记述，梳理各省地方风味在上海登陆及发展的线索，为今天的餐饮市场溯根探源。

风味美食的此消彼长，折射出商业竞争的激烈，也可一窥执业者的经营理念与操作水平。上海是一座中西方文化发生激烈冲撞与高度融合的大都会，也是"苟日新，日日新，又日新"的时尚高地，由是便成为餐饮界数代名厨大师一展技艺的大舞台。"自互市后，日臻繁盛，而新新楼启焉。饮食之人，争尝金陵风味，车马盈门，簪缨满座，盖二十年如一日也。"读到这样的文字，眼前仿佛呈现《清明上河图》这样的热闹场景，官吏、商贾、文士、厨子、酒保、醉翁、娇娘、车夫、露天通事、跑街先生、肩挑手提的小贩……一一从我们面前走过。

这几年本帮菜似乎满血复活，有些老字号创始于清光绪年间，看上去资格很老，有人推而论之，以为本帮菜也应该与鲁、苏、闽菜一样悠久，但若翻遍这本《海上食事》，也只有一二处提到"本帮"，成文时间在二十世纪三十年代。这也再次证明唐振常先生所言："上海饮食之可贵，首要一条，即在于帮派众多，菜系比较齐全，全国菜系之较著名者，昔日集中于上海。所谓本帮，在上海从创立到发展，是晚之又晚的事。"

本帮菜虽然"晚之又晚"，根系在浦东的本帮厨师倒不必妄自菲薄，放眼今天餐饮江湖，本帮馆子至少有四五百家，菜谱也日益庞杂，将不少原属苏帮、徽帮、川帮的名肴都收为己有，这又印证了海纳百川，兼容并包，开拓创新，追求卓越的上海城市精神，称本帮菜是海派文化的结晶，应该不会有异议。

郁达夫、严独鹤、丰子恺、黎明晖、赵景深、胡山源、苏青、范烟桥、周瘦鹃、郑逸梅、周劭、许钦文、陈诒先、徐碧波、顾佛影、海上漱石生、天虚我生等前辈作家的这类文章写得相当放松，个人修养、性情都能在文字中得以体现，对故乡的感情以及口味偏好也一一展露无遗，更因为阅历丰富，交游广泛，对社会底层的民众持同情态度，便能看得比较深、比较透，对旧社会的不公也能发出正义的呼声，加之字里行间弥漫着浓浓的市井气息，当为后人研究上海市民生态的极佳文本。

比如许钦文在1947年写的《食在上海》："提到上海的饮食，我总要联想到亡友元庆。当初他在报馆里工作，寓在一间放楼梯的暗室里。我在浦镇教书，暑假和他同寓。我们知道炒虾仁在上海很普通，可口，并不很贵，香梗米饭也不错。可是我们的收入不足以语此。每到傍晚，我踱到平望街去等他，看他从高大的洋房里出来，一道回到矮小的暗室里。我们没有包饭，每餐临时解决。照例经过许多菜馆都不回顾，连面店也不敢进去，总是在粥店里共进晚餐，吃粥的地方大概在低低的楼上，一进去就觉得热烘烘。等到吞下两盌稀饭赶快出来，衣服贴住皮肉，总是做了搭毛小鸡。后来他在立达学园教书，我已出了好几本书，我们都已为有些人所熟识。我从北平南回，一同被请吃饭，炒虾仁可以大嚼了。记得有一次，在北四川路的闽菜馆里，二十四元的一桌菜。全鸡全鸭，还有整只的烤乳猪，吃得亦醉亦饱。我和元庆都有些负担,下一餐,仍然只买几个烧饼一边吃一边走,一道走到江边去。住在上海的人大概匆忙,招待客人总只一餐,我们常常在这样的情境中。"

许钦文是鲁迅先生的同乡,自认是先生的"私淑弟子",以小说创作登上文坛,受到鲁迅的扶助与指导,他的短篇小说集《故乡》就是由鲁迅选校并资助出版的。所以他的眼睛是朝下的,在作品中也表达了对劳苦大众的同情:"去夏在旅馆里,妻见到两个茶房在品吃一个腌鸭蛋配一餐饭,觉得奇怪。虽然这也是战后生活困难的一种现象。可是比较起来还算是好的。像四川的轿夫,所谓饭菜,只是在辣酱碟子里润一润筷头罢了。"

这样的美食文章已经超乎对食物的单纯品鉴,而上升为对社会的观察与分析了。美食文章重在散发温热的人情味,许钦文的文章继承了鲁迅的精神风骨,应该是不可缺席的一个声部。

《海上食事》的另一部分谈及上海的风俗和物产,无论弄堂饭店还是小菜场,无论饮冰室还是夜壶肉,无论云片糕还是高桥松饼,无论豆酥糖还是黄泥墙水蜜桃,一物一议,一味一品,生动活泼,饶有情趣,不失为研究上海近代史的宝贵资料。

今天,似乎谁都可以写美食文章,事实上每天都会涌现成千上万的写手,一出手便令人刮目相视者也不少。与餐饮业一样,写作的门槛也是很低的,放在今天文化繁荣的大背景来考察,当然是好事情。但是我也发现有些写手比较浮躁,博眼球、涨粉丝的欲望十分强烈,读书不多,积累不厚,美食体验也不足,却惯于从他人的经验中获取资源,有时就不顾脸面地做一个文抄公,居然也能在网络世界赢得一片叫好,这实在叫人哑然失笑。所谓

"洗稿"绝对是一种恶习,也是有悖法律精神的。所以我在此推介这本《海上食事》,也希望更多的美食写手能静下心来读读前辈作家的美食文章,学一学写作的技巧,更要学一学他们深入社会的观察能力,还有自身的修为。

张伟兄嘱我为此书作序,深感荣幸之余也认识到责任所在,便以美食写作者的身份谈点读后感,但愿能引起读者朋友的共鸣。

(本文为《海上食事》序)

# 狼虎会雅集

十多年前,听周瘦鹃文孙周南兄说起姑苏紫兰小筑旧事,提到其尊祖当年在上海参加过一个"狼虎会"。这是一个文化界同人"以文会友"的组织,每半月一聚,找一家饭店,品时新菜式,交流著编经验,互通文坛信息,在新旧交替的文化背景中,也是一时之风。郑有慧女士惠赐其尊祖郑逸梅先生《先天下之吃而吃》的一书中也透露,五四运动后,北大同学会每年会举行聚餐会,蔡元培居首席。南社是个大圈子,社内又派生各个小圈子,"每次聚餐,往往玩些酒令,以见雅人深致"。玩月赏花,吟诗挥毫,最终免不了大醉一场。《南社的几次聚餐》中写道:第十二次雅集,"正值中日条约签字,亚子有慨外交形势的日非,书生的无用,在赴愚园车中,口占了一诗:'驱车林薄认朝暾,草草重来已隔春。毕竟何关家国事,羞教人说是诗人。'"还有,丁福保医生提倡食粥养生,故有粥会,每周聚餐一次。有粥亦有饭,夏敬观词人在上海结一饭社,后因淞沪抗战后,社员中有人失节,即宣告解散。种种细节恰似黑白电影背景,有点模糊,但生动有趣。

后来周南兄送我一套《紫罗兰文集》，在《记狼虎会》一文中果然记了一笔："去岁（1921），与天虚我生（陈蝶仙）、钝根、独鹤、常觉、小蝶、丁悚、小巢诸子组一聚餐会，锡以嘉名曰：狼虎。盖谓与会者须狼吞虎咽，不以为谦相尚。……健啖之外，佐以谐谑，一语乍发，合座哄堂。"

最近得杨柏伟兄惠赐一巨册《四十年艺坛回忆录（1902—1945）》（上海书店出版社出版、丁夏兄编），是著名漫画家丁悚先生对民国时期上海文化界逸事奇闻的生动记录，也是研究海派文化和都市社会生活的珍档。丁悚在书里也写到了狼虎会，他与周瘦鹃、陈小蝶、李常觉是发起人，"每次从中华图书馆出来，就往武昌路倚虹楼夜饭，有时，或在别的菜馆进膳，膳后再观戏……风雨无阻，兴致之好，真不作第五人想"。但这等好事被其他朋友得知，强烈要求加入，于是凑成一桌，轮流做东，茶余酒后，高谈阔论，观点碰撞，尽兴而归。丁悚在文章结尾感叹："老蝶很有编纂'狼虎会辞源'的伟举，后以事不果而中止，我们认为莫大损失。"

作为一个经常有机会与友朋吃吃喝喝但至今没有找到组织的晚辈，我也深感假如有一本以"狼虎会"为题目记录这段历史的文集问世，应该是饶有趣味的。长衫、马褂、礼帽、斯迪克、金丝边眼镜，半文不白的新诗，谑而不虐的谐语，八卦断不可少，它可是回味久长的佐酒小菜呀。一百年前魔都出版、新闻的兴盛，可从中一窥雪泥鸿爪。

春节前收到严建平兄惠赐其尊祖的《严独鹤文集》（上海文

艺出版社出版，严建平、祝淳翔编选）三巨册，涵括小说、散文、杂文三种，不再有爆竹惊扰的小长假里，乐得细细拜读，隽雅远胜酒肴。严独鹤先生是新闻出版界老前辈，早年从浙江乌镇来上海求学，毕业于广方言馆。上海广方言馆成立于1863年，是李鸿章奏请在上海建立的第一所外国语专科学校，已有新式学校的雏形，与北京的同文馆虽是同一时期的产物，但若论风气与教学质量，则有霄壤之别，很值得作为案例分析。严独鹤毕业后没有选择在外交领域大显身手，而是在教育界、出版界谋求更大作为，执过教鞭，在中华书局、世界书局当过英文编辑，继而主编新闻报副刊《快活林》，又兼任新闻夜报总编，开辟上海新闻出版业壮丽山河的一批时代才俊中，严独鹤肯定位列第一方阵。在今天中国报纸副刊的文化基因中，也应该有槟芳馆主的一组编码。

在散文卷里幸有收录《沪上酒食肆之比较：社会调查录之一》，这篇文章虽然我早在别处已读过几回，但当下重温，仍觉含英咀华，舌本生香。这也许是狼虎会成员唯一一篇通过饮馔体验来完成的社会调查，对研究上海餐饮业的历史极有价值。限于篇幅，我只能举几例来吊吊各位的胃口，"沪上酒馆，昔时只有苏馆（苏馆大率为宁波人所开设，亦可称宁波馆。然与状元楼等专门宁波馆又自不同）、京馆、广东馆、镇江馆四种。自光复以后，伟人政客遗老，杂居斯土。饕餮之风，因此大盛。旧有之酒馆，殊不足餍若辈之食欲，于是闽馆、川馆，乃应运而兴"。

当时的广东馆子，"可看而不可吃。论看则色彩颇佳，论吃则无论何菜，只有一种味道，令人食之不生快感"。故而，"广东菜只能小吃,宵夜一客,鸭粥一碗,于深夜苦饥时偶一尝之,亦觉别有风味。至于整桌之筵席,殊不敢恭维"。当时还没有电冰箱和电蒸箱,物流也不发达,生猛海鲜更不可能"一骑红尘妃子笑"地运来,在沪滨可以舌吻的广东菜只能是"一种味道"。不过广东馆子在租界的发达,倒真是从小吃起步的,即便是新雅、杏花楼等,也莫不如此。但闽菜却受到严独鹤的激赏,"时常领教,觉菜殊不差,价亦颇廉"。从十余年后鲁迅先生定居海上,常在北四川路附近中有天、小有天宴客的情况看,这个评价应该公正客观。

1949年后,闽菜馆在上海寥若晨星,后来只有南京东路上的闽江饭店"遗世孑立",三十年前南京东路商业网点调整,闽江饭店人间蒸发,近年来闽菜馆子挟佛跳墙卷土重来,不让沙县小吃专美于前。

严老前辈对川菜的评价最高,"沪上川馆之开路先锋为醉沤,菜甚美而价奇昂"。"继其后者,有都益处、陶乐春、美丽川菜馆、消闲别墅、大雅楼诸家。……陶乐春在川馆中资格亦老,颇宜于小吃。美丽之菜,有时精美绝伦,有时亦未见佳处。大约有熟人请客,可占便宜,如遇生客,则平平而已。消闲别墅,实今日川馆中之最佳者,所做菜皆别出心裁,味亦甚美,奶油冬瓜一味,尤脍炙人口。"醉沤,郑逸梅也有文章写道:"名醉沤居,门前有一对联:'人我皆醉,天地一沤',这是王秉恩开设的。"

川菜来到上海,一登陆便顶上天花板,百年后仍令人遐想不已。今天魔都昂然跻身"全国最爱吃辣的城市",但不知为何,传统一路的川菜——比如南堂菜,或姑姑筵,很少有厨师能大模大样地端出来。

大馆子去得，小馆子也不避，严独鹤对小馆子打卡后的评价放在今天应该也是网红店值得仿效的格局：比如闽菜中的"福禄馆在西门外，门面简陋，规模仄小，几如徽州面馆。但所用厨子，实善于做菜，自两元一桌之和菜，以至十余元一桌之筵席，皆甚精美。附近居人，趋之若鹜。此区区小馆，将来之发达，可预卜焉"。

从严老前辈梳理的上海餐饮业发展脉络可知，一百年前尚未形成本帮菜的概念。老人和虽然在1918年出版的《上海县续志》被记了一笔："本帮见存者仅邑庙南人和馆一家，开设垂百年，至今尤略存古朴云，"严独鹤有无染指，本人不敢妄加猜测，但文章中一字未提，或许表明了一种态度。历史学家唐振常先生讲过一句："所谓本帮，在上海从创立到发展，是晚之又晚的事情。"明白了这点，再论本帮菜与海派文化的关系，方才看得清草蛇灰线。

当时餐饮行业品类的划分也很有意思："酒馆以外，尚有饭店、酒店、点心店三种，三马路与二马路间的饭店弄堂，为饭店之大本营，两正兴馆，彼此对峙，互争为老。……饭店之门面座位，皆至隘陋，至污浊，顾论菜亦有独擅胜场处，大抵偏于浓厚，秃肺炒圈子实为此中道地货。闻清道人在日，每至正兴馆，可独啖秃肺九盆。天台山农之量，亦可五盆。余亦嗜秃肺，但于圈子（即猪肠）则不敢染指。"

清末民初海上"书坛三大家"——李瑞清（清道人）、刘文玠（天台山农）、曾熙（农髯），其中两个都是酷爱鱼肚肠的老饕，青鱼秃肺一吃就是五盆、九盆，那才是师爷级的狼吞虎咽呢！我又暗忖，曾熙或许也有此嗜，只是严老前辈不知道吧。

从"饭店弄堂"几番蹉跎最终来到福州路上的老正兴现在还有供应青鱼秃肺、草头圈子，浓油赤酱，本帮风格。春节期间又去老正兴吃饭，大堂里高挂米其林奖牌，仿佛鲜花着锦。二十世纪三四十年代上海滩先后涌现过一百多家各种前缀的老正兴，大浪淘沙，花开花落，如今唯有一星闪烁。

严独鹤先生的这篇文章色香味形俱全，罗列的馆子至少有五十家，可见狼虎会雅集提供了及时的体验机会。自然，这半百馆子今天也所剩无几，无辣不欢的小青年压根儿就没听说过醉沤二字。

再补充一句，这篇社会调查文章写于 1922 年。彼时，和平饭店、国际饭店、百老汇大厦、百乐门舞厅、美琪大戏院、上海音乐厅等连个影子都还没有。有些经典，正值萌芽。

# 八卦中的时代风气

最近有一本书挺火的：《四十年艺坛回忆录（1902—1945）》，作者丁悚，漫画家丁聪的父亲，一百年前现代漫画先驱者之一，同时还活跃于摄影、文学、新闻、电影、戏剧等各个圈子。他的《丁悚百美图》《丁悚百美图外集》和《上海时装百美图咏》曾轰动上海滩，引领社会风尚。1995年，为纪念抗日战争胜利50周年，我率一个记者小组在苏浙皖转了一个多月，采集与抗战有关的人与故事，回程途中在富阳采访了郁达夫的孙女郁嘉玲。郁嘉玲时任富阳市政协副主席，陪我上鹳山拜观了双烈亭——这是当地政府为纪念郁曼陀、郁达夫昆仲而在郁家柴屋基础上修建的。然后来到松筠别墅，其实也不过是一幢简朴的两层民居而已，是郁曼陀在上海担任第二刑事法庭庭长时盖起来的，用于奉母养生。在别墅的正堂我看到了丁悚手绘的郁曼陀遗像，感觉好像比一张桌面还大，寥寥数笔，生动传神。郁曼陀先生的目光穿过厚厚的镜片，注视着我们，注视着家乡的一草一木。郁嘉玲女士告诉我，上海沦陷后，郁先生因为坚持抗日立场，拒绝与汪伪合作，有一天早晨准备坐三轮车上班时被特务暗杀在家门口，时年55岁。身居后方的郁达夫惊闻噩耗后，含恨写下一联：天壤薄王郎，节见穷时，各有清名扬海内；乾坤扶正气，神伤雨夜，好凭血债索辽东。

这也是我第一次仰观丁悚先生的真迹。

《四十年艺坛回忆录（1902—1945）》由上海书店出版社出版，杨柏伟兄在新书尚未上架前就寄了一本让我先睹为快。一个星期内我看了两遍，仍意犹未尽，许多故事是第一次知道，增加了不少见识。

据此书的编者、丁悚文孙丁夏兄说，这部书里的文章是丁悚应蒋九公之邀，从1944年8月起在《东方日报》上连载四百余天，差不多每天一篇，集腋成裘。数年前，丁夏为配合枫泾镇修建丁聪祖居，开始收集祖父丁悚留下的资料、遗物，又从长辈口中得知有这样一批回忆文章，然后得朋友鼎力相助，在上海图书馆里找到这段时间的旧报纸，将微缩胶卷上的连载文章整理编辑成书，在丁悚诞辰130周年之际出版。

上海图书馆原研究馆员张伟在序言中说："丁悚一生，值得我们回味、研究、景仰的地方实在太多，岂是一句'鸳鸯蝴蝶派'可以形容。"

为什么讲述前尘往事的这本书一经问世就引起读者的青睐？张伟说得十分到位："不为名人讳，也敢曝自己糗，快意潇洒，毫无阻隔，保证了这部回忆录的真实透明感，而这也正是回忆文字最难能可贵的。"

这本书的背景，是新旧交替中的中国，是中国人民饱受列强凌辱和内乱之苦的时代，但是知识分子的启蒙和市民阶层的成熟，也使得上海文坛一扫颓废之气，呈现百花齐放的景观，文化市场的各种生产要素虽然稀缺，但特别活跃。丁悚那批知识分子从旧文化桎梏中挣脱出来，结社、办学、办报、办杂志、开专栏、打笔仗，指点江山，月旦人物，言行举止所流露出来的舒张和奔放，激进和乖张，令今天的后辈低回不已。

丁悚是刘海粟初创美专时的第一任教务长，在《艺术叛徒》一文中写道："刘海粟作画，曾自署艺术叛徒，人家辄目为狂妄夸大。我认为他这个别署，并不过分。"继而谈及美专的"裸体画事件"，放在今天的文化背景下，美术学校请一位女模特来不算什么事，但在民国初年保守势力还很强大的情景下并不容易。回忆录澄清了一段历史：刘海粟请来的第一位女模特并非今天有人所说的四马路青楼女子，而是他姐姐身边一个唤作"来安"的丫头，穿了随身服装勇敢出场，全裸则由刘海粟家中一名唤作"阿宝"的"粗做大姐"喝了头啖汤。第一个男性模特是美专的茶房，"先从半裸入手，渐达全裸"，以后则向外界征求，比如在荐头店里寻找待聘的娘姨。为了减轻模特的心理压力，刘海粟还采取"男女有别"的做法，女学生画女模特，男学生画男模特，过段时间再"男女混合"。

邵洵美的红粉知己项美丽，近年来在上海作家的笔端满血复活。1935年项美丽以《纽约客》杂志社中国海岸通信记者身份来到上海，与邵洵美相识、相恋，并联手创办了《声色》双语画报，两人还一起翻译了沈从文的《边城》。某天，张光宇昆仲邀宴文艺界朋友，邵洵美与项美丽联袂而至，老朋友相聚，"殊尽欢乐之能事",翁瑞午和陆小曼走进今富民路一条弄堂里,是偷偷摸摸带着烟枪来的,但更好笑的是到了张光宇家中,"在一张矮得不能再矮的榻榻米上,铺设好了一幕《万世流芳》的镜头后,你们猜第一个横下去表演的是谁?竟是这位年轻美貌碧眼金发的外国女郎,而且姿势极其老练,手法相当纯熟,因为是外国女郎,看上去却另有一功似的"。项美丽会抽大烟,手法纯熟,后世作家想不到吧。

丁悚与梨园界名家也相当熟稔,回忆录中对梅兰芳、杨小楼、余叔岩、谭小培、程砚秋、荀慧生等都有记述,在《程砚秋赴宴受窘》一文中,披露了当年程砚秋南下申城受到的一段委屈。文章一开始说:"……其实一个唱戏的能成为名伶,做到红角儿地位,千人中能有几人呢?况且其中甜酸苦辣备尝,非身历其境者,谁都不知。"接下来讲有一次高亭公司老板徐小麟为欢迎程砚秋而招宴于大西洋餐馆,邀请文艺界四五十人作陪,排场着实不小,程砚秋迟到足足两个小时,姗姗而至,用过一菜一汤后即向主人作揖告辞,作为特邀嘉宾的徐朗西击桌而起,"直指砚秋谓:'你是什么东西,不过是个唱戏的,瞧得起你,请你,搭那么大的架子,一到就走,太不把我们放在眼里,不准走!'一时主宾尽窘,几无法下台。"

徐朗西是于右任的同乡,早年追随孙中山,二次革命失败后,与邵力子创办《生活日报》《民国日报》,后与汪亚尘一起创办新华艺校,抗战时期避居上海租界,顶住了日伪的威逼利诱,保全了民族气节。徐朗西是洪门大佬,辈份很高,但也算经过新文化狂风暴雨的洗礼,但他性格峻急,脾气暴躁,对伶人存有偏见，这也算"时代局限性"吧。

在《市长醉后失态》一文中，丁悚讲述了一件事，近年来以《春申旧闻》重燃海上文坛兴趣的书画家陈定山，抗战前夕住在愚园路。交游广泛的陈定山有一次大宴朋宾，许多社会名流及歌女、交际花等躬逢其盛，当晚与丁悚同桌的有邵洵美伉俪，及某市长。"讵市长年少兴豪，频以巨觞向在座女宾劝酒，而本人被酒，已渐入醉态状况，故言语动作，也渐越出常轨。对于洵美夫人盛佩玉，似更不敬态度，致触洵美兄之怒，以堂堂市长，在高贵华筵之中，竟无赖若此，是可忍，孰不可忍，便声色俱厉地当席严辞斥责，某仗醉肆性，也不甘示弱，反唇相讥。"邵洵美无惧威权的"霸凌"行径，不负郁达夫对他"有声，有色，有情，有力"的评价。

丁悚在这本回忆录里还写到了许多至今仍为人津津乐道的明星，比如聂耳、王人美、英茵、胡蝶、周璇、陈云裳、黎锦晖、刘琼、严斐等，令人有目不暇接之感。他披露周璇和严华由结识到婚变的经过，不偏不倚，不加掩饰，客观生动，可信可叹。他还写到了不少挣扎在社会底层的女性，沉鱼落雁，心比天高，但往往命比纸薄，鲜有善终，也让人扼腕，并对那个时代的凶险与黑暗有所了解。所以丁悚笔下的八卦，不乏声色之娱，却有着知识分子的气节与立场，也表明了他的政治态度。更多曲折，更多隐秘，有待读者探幽发微，这将是一趟愉悦的文史掌故之旅。

# 岁时令节学问大

上小学的时候老师告诉我们：中国以农业立国，男耕女织，自给自足。

二十年前我在浙江浦江县一个考古现场采访，触摸到数十粒嵌在夹炭陶片中的稻谷，虽经烧结已经炭化，但形态完整。一位年资甚高的专家激动地宣布：这是在长江流域新发现的距今九千年以上的驯化稻谷。

今天，中国农业昂然走在世界前列，水稻总产量稳居第一，但是历史景观中牧歌炊烟的农村离城市人的视野越来越远，成为"诗和远方"的想象图式。从技术层面来说，大开大合的现代农业是必由之路，倘若从文化层面观照，又未免叫人怅惘。

悠久而灿烂的农耕文明，为我们留下了丰富的文化遗产，岁时令节就是其中一项。2016年，中国的"二十四节气"入选联合国教科文组织非物质文化遗产名录。在国际气象界，这一已有千年历史的时间认知体系被誉为"中国第五大发明"。

上海是一座海纳百川的移民城市，在现代化的进程中也顽强保留了一些江南习俗。我是在上海核心城区长大的,从父母辈对节令的微弱把握中也能感知春温秋寒。比如立春,就是一个神奇的时间节点,上海人家过年要吃汤团,春节前须将糯米浸泡后磨成米浆贮存在陶缸里,还有宜咸宜甜的年糕,也要浸泡在水缸中。但立春一过,浸泡食物的水就必须天天更换。稍有懈怠,米浆就会泛酸,年糕就会长出霉斑。以江南风味近悦远来的百年老店,一款醉鸡是九冬寒景的佐酒妙品,立春过后,卤汁就容易变味,厨师只能"刀枪入库,马放南山"。欲尝佳味,相约来年。

我大概属于过敏性体质,受头痛痼疾之苦三十余年,遍访中西医名家,都莫名其妙,立春过后,头痛频次明显增加,甚至就在立春当天"给你看颜色"。对患有慢性疾病的老人而言,清明、立秋、冬至等节气的"临床意义",简直"性命交关"!在中国文化的历史积累中,食物、身体与大自然的微妙关联,似乎受制于一只无形大手的操控,难以用物理或化学等手段来实证,更无法说与西方人士,只能凭经验来转圜。

而节气与气候及农业收成的影响,早已被无数事实所应验,并通过无数条农谚代代相传,成为"中国式智慧"的结晶。在流水线量产标准化美味的今天,许多地方制腊肉、腌鱼鲊、酿酒、造酱,还是看节气、循古例的。所谓匠心,包含了天人感应,契合农时。

岁时令节,包括上古时期制定的二十四节气和历史形成的传统节日。今天,在传统文化重返日常生活的香软气氛中,那些最容易激扬城市人心底波澜的题目,经过一番善意的打磨和抛光,被推到新的空间,赋予了时代精神,是邀约、召唤、启迪,也是惊醒、规劝、诫勉。农耕文明滋养后工业时代，城市文明礼拜农耕文明，需要合适的载体与通道。庄重而亲切的仪式，容易接受、传播。

正如《岁时令节》这本书里精选展示的，还有寒食、浴佛、端午、七夕、中秋、重阳等节日。正是这些让古人在稼穑之际获得休憩、娱乐及寄托祛秽禳灾、趋吉迎祥等愿景的民俗活动，在我们进入互联网时代后，被发掘整理出可以确定自己身份、并印鉴族群认同的价值，进而在强调亲缘、增饰社交、促进商业、点亮时尚等义项中，扮演着不可替代的角色。有些偃伏已久的传统节日，比如上元、社日、上巳、天贶、浴佛、中元等，在远乡僻壤或邻邦异域或有延续，那么我们更有理由让它们满血复活，并融入时代的审美。问一下身穿广袖汉服、足蹬云头绣履，行在街上拍拍拍的美眉：屠苏酒、椒柏酒、七家茶、五辛盘、巧果、花饭、茄饼、麦芽糖、蛮粟糕等等，你难道不想尝尝吗？

不过我们也要看到，在精美的台历上，大多没有标注农历，在手机的日历软件里农历倒是有的，但节气和民俗节日被忽略了。许多学历很高、外语说得很溜的年轻人、当然也包括相当多中老年人，对令节还不是很熟悉，二十四节气或许就说不完全或排序颠倒，将端午、重阳算作节气的也大有人在。在"知之为知之，不知百度之"的阅读环境中，过度倚赖互联网肯定会造成知识结构的松散，而来自上一代"个人口述"的缺失，难道不也是生命过程的遗憾吗？所以从这个角度看，《岁时令节》就值得购藏一册作为旅途及枕边之必备，又可延伸为熏陶下一代的有趣教材。

行香子·灯下独吟

古人对物候的描写也是本书的华彩段落，鱼涉负冰、蛰虫始振、獭祭鱼、候雁北、仓庚鸣、桐始华、玄鸟至、苦菜秀、鹿角解、征鸟厉疾等，都可以当作诗经来品味。而鹰化为鸠、腐草为萤、雀入大水为蛤、虹藏不见等戏剧性书写，不妨当作《山海经》来意会，方可领悟上古神话般的丰沛元气和奇谲想象力。

认知感怀岁时令节，分享良辰美景的欢乐祥和，常怀对大自然的敬畏及慎终追远的虔诚，重建我们与大自然的亲密关系，是现代人回望来路、砥砺前行的愿景，也是中华民族伟大复兴的一次小小彩排。

谨以读后感向前辈作家杨荫深先生致敬，并为《岁时令节》序。

# 千丝染霜堆细缕

分三天仔细读完《收获》第 5 期上王安忆的长篇新作《一把刀，千个字》。一开始我可能与不少读者一样以为这是继《天香》《考工记》后又一部从"非遗项目"切口进入故事内核的小说，读到一半便意识到这部作品中涉及的淮扬菜仅仅是一个引子，或者说只是一个技术性符号，如果换成别的菜系也无不可。当然，王安忆有在蚌埠、徐州的生活经验，"就近取材"取的是一份亲近感，再通过厨师的鬼斧神工来诠释"一把刀，千个字"的旨意，用心良苦。不过对于我这样对美食有着浓厚兴趣的读者来说，未免有点小小失落。

作为安忆老师三十多年的粉丝，我还是从作者对"人的命运"的编码中获得极大的阅读享受。这是一部耐人寻味的"王安忆小说"，叙事风格一如既往的千里奔马，惊涛拍岸，同时又细针密脚，经纬交错。在人物关系方面，无论是夫妻、情侣、姐弟，还是同学、邻居或者偶遇的朋友，总是处在紧张的状态，眼神、言语、动作，一进一退，暗藏机锋。

小说的核心人物是弟弟兔子和姐姐鸽子,他们的母亲以"一名中共候补党员"的身份,在动荡的年代因为一次坦诚的表达而陷入万劫不复的境地。从天而降的灾难,向处在生长期的姐弟俩投下巨大的阴影,粗暴而尖硬地影响到他们生活、学业、求职、婚姻、性格发展以及人格形成,当然还有他们与整个社会的全方位关系。在大时代的洪流中,他们是两片容易被忽视的树叶。

后来,姐弟俩先后移民美国,"向来聚多离少,生活在两个社会里,渐行渐远"。他们有一个烈士的母亲,却无意享受或开发这种政治"资源",仍然选择在草根社会左突右进地打拼。32岁的鸽子还在"修读高级会计,向精算师进军",弟弟在法拉盛的中餐厅里当一名淮扬菜厨师,最后还设法将父亲接来美国。在他们的生命中,无论时间如何嬗递,这种"资源"已经成为一种精神负担。这是作者对姐弟俩人格上的最大肯定和勉励,也有一点个人的经验在里面,只是在性质上有很大的不同。

王安忆在这部小说中继续拓展她的文学边界,在上海石库门弄堂的亭子间打下桩脚,然后向着扬州、东北、美国延伸。在时空跳跃与转换之间,也插入了几段《乡村骑士间奏曲》式的抒情,甜蜜而惆怅——读到这里我常常会放慢节奏,细细品味。紧接着,那片乌云或者说正在编织中的阴影接踵而至,再次将读者笼罩在令人窒息的悲凉之中。

这个时候,美味来帮场。书中提到好几道经典的淮扬名馔,比如炒软兜、鸡火干丝、狮子头、蜜汁火方、翡翠鱼丝等,也有一般读者比较熟悉的外埠风味,比如双档、糖醋小排、糟香鸭舌、宫保鸡丁、冰糖肘子、松鼠鳜鱼,从食材采办到案灶功夫,于字里行间升腾起一团团世俗烟火。像蚂蚁上树、霸王别姬、翡翠白玉以及鞑靼牛肉等就更有民间趣味了，从人物口中吐出，也印证了异质文化的碰撞。甚至，还借老厨子之口提到了雕胡！"跪进雕胡饭，月光照素盘"（李白诗）。

所以，淮扬菜在小说中就不是色相的点缀，而是推动情节发展的道具和人物性格逻辑的注释，有一定的隐喻性。小说多次提到鳝鱼做的菜，比如"软兜"和"生敲"，对应着文化背景的转换。近年来，淮扬菜在上海有满血复活的态势，我也因此有机会品尝到了些经典老菜，炒软兜要用"笔杆鳝"的脊背部分制作，但常因食材不到家而失之千里。前不久在高邮总算吃到了用野生黄鳝做的炒软兜，找回了三十年前在淮安领略的老味道。这当然是形而下的认识。

后来我又在浦东一家新淮扬菜馆吃到了"炖生敲"。早年听餐饮界老法师说过炖生敲，如此这般，值得遐想。在《新民晚报》上也读到叶兆言的文章《金陵饭店的美味》："一提到炖生敲，立刻口舌生香，忍不住咽唾沫。说老实话，南京美食也就那么回事。要说有点历史，文化上可以卖弄几句，还有那么点意思，必须是炖生敲，必须金陵饭店。别处也能炖，最入味的就是这一家。炖生敲是十分讲究的菜肴，不认真，不尽心尽力，做不出那个味道。"

这道菜须用野生粗壮黄鳝，活杀放血去骨，抹净黏液，斩三寸长段，摊平在砧板上，皮向下肉朝上，用刀背敲打起茸，入油锅炸至灰褐色，再加调味烧煮入味回软。汤汁浓郁，汤头稍宽，是"京苏大菜"的招牌。老吃客用一双筷子挟住鳝段中央，两端下垂，不断不烂，方才首肯。

行文至此，更觉《一把刀，千个字》犹如炖生敲，对素材不断地锤炼与升华，对叙事节奏与力度的拿捏，便能让读者品读出层次丰富的意蕴。又如小说中屡次提到的煮干丝，此道风味的关键之处在于厨师对豆腐干的前期处理，唯有执纛高手才能"飘"出银针般的细丝，不粘不团，富有弹性，自成小宇宙。

千丝染霜堆细缕，决非一日之功。

小说进入结尾，兔子回到青春期的驿站上海。为了嬢嬢的去世，他越洋而来奔丧，其实也只赶上头七的敬香化纸。对小说来说，这是对原点回访。

兔子进入这个熟悉而陌生的空间，曾经的社会大课堂，嬢嬢不在了，又无处不在，海外的历练与颠簸，一下子变得虚无。人就是这样，往往是一辈子都在起点上挣扎。小说在结尾仍然元气丰沛，在闲散中蕴含着紧张，用绘画中的超现实主义手法写了与此相关人物的渐次登场，就莎士比亚戏剧那样的收尾，在剧情推进中再来一次谢幕。烧菜，吃饭，小心谨慎地聊了一些无关紧要的家常话，然后是烧锡箔。

王安忆是描写日常生活场景的高手，她不像有些作家，有意无意地忽略琐屑的日常细节，相反她津津乐道，引人入胜，在细节中展现人的内心世界，赋予这些细节以温暖和世俗性和体贴关照，还有衍化出某种哲学意味。在化纸时的对话就令人会意一笑并暗暗悸动。我觉得这里还可以进一步地描写锡箔的火焰以及风吹动锡箔灰时的细微变化，还有银色的锡箔转变为浅黄色锡箔灰的那种光影，投射在人物内心的感受，恰如加缪在《局外人》中的多处描写，人物的恍惚感知。

武康大楼在上海的风尚流变中具有某种非典型性研究价值（范筱明 摄）

# 上海路数与行为模式

经常在电视谈话类节目中慷慨激昂的马尚龙，不久前在浦东潍坊街道建了一个工作室，向白领推广、解读上海方言以及海派文化。陆家嘴地区集聚了几十万新上海人，有些在上海已经工作生活了十多年，"上海闲话"也会讲两句，但是穿插于民间日常的那些俗语、切口，就像城市密码，一直难以破译。

有一次马老师跟大家讲到"路数"，有个同学就站起来说："路数是不是就是套路啊？"

马老师吃了不小的一惊，他耐心向同学们解释两者的本质区别，但以他的经验来看，他们仍然似懂非懂。这也难怪新上海人，"路数"一词虽然还不算古董级词汇，但也有厚厚一层包浆了。这不，与上海有着肌肤之亲的著名媒体人曹景行在为《上海路数》一书题写推介文字时一语中的地说：什么叫上海路数，老上海也未必讲得清爽，但一定晓得不懂上海路数就是"拎不清"。

《上海路数》是马尚龙新近上架的一本随笔集，与他以往出版的集子一样，字里行间流淌着真切的人文关怀，还有一贯的冷幽默，不动声色的针砭。关于上海、上海人、上海事，他总是格外的留意。许多司空见惯或熟视无睹的现象，经过他的观察与分析，就值得拿到台面上来讨论。他不是为了吸粉，而是为了让城市与人心更加美好。

马老师反对空洞的说教，他的草根性和务实态度体现在摆事实讲道理。他在《路数是上海人的行为能力》一文中讲了一个小故事，有个出租车司机，某天从浦东载客去浦西海鸥饭店开会，车子进入越江隧道时那位客人突然发现因为换了一套正装，钱包却留在另外一套便装里了，那个时候还没有支付宝和微信，没有钱包寸步难行。那么回家拿吧，隧道里不能掉头，时间上也不允许。那位名叫孙宝清的司机脑子飞快一转，圈定了一个最好的选项，他在预定的时间内将客人送到目的地，不仅没收车费，还给了客人30元乘车券（一种专项消费代币券）让他回家时坐出租车。孙师傅此举诠释了"古道热肠"这一成语在现代社会的合理性与时效性，但他的行为又不是主动性的，而是一种在既定条件下的积极应变。如果孙师傅到了目的地后板起面孔要求乘客付清车资，是不会受道德谴责的。

孙师傅的行为超越了服务规范要求，将一位衣冠楚楚的男人从尴尬境地中救出来，并蕴藉着助人为乐的愉悦与笃定，此举更值得评估的意义在于：对陌生人的信任与帮助意味着什么？在文明社会，在中华民族伟大复兴的宏大背景下，这不应该成为一种神话传说。

后来这位乘客联系到孙师傅，归还了车资，还改变了孙师傅的命运。结局与好莱坞电影里的情节极其相似——那位乘客是刚刚到任的美国纽约银行上海分行行长，一个中国人。

也许有人会说风凉话：孙师傅此举承担的损失是可控的，而可能获得的回报是巨大的。我敢肯定，说这种话的人肯定不是上海人。

我也想起一个故事，那是很久以前的事了，某绸布庄老板吩咐小伙计给大户人家送一段绸布，小伙计来到这户主顾家，对方接了货，看他跑得满头大汗，就让他坐下歇口气，喝一碗冰冻绿豆汤。小伙计这才发现原来是他家老太太做七十大寿，人来人往喜气洋洋，于是小伙计硬将货款退回去：权当我给老寿星送的一份薄礼吧。

这家主人很欣赏这个小伙计知书达礼，数天后就借给他一笔本钱，鼓励他创业，于是小伙计就在八仙桥开出一家绸布店，名叫宝大祥。

孙师傅和那个小伙计在做出决定的那一刻并不会计较眼下的得失，他们只是以庸常之辈的身份按照上海人通行的路数来化解"危机"，觉得唯有这样才是最恰当的，对双方才是最圆满的结局。这种路数，就是被上海人日积月累、长期守护、自觉践行的公序良俗。

一座城市、一个民族、一个国家的公序良俗不是从天上掉下来的，也不是沧海桑田的赐予，而是大多数人对自然环境、社会环境的适应，对族群繁衍与强盛的前瞻性选择，每一条规则，其实都凝聚了无数的教训与经验。公序良俗是法律的基础与依据，也应该是一种软实力。

上海是一座移民城市，从上海开埠到1949年中华人民共和国成立的一百年里，波浪式地接纳了至少四百万移民，占上海总人口的85%。他们来自五湖四海，文化背景、风俗习惯以及方言等等都有很大差异，但为了一个共同的目标走到一起来了，这个目标是什么？是生存，是发展，也可以说是发财致富。那么他们进入了老城厢，进入了租界，沿着越界筑路的方向延展，最迫切的一件事就是学说上海话，熟悉并遵守城市的法律与规则，懂得上海的路数。

外来移民初来乍到，不得不抱团取暖，借了会所公馆的乡党与族群之力安顿下来，东张西望，伸展拳脚。上海的会馆公所累计多达248座，它们与外资企业一样，都是异质文明进入上海的基地。外来移民将本土文化中合情合理、行之有效的一些规则和惯例与上海本土文化兼容重组，成为一种新的城市文化。

在这样的整合中，很难说何种文化占据主导地位，但上海的路数，肯定融合了西方文化与中国传统文化。它强调的不是个人的权威，而是制度的权威，法律的权威，秩序的权威。契约精神与伦理道德，构成了上海路数这枚银币的两面。

所以路数不是套路，套路是骗局、陷阱、阴谋，我们要的是路数，对套路说不。

改革开放后，上海接纳的外来移民总数超过此前一百多年的总和，上海的城市文化由此变得多元、丰富、开放，具有更强的活力和更严明的秩序，上海路数的内涵也在不断充实。《上海路数》的出版，其实也是对上海路数的一次洗牌。

# 用汉字炖成的关东煮

好几年前的一个春天,孔明珠表示要请我们吃关东煮。这里的"我们",是十来个作家朋友凑成的小圈子,因为带有半官方性质,而且一年中难得聚上一回,所以一个星期前就开始热烈商量。最后选定昌化路上一家名叫"酒鬼食堂"的啤酒餐厅,孔明珠和老板夫妇是好朋友,可以自带食材,这一天的厨房也交给她折腾。一帮爷们呢,听到餐厅里有四百多种啤酒,就眼睛发亮了。

我与明珠姐姐在一起吃饭、开会的机会比较多,关东煮三个字经常从她舌尖吐出,她说得眉飞色舞,我只是笑而不语。关东煮有什么吃头?我们单位大堂一隅有个小超市,电炉上架一口钢精锅子,从早到晚不紧不慢地煮着关东煮,一股添加剂的味道。每次去买咖啡,总要离它远一点,怕添加剂强奸了拿铁。

"酒鬼食堂"的那一晚,我带去的真如羊肉坐了冷板凳,远不如孔明珠亲自烹调的关东煮那般热情澎湃。很大的一桶,里面有萝卜、海带结、魔芋结、鸡蛋、烧竹轮、油炸鱼肉饼等。超市里有现成的关东煮料理包,她偏要自己动手,在家里用海带、干贝、虾干加酱油熬成出汁，与众多食材一起带来，到时候像魔法师东一把西一把地投入锅里，家常的甜鲜味道一下子胀满了整个餐厅。

热气腾腾中，她一碗碗盛给我们吃，从萝卜吃到竹轮饼，我对关东煮的偏见就一点点化为乌有。有关东煮垫底，大家兴致颇高，喝了十几种精酿啤酒，我也第一次领教了红啤酒。

二十世纪九十年代初，孔明珠作为"陪读夫人"在"樱花的国度"呆了一段日子，为了体验生活，了解日本社会，顺便赚点小钱，她也打过工，回国后创作了散文集《煮物之味》《烟火气》和长篇小说《东洋金银梦》等，并有日文版反哺东瀛读者，在体量可观的留学生文学书库中别开生面，自成一格。关东煮的这锅老汤，也成了她文学作品的底味。

春节期间收到她的新书《井荻居酒屋》(广西师大出版社2022年2月第一版)，在中国传统佳节必备的大鱼大肉之外，孔明珠的"关东煮"作为精神加餐，别有一番滋味，引诱我即刻披览，手不释卷。

我与孔明珠都有撰写美食文章的爱好。从食物开始，最终落脚在人情世故，是我们的共识。区别只在她的女性观察与写作格外细腻，所以从她的文字中我能看到更多更深，体会到上海人在日常生活中弥散的世俗气息或中馈机巧，投射到读者心里所激发的知足与感念，以及踏实而纯朴的进取精神，确实也能够与城市文明进行良好的互动。

孔明珠在《井荻居酒屋》一书中为读者呈现了十个片断，每个片断都围绕着一个角色展开，诚如民谣歌手周云蓬在序里所写的："每位主角，每个故事，最终化身为一份美味佳肴。"故事结束后，余音绕梁中，作者还体贴地来一番科普，从这道日料的产生背景或与居酒屋的关系，以及具体的烹饪方法，娓娓道来，如数家珍，我想即便是油瓶倒了也不知道扶一把的主，看到这里也不由得会心一笑。

当然，读者更关心的是食物背后的人，一直在黑暗中寻找光明的周云蓬也看得真切："虽然冲不破各自的迷局，在注定的人生轨道上越行越远，却在那一刻是热腾腾的，无论多悲凉，都能随着美食的温度暖起来。"

恰似《深夜食堂》里的场景、气氛以及比小津安二郎稍稍快一拍的叙事节奏，加上孔明珠的好奇心以及无所不在的目光，将我们带入暖香甜熟的现场。当新干线列车在不远处呼啸而过的沉寂时刻，妈妈桑幸子拉开松木移门，带着戏剧性的笑容站在我们面前。她手脚勤快，礼数周到，精明强干，为了赚更多的钱，她甘愿出卖残存的风骚。"幸子赤红着脸放肆大笑，与客人开起庸俗下流的玩笑来。"在店里只顾埋头做菜的丈夫（老板大冈）"听凭妻子在店里用色相勾引男人，以酒水来'斩'客，他们称这个是工作需要"。

居酒屋对于日本男人的慰藉作用，也许强过中国的老茶馆，老板或老板娘与客人面对面交流，拉长了声调说几句家常话，总被中国的电影观众认为是最温馨的一幕。但是"幸子说她也不知道他在说什么，是敷衍他们，就凭他天天来这一点，也要去听他说的。……这人至今独身，娶老婆的钱都拿来送幸子了"。

娇小、灵动、精怪的幸子是书中最令人难忘的形象。虽然"劣迹斑斑"，但她待客人一向热情周到、体贴温柔，给一生蹉跎的老男人以及时的安慰,所以我相信中国读者对她也有好感,恨不起来。再比如到了年底,"幸子发善心,会邀请单身汉去她家一起吃年夜饭"。这也是妈妈桑很有人情味的地方。同时,她也是贯穿全书的角色,每一幕都要登场,就像关东煮里的萝卜,即便是当仁不让的主料,但切成厚片后还是要将边角修成钝圆形,以便煮的时候"顺着汤滚擦肩而过,和睦相处,出来的成品就漂亮了"。

另外,台湾新嫁娘秀丽、出租车司机酒井、在居酒屋打工的中学生阿由美、也是来店里打工的大学生高桥君、房地产商仓井先生、运输公司调度员本田等等,都从"这一个"的角度展现了自己的性格与命运,也非常真实地折射了日本底层社会的无数个侧面,并随着日本经济 A 字形的腾飞与衰落而更具戏剧性。这一组小人物是多形态、多色彩的,也是"深夜食堂"的经典配置。在居酒屋这个规定情境中,沟通与冲突无所不在,随时演绎着夸张而不失真实的人间喜剧。《井荻居酒屋》在孔明珠笔下是记忆的片断,故事却没有终结,烈度不高但一不小心就会喝醉的清酒还有小半瓶,关东煮还在锅里冒着热气。

中日两国恩恩怨怨,峰回路转,但地缘相近,风俗相似,人文相通,可以说在很多情况下互为镜像,《井荻居酒屋》里那几个人物的行为方式有点荒诞,倒也能够为中国读者理解,尤其是几个年轻人的观念与生活态度,更值得中国同龄人与之对照。

对了,那天我们欢聚在酒鬼食堂,孔明珠精心烹制的关东煮实在好吃,也实在充足,她就招呼店里的陌生客人一起来分享。她说这也是日本的习俗,居酒屋关门前,妈妈桑就会把剩下的关东煮端给客人吃,不另外收钱。

# 抚今追昔,鉴往知来

黄沂海,朋友都喜欢叫他阿海,他的斯文与幽默让大家不仅不拘束,更有一重亲切感。他是上海文化圈响当当的人物,作家、收藏家、银行高级管理人员,是上海银行博物馆这个"沪上最有钱的博物馆"的馆长。金融系统会数钱的人很多,会写文章的人又有几个?所以这么一支"金不换",就难逃领导的法眼。阿海的另一重身份是工商银行两家杂志《行家》《银行博物》的主编,双管齐下,一刮两响,这在上海文化圈也是少见的。阿海凭藉着广泛的人脉关系,几乎将海上名家"一网打尽",故而这两本杂志从定位到内容、版式、调性,海派特色十分鲜明,信息量丰富,学术水准高,可读性也很强。承蒙错爱,我为《行家》写了好几年专栏文章,但一直没能成为"行家"。

身处金融圈,赛过身处台风眼,即使坐在整洁安静的总部办公室,像阿海这样层面的"金融界人士",出于职业敏感,大约时时能听到点钞机钞票转动的声响,看到汇率上蹿下跳的数字,喝的是用黄浦江水冲泡的咖啡,舌尖上滑过的却是哈德逊河的波涛。但是阿海有定力,将职业与事业结合起来,责任与兴趣成功对接,钱潮奔涌,不改书生本色,白天西装领带进入角色,晚上清茶一杯读书撰文,近年出版了《笑看金融》《笑问财缘》《笑点赢家》《家俭成储》等大作,向读者普及金融知识。小康路上,钱包鼓起来的人民群众开始考虑理财问题,金融界专业人士的关切尤为重要。

阿海雅好收藏,专攻文人书画扇、动漫作品、名人信札等,集腋成裘,蔚成大观。他搞收藏纯粹是为了欣赏与研究,从未想到保值、升值或套现。所以他珍爱每一件得之不易的藏品,重在挖掘藏品背后的历史人文,体会藏品承载的历史风云与人情冷暖,每有所得,每有所悟,就行云流水地写下来,先后出版了《扇有善报》《多多益扇》《漫不经心——我的动漫收藏故事》等收藏散文集。我有幸获赠他的新作,必先睹为快,作为收藏爱好者,也确实有点"羡慕嫉妒恨"的。阿海的成功,拜时代所赐,也得益于他本人视野高阔,内有乾坤。

阿海撰写的收藏文章,细节生动,文风活泼,字里行间隐藏着大智慧。他有时会有声有色地陈述追寻一把"大名头"折扇的艰难历程,但更大的价值在于他对书画作者的身世、艺术风格、作品诞生的时代背景等进行的详细考证,这种"苦生活",本是美术史论专家不可推卸的本职。所以我读了他的收藏专著,在艺术审美上得益不少。

阿海保持书生本色,但没有书生气,不骄不矜,不拗造型,这在当下许多人通过微信和抖音来获取信息的环境中,当然是十分可贵的。他的文字是素面朝天的,立意也是堂堂正正的,他追求轻松畅达、生动活泼的文风，网络热词信手拈来，点石成金，他坚定不移地站在广大读者的立场上。

正是有了这样的文化责任和文化自觉，阿海一刻也不会放下手中的如椽大笔，他真担得起作家这个称号。近年来，他查阅了浩如烟海的档案资料，遍访金融界老前辈和文史专家，撰写了一系列与金融史有关的文章。

大上海的成长，在中国的转型过程中具有特别重要的样本价值。可以说，没有上海金融业的转型与发展，就没有上海的城市化、现代化、国际化。开埠不久的1847年，第一家英国资本的银行——丽如银行就在上海设立代理处。发展最快的是成立于1865年的汇丰银行上海分行，在中国金融业中一直处于垄断地位。到1927年，在上海的外资银行已经达到35家，而中资银行也将上海看作与外资银行分庭抗礼的平台，业务拓展扩张也十分努力，中国银行、交通银行在全国的分支机构超过一百家，当时全国银行的利率及其他金融行市都以上海的行市为转移，"上海头寸"相当于一种坚挺的硬通货。上海黄金市场的交易量仅次于伦敦和纽约，超过法国、日本和印度的任何一个城市。上海由此被称为"东方的纽约"，上海银行最集中的江西路被称为"中国华尔街"。

中华人民共和国成立以来，特别是改革开放以来，上海担负起建设中国金融中心的历史使命，为中国的和平发展与快速崛起，为中国与国际金融制度和交易平台对接，都起到了不可低估的作用。当肇始于美欧的金融危机席卷全球之际，中国成为世界金融的稳定器与推进器，上海金融中心的积极作用也为全世界瞩目并赞许。

但是在这一连串的耀眼光环中,我们也应该看到金融中心的建成并非假"上帝之手",其实是内生动力与历史要求的合力,在羸弱的国势中,在新旧交替的阵痛中,是经历了漫长而艰难的探索,更大的创痛就是经历了外国资本的压迫、欺侮并奋起抗争。彩虹之前,肯定要经历一场狂风暴雨。所以我们应该沿着这样的历史线索来欣赏黄沂海的文章,从他剖析的典型案例来读懂旧上海的金融风暴,读懂上海作为"冒险家的乐园"所具有的双重意义,比如《惊"潮":树欲静而"风"不止》《四面"储"歌,风乍起,云初动……》《金融仓库群:苏河湾要冲地带的"坚固城堡"》《外滩24号:日本侵华"金融急先锋"》,从而得知中国银行业历史上第一次挤兑风潮,居然是由日本人制造假币而引起的;今天仍让金融界人士谈虎色变的"橡皮风潮"案,是以麦边为代表的外国无良商人和少数华人买办合谋玩"空麻袋背米"玩大的资金游戏;还会痛感于"1932公债风潮"与淞沪抗战的逻辑关系,可以更深入地了解上海解放前夕的"1947黄金风潮"和"轧金子"究竟是怎么回事。

抚今追昔,鉴往知来。读了这几篇文章,我想每个有民族感和国家意识的读者,都会正确认识我国银监会、证监会、保监会等机构的重要作用,为今天我国在世界上所取得的金融地位而自豪了。

阿海对发生在旧上海的金融事件、金融风暴一直关注,为了走进更加幽微的历史隙缝,他对亲历重大金融事件的见证者,进行了抢救性的采访。特别要指出的是,阿海写金融事件,写行业发展，哪怕对金融业内老前辈日常方面和业余爱好等"花絮"的素描，也很重视反映金融家的人格形成，或称性格形成历史，以及这种人格在处理复杂事件中的积极作用。他把人物放在历史漩涡中来写，特别出彩，令人信服。所以，阿海笔下的金融事件，跌宕起伏，险象环生，却处处闪现出人性的光辉，形成"纪录短片"篇幅的"人的历史"。比如本书中的《钱庄"八把头"角色起底》《四任央行总裁靠什么"续命"》《交通系"朋友圈"里的各路财神》《"信用侦探"之陈光甫样本》等精彩篇章，几乎就是一部部浓缩了的金融家传记。"八把头"、宁绍帮、镇扬帮、本地帮、"沪上首富""中国摩根""红色保险掌门人""平民银行家"……至今被人们津津乐道的中国金融业传奇以及海派文化的精彩篇章，就是由这样的"民国人物"书写的。如果阿海有足够的时间，完全可以编写一部又一部精彩的影视作品。

今天，我们猝不及防地进入了互联网时代，身边的变化如电闪雷鸣。以前去银行存款取款，最怕的就是取号、排队。仿佛就在前几年，还有储户为银行没有提供卫生间而投诉到报社。现在银行的设施已大为改善，各银行的网点星罗棋布，绝对多过米铺，但银行里的排队现象几乎看不到了。理财意识的增强，投资渠道的多样化，支付方式的改变，数字化货币的实行，尤其是"股份制银行可以破产"的消息在民间不胫而走，最大可能保护储户利益的相关法规的推出，都刷新了人们对银行身份、功能、定位的认识，金融风险不再是纯粹的银行之间的"生产事故"，而是每个老百姓的"身边事"。而况金融诈骗的剧情每时每刻都在大城小县发生，新的戏码层出不穷，防不胜防，让即使智商相当高的人也屡屡上当。所以，关于金融事件、金融风暴、金融诈骗等题材的文学作品，在满足我们审美需要的同时，也在为我们的经济生活时时敲响警钟。

通过小说、散文、诗歌的创作活动来关注金融、体验金融、表现金融，在上海作家中可能已经形成一个特色，涌现出好几位有"专属领地"的作家，并在全国产生影响。从茅盾先生开始的现代文学到今天视域宽广、表现多元的当代文学，这一脉传承，枝繁叶茂，反映了上海作为中国金融中心和国际大都市的风范、气质。黄沂海的这本新著，担当同样光荣的文化使命，体现的也是宽广的胸怀与气度。

期待《上海滩金融传奇》获得读者的热情点赞，期待上海金融中心建设取得更大的成就！祝阿海"金金乐道""才运亨通"！

谢谢阿海兄的信任，让我这个最怕上银行办理小额业务的急性子客户为新著"跨界"作序，惶恐之余，不胜荣幸。若有谬误，请方家多多指教！

（本文为《上海滩金融传奇》序）

调笑令

**梦醒时分**

杨树浦路上的一处旧建筑,在拆除中获得了局部保护

摄影:范筱明

# 唯有桃花最寂寞

我不是一个善于莳花弄草的人，但家里有个朝南的阳台，不好意思让它空着，更不好意思种几棵小葱自娱，所以每年要买些盆栽花来装点一下。是的，每年要买，就说明盆花落在我手里真是不幸。不过我是真心对它们好，阳光、水、肥料以及欣赏的目光一样不缺，它们却仍在"秋尽江南"之前绝情离去，辜负了我的一片真心。

今年开春后的天气有点异样，站在阳台上望野眼，捕捉不到"几处早莺争暖树，谁家新燕啄春泥"的诗意，也没有"草树知春不久归，百般红紫斗芳菲"的欢欣，在网上买了一株粉色的山茶花，花苞不少，叶片肥大，给了我不小的期待。偏偏后来几天倒春寒，花骨朵用足力气也不能尽情绽放，叶片也掉得厉害。干脆不去理它，也不浇水，一个月过去倒是回过神来，阔大的叶子傻乎乎地东突西窜，仿佛要弥补花开不盛的过失。

阳台上的一棵天竺，锯掉老杆，窜出新株，嫩绿的新叶已经镶上了一圈红边，虽然纤弱，却也给我一丝安慰，入夏后应该会开出一捧细碎的白花,再结成一串血红的果实。两盆榕树,一直是没心没肺的样子,多浇水少浇水无所谓,气根倒是越来越密,而且拖得老长,像个美髯公,要摆老资格。

我家附近本来有两个花鸟市场,一个在十多年前拆了,建起一个消防队,这也是民生需要。老城厢旧房子多,一旦着火,花花草草赶不走祝融,非得请消防队员出动。另一个就是老西门的万商,名气蛮响,养鸟养鱼养蟋蟀的朋友视为圣地,早就听说要拆,前年终于全部搬空。从此我只能在网上购买盆花,像广州人那种逛花市的乐趣就没有了。

如果在网上买别的东西还算比较靠谱的话,那花卉这种东西从下单到接货,就是大起大落的剧情。今年我突然喜欢上了三角梅,为保险起见,分别在三个商家下单,一家在潮州,两家在射阳。相似的价格,收到的货品大相径庭,有喜有悲,但结局都不大妙,两三天一过叶落花谢,最后剩下光棍一根。网上直播时美女眉飞色舞地宣称"棒棒糖风格",原来就是这样子的!

有一家商铺事先表示"如死保换",我就拍了照片发过去,对方倒也爽快,马上回复再发一棵。但是情况已发生变化,本小区封管了,本楼因为有阳,严格封控,所有居民大门不出、二门不迈,快递由大白转交。大白讲究轻重缓急,饿死事大,种花事小,我的那棵三角梅在纸盒里躺了三四天,收件后拆开一看,快成霉干菜了,好意思再拍照索赔吗?

我们小区的地段虽然不差,但因为建得比较早,规划上有问题,车位严重不足,绿化面积更是少得可怜,后来经过业主们的艰难维权,从一家企业手里夺回了应有的权益,补种了一些杂树,一年四季也有暗香浮动。三月下旬的那几天,小区"有史以来"的宁静,每幢楼的居民根据大白的指令下楼做核酸,没人咋呼。我从阳台上俯瞰,樱花开得烂漫,等待捅鼻子的人们在它的庇护下,缓慢移动。如果说这也是风景,那正是本小区"有史以来"最美的瞬间。过了几天,核酸又来了,樱花已经凋谢,这回轮到桃花登场,色彩更加鲜艳,又有点点嫩绿的衬托,别有一种坦荡的妖媚。排队的人们心事重重,谁也没有兴致去欣赏它的盛装舞会,真的,没有一个人拿起手机给来个特写。此刻,他们手机里最最重要的就是那个二维码。

本楼居民是在家门口接受核酸的,门铃一响,大白出场,验明二维码,然后拉下口罩,我有本事将鼻孔扩张到能与河马媲美的程度,配合十分到位。

还有一点我也要说明,本楼居民的生活垃圾也由大白负责处理,用统一发放的黄色塑料袋装好扎紧,每天一次。前几天我将一棵死了好久的海棠单独放在走廊上等候处置,但好几天没被拿走。今天我特意看了一眼,天哪,居然长出了三片新叶。马上拿回来,像找回了失散多年的孩子,重新插在花盆里,兜头浇了两杯水。起身时又望了一眼街景,空旷的街面上只有两个快递小哥一溜烟地经过,上海这座城市进入"有史以来"最宁静的时刻,小区里的灰喜鹊、白头翁、灰椋鸟、红头山雀、灰背鸫、小白鹭、麻雀等呼朋唤友,飞来飞去,叽叽喳喳地啄食,它们不知世上的变故,快乐极了。

# 我爱鸡冠花

春风拂面,桃花始盛,我的砚池似乎还汩汩流淌着一泓秋水,我用它研磨半截旧墨,为鸡冠花写照。

在中国人借以寄托情怀的花卉中,鸡冠花的出镜率远远不及梅兰竹菊四大名旦,偶尔登场,又难免被人当作芦花公鸡的陪衬,寓意"官上加官"。白石老人大刀阔斧地画过鸡冠花,大公鸡与它"人面桃花别样红",题材讨喜,大俗大雅,朴实可爱。

我爱鸡冠花,当然不是为了求官,而是出于一份特殊的情感。总角之年,我种的第一盆花就是它。六角形的紫砂高盆搁在窗台上,细小柔弱的芽叶悄悄穿破泥土,一天一个样地上蹿。我第一次近距离观察植物的变化,想象它的饥渴与独孤,还有万籁俱寂的恐惧。它被我的喘息吹得有点晃动,又似乎在回应一个小男孩的期待,其实我并不知道它的确切花期。等它长到半尺多高,梢尖还不断有嫩叶子四仰八叉地逸出,底下阔大而厚实的老叶则十分珍惜一晃而过的阳光,在浓绿中泛出微微的嫩黄。就是迟迟不见开花。

我愈发的着急，每天放学回家的第一件事就是给它浇水，等到发现它不对劲时，赶快搬到阳台上去晒太阳，已经回天乏术。我第一次种花，就直面了死亡。

第二年再种，似乎有了经验，刻意地无为而治，总算看到它出落成粗头乱服，像一柄倒立的扫帚，只在花冠边缘微微有一抹殷红，像谁不经意用画笔在上面抹了一下，远远不及白石老人笔下的浓艳，最后难逃殇折。

后来天下大乱，我找到了另一种游戏——读小说书，在外国名著里读到了野玫瑰、郁金香、曼陀罗、矢车菊和勿忘我，却不见鸡冠花的影子，它渐渐潜隐于少年心底。再后来，看到荒郊野地里的鸡冠花，三五成群，无人照看，野蛮生长，风吹雨打，却灼灼其华。鸡冠花以野性的美，启示我对生命的认识。

还有一次在浙江农村一幢清代老屋的天井里，看一排鸡冠花从石板缝中蹿起。一般高低，珠距约等，雄赳赳、气昂昂地站在同一条直线上，像一队卫兵守望着百年沧桑。石缝下面的泥土少得可怜，它们得将根须插得很深很深，再靠屋檐滴下的雨水来补充滋养。我比画了一下，它们的高度接近一张八仙桌的桌面了，却依然挺直身板，顶着宽阔肥厚的花冠，像一支支火把，在阳光下燃烧。我不禁为它们顽强的生命力和自信心所折服。从此，我对鸡冠花的感情又深了一层，偶尔在梦中见到自己有了一个小花园，竹篱笆下站着一排鸡冠花……

还有一次是立秋后，我在青浦练塘一座老桥脚下看到一大丛鸡冠花，有三两株醉酒似地东倒西歪，颇具魏晋风度。花冠一律红得发紫，边缘部分簇拥在一起，挤出一道道褶裥，像一匹旧丝绒被紧握在掌心,迸发迟暮的奢华。我在花冠上逆向撸了一把,细屑的黑色花籽纷纷聚落在掌心。

是的,农民不会有意识地去种植鸡冠花,它们四处飘零,自辟疆土,以原始方式繁衍生息,花籽或自行掉在周边的泥土中,或被大风吹到很远,然后静静地等待着春雨和暖阳,开始新的轮回。作为草本的鸡冠花,生命短暂,内心强大,不献媚、不争宠,甘于寂寞,尽情绽放,在千百年来铸就的生命密码中清晰地写着两字:不屈!

鸡冠花也叫鸡髻花、老来红、芦花鸡冠、笔鸡冠、小头鸡冠、凤尾鸡冠……它们是花卉世界的吉普赛人,在一些金碧辉煌的场合,因为一贯的卑微与倔强,还自由散漫,就被剥夺了与红掌、玫瑰、百合、胡姬兰、鹤望兰等雍容华贵者、冷艳妩媚者为伍的资格,不可能成为讲台或华宴上的与人争艳的风景,在城市的公园里、花坛中、道路旁,它们也只能以配角出镜。

其实鸡冠花并不愿意跟玫瑰、百合同框,再艳丽的颜色在它们旁边都会显得黯然无光。它们直指蓝天的生长,就是为了永远的亭亭玉立,它们永不攀附,永不倚傍,哪怕被狂风暴雨折断。当然,她们也喜欢将自己的部落安顿在被人冷落的犄角旮旯,等到季风频吹的夏末秋初,浓妆艳抹地举办一场无人喝彩的舞会。可是我知道,等到夕阳西下、倦鸟归林,它们中的两三个就会闯入我的书房,像精灵一样从我的笔端调皮闪现,对饮半壶残茶。

# 抗疫七君子

莺飞草长的美好时刻，奥密克戎毒株换了一件马甲又来申城兴妖作怪。3月27日起浦东封控，接下来乾坤大挪移，4月1日起浦西封控。在这之前，已经封控了十多天的本小区正巧获得一个为时两天的窗口期，居民可以凭通行证出门买点东西。机不可失，时不我待，我赶紧做了三件事，一是理了个发，二是买了经常要吃的几种药，三是买一些水果和副食品。

前两桩事情办得还算顺利，最后来到桑园街一家室内菜场，菜场面积不大，已是人满为患，一片喧哗，我赶快去蔬菜摊档抢了些花椰菜、豌豆、生菜、土豆等，另一边生鲜区还有不少人在抢购猪肉，那就再买点大排吧。

小师傅掮来半扇猪肉往摊档上一掼，我抢先一步说，这扇猪身上的大排我都要了，但他只顾招呼其他顾客，迟迟不动刀，"你看现在我这么忙，哪有时间给你斩大排啊？"我当即表示就整条连皮带膘斩下来给我，回家自己弄。小师傅看了我一眼，他不大相信我也会这一手。"500 克大排我能斩到 11 块"，我可不是吹的。

回家后将大排斩好，分作几包冷冻，接着再去小南门一家超市，货架上一片狼藉，牛奶、咖啡、薯片、曲奇、榨菜、泡面、牛肉辣酱等已经沽空，看来已经有先知先觉者准备长期抗战了。赶紧买了些速冻食品，水饺、汤圆，还顺手拿了两支泡腾片，后来的情况证明此举相当英明。排队付款时看到身边有葱，也抓了一大把，结账时算我16元。平时我也经常买菜的，照规矩葱是奉送的，非常时期不相信奉送，价格还要翻几个跟斗，必须理解，抢到就是胜利。

第二天浦西进入"至暗时刻"，站在阳台放眼望去，大街上空空荡荡，除了警车和救护车，公交车全部停运，偶尔出现一两个独行踽踽的行人，那是获准去医院接受必要治疗的病人，影子跟着他们缓慢移动，穿过横道线，更显出一种悲凉的寂寥。

说好4月5日结束的，但不确定因素增加，只能接着封。本楼还有阳，一只送走又来一只，大门拉起警戒线，禁足不能出。好在居委会送来了一袋蔬菜，打开一看，土豆、白萝卜、番茄。前两位是块茎类，无手无脚，运输途中不怕跌打滚爬。

番茄娇嫩，已经皮开肉绽，当晚就吃了番茄蛋汤。番茄炒蛋、番茄炒卷心菜、番茄小排汤，都是上海人吃惯的家常菜，冰镇糖番茄还是小时候的消暑佳品呢。番茄在上海人缘很好，居家日子里想不出吃什么好，但只要说箱里有几只番茄，就能变出一两道菜来。

接下来的几天里，朋友在微信上纷纷晒出蔬菜包，各区保供略有差异，但基本上就是土豆、白萝卜、番茄，还有胡萝卜、洋葱、黄瓜，莴笋也是一员大将，叶子散开就像京剧花脸的靠旗。非常时期，全市人民的餐桌出现了少有的趋同性。别咋呼，有人还没领到呢！于是朋友请我想想办法，翻点花头，别让人吃到吐。

在上海人的日常菜谱中，土豆跟我们比较熟，土豆炒青椒丝，起锅前喷点老陈醋，过粥吃味道很爽。取两只土豆切片，加雪里蕻咸菜煮汤，起锅后淋几滴麻油，在艰难时世中是许多上海家庭餐桌上的送饭神器。特别在夏天，咸菜土豆汤据说有消暑功效。副食品供应改善后，咖喱牛肉、咖喱鸡也登上居民的餐桌。赫鲁晓夫有句名言："共产主义就是土豆烧牛肉。"我家第一次吃土豆烧牛肉的时候，正在读小学五年级的我简直惊呆了：我的天！就这么快地进入共产主义啦？

土豆烧牛肉、咖喱牛肉、咖喱鸡等等，离不开土豆的加持。但在封控时期，土豆成了主角，因为牛肉和鸡肉并非每个家庭都会储存。后来我家领到的鸡蛋还是可生食的，那么我就做了一道俄式土豆色拉。土豆煮熟剥皮切丁，没有青豆，就用黄瓜切丁代替，再加少许胡萝卜丁点缀。没有红肠或方腿，我割了一小条瘦猪肉，用花椒盐腌制过夜，漂洗后煮熟切丁，全素带荤，不同凡响。玩陶瓷的朋友都知道"三彩带红，价值连城"的意思。

没有现成的色拉酱，我就只能遵循古法了。取一枚可生食鸡蛋，蛋黄蛋清分离，取蛋黄打散起泡。将所有食材下盐拌匀后，再淋两三滴白醋，投放量必须精准控制。嗯，味道不错啊！但不敢晒图，在特定形势下色拉成了奢侈品。

寒冬腊月的时候，我在菜场里看到白白胖胖的长萝卜，也会挑一支模样俊俏一些的烧咸肉萝卜汤，清新带甜，相当开胃。但此刻收到的白萝卜看上去不那么整齐，有长有短，有粗有细，甚至皮开肉绽，像一支杂牌军经过长途奔波来到眼前，也不说了罢，能得到就是缘分。

家里正好有几块老咸肉，准备竹笋大量上市后吃几顿腌笃鲜的，封控后竹笋不见踪影，那么用来烧萝卜汤正好，也没委屈它们。红烧萝卜也是小时候经常吃的，大快朵颐时将它想象成红烧肉，咸中带甜，味道不错。后来嘴巴越来越刁，红烧萝卜要用那种皮很厚的五花猪肉来配，实在不行，猪油渣也可以。但这条经验能与朋友说吗，分明是在讨骂啊！

葱油萝卜丝倒是一款不错的下酒小菜，制作也简单，就是不下饭。

最难对付的就是胡萝卜与黄瓜，这两种东西小时候当水果吃，已经吃怕，长大后一看到就条件反射，泛酸水。黄瓜一拍，加蒜泥和糖、醋，相信能防感冒。这道菜大家都会，但天天吃也会吐的。

终于想到上海郊区有一道黄瓜煸虾，纯朴的家常风味。但现在哪里去找鲜活的河虾？我就用储存在瓶里的大虾米蒸软后代替活虾，黄瓜削皮切片，旺火颠炒，味道也有三分像。

胡萝卜营养丰富，在美国的消耗量十分巨大，被列入十大食材之一，小学生的配餐中必有三四根胡萝卜。后来营养学家说了，胡萝卜是油溶性植物，生吃等于白搭，炒熟了才见功效。但清炒胡萝卜谁爱吃啊？不过微信群里有朋友晒图出来，真的是一盆又一盆的清炒胡萝卜丝，可怜兮兮的表情后面跟着吐槽：一星期内把一生中的胡萝卜都吃完了,下辈子转世为小白兔算啦!

后来我想出一个办法,将胡萝卜切细丝,取小麦粉半碗,嗑一只鸡蛋打散,加胡萝卜丝,下盐和胡椒粉适量拌匀,在平底锅里摊成一张薄饼。火要小,两面烙,时间长一点,胡萝卜才不至于难吃。

莴笋是腌笃鲜的配料,可增色提香,但封控期间只能让它单打独斗了。《文汇报》的摄影部主任谢震霖兄是个唯美主义者,照片拍得好,菜也烧得好,他将莴笋切细丝,下轻盐腌一下,控干水分,加一把炒过的松仁拌成一道凉菜,钢圈模子里压实,蜕出后像块舒芙蕾,上面还点缀了几颗红艳艳的枸杞子。莴笋叶也不能浪费,同样腌一下控干水分,切碎拌麻油,给舒芙蕾围边,卖相好极了!我当即点赞:超过米其林星级餐厅水平。

几天后我家也获得了两支莴笋,太太将莴笋叶腌制后加咸肉烧了一锅菜饭,这是封控后第一顿"赏心悦胃"的大餐。上海女人喜欢这种有点苦隐隐、又有一股特殊清香的味道。

土豆、番茄、白萝卜、胡萝卜、洋葱、黄瓜、莴笋,被我称作"抗疫七君子"。七君子联合起来可以有更大的作为,比如土豆、胡萝卜、洋葱、番茄,再加卷心菜(也是保供蔬菜之一),一锅煮,可以吃上好几顿呢,作为刀切馒头的配菜、或者面浇头也相当不错啊。如果有牛腩一路同行——那就上等级啦。

是的,各位一定想到了罗宋汤。封控时期,罗宋汤绝对能治愈我们的焦灼与忧郁。家里还剩一棵卷心菜,土豆、番茄、洋葱也有,作为"决定性食材"的牛肉也有,甚至俄式酸黄瓜也有一瓶,仿佛早在两年前我就预测到灾难的发生。不做一锅罗宋汤真对不起牛肉和酸黄瓜了。

我还在厨房里挖出一罐隐藏得更深的番茄酱，已过保质期，却舍不得扔，满怀期待打开它。啊呀一声，太太冲进厨房察看，顿时两腿发软，我脸上、身上已经"鲜血淋漓"。没想到番茄酱受空气挤压的一次喷射，会是这个剧情。

宅了一段日子，保供蔬菜的品种渐渐多了，加上和团购以及邻居之间互通有无，我家也吃到了蚕豆、芹菜、韭菜、蕹菜、草头、米苋、芦笋、西葫芦等，至于朋友快递的食物就更加丰富了，比如白蟹、带鱼、大黄鱼、墨鱼、草母鸡、五花肉、酱鸭、酱牛肉、肉包子、酸菜蹄髈、刀鱼馄饨！

世界上有许多食材因为灾难而被人们深深记住，比如爱尔兰的土豆、中国明朝引种的番薯，还有芋头、蕉芋、葛根、慈姑、酸枣、蕨萁、榆钱、豆粕、水东哥、碱蓬草等也是中国人的救荒功臣。这次上海封控期间出圈的土豆、番茄、黄瓜、胡萝卜、洋葱等七君子，我们也要为它们请功。它们不一定都好吃，甚至难以下咽，却值得我们永远记住。古人不是早说了吗：嚼得菜根，百事可做！

# 西岸,假如有这样一件雕塑

每年我都要去徐汇滨江,散步、赏花、喝咖啡、看艺术展。2022年开春后,奥密克戎毒株换了一件马夹来上海作妖,龙美术馆前面的一片樱花瞬间落英缤纷,铺了一地残雪。余德耀美术馆按计划推出了奈良美智个人画展,这是日本画家在中国大陆的第一次个展,也是他在世界范围的第一次巡展,三月初开幕,没等我前去打卡就转到线上去了。不能与原作面对面是一个遗憾,更大的遗憾接踵而至,印尼华人收藏家余德耀与晚期癌症抗争了六年多之后,不幸在香港逝世。

三月下旬,防控形势越来越紧张,上海需要更多的空间来收治病人,于是国家会展中心3号馆、世博展览中心、新国际博览中心、花博会复兴馆、临港洋山特保区、闵行体育馆、嘉定体育馆等多个非医疗机构大型公共建筑体都改建为方舱医院。前几天我看到一条消息:西岸艺术中心将改建成方舱医院。

不由得心里一颤。在许多国家,艺术馆、图书馆、博物馆在民众心里享有崇高地位,即使在战时状态或自然灾害来袭之际,仍享有"豁免权",它们是一个民族的心灵港湾。由上海飞机制造厂厂房改建而来的西岸美术中心,总建筑面积达10800平方米,作为西岸艺术区的标志性场馆,这里是众多展览、艺博会、品牌发布会的举办地,包括一年一度的西岸艺术与设计博览会、"感知香奈儿·香水展""迪奥与艺术"上海展、Coach 2019早秋系列发布会等。在伟大城市面临危难之际,挺身而出,敞开襟怀,接纳了自开馆以来的首批"非观众"人员,理应实名点赞。

后续消息来了:西岸艺术中心A馆方舱医院于4月10日开舱,两天之内已告满舱。西岸艺术中心B馆方舱医院也在加紧施工中,在我写下这篇文章时,可能已建成开舱。

我认为此次西岸艺术中心作为方舱医院被临时编入防疫体系,既是社会责任的承担,也可视作一种文化自觉。当蜂拥而至的病人在曾经办过大型艺术展的空间内与肉眼不能观察到的病毒作着顽强抗争,其间经历着心绪的跌宕起伏,并通过每个人的表情呈现出来,不就是行为艺术希望达到的效果吗?

我这么一说可能会招来个别人的狂喷,但请注意这样的事实:在上海这波疫情中,一、到目前为止单纯因新冠致死者为零;二、大多数方舱内病人康复良好,甚至上演了病人抢救医生护士的剧情。三、病人治疗、生活都有保障,情绪得到管理,闲暇也很充足,手机视频显示有人在斗地主、跳街舞、劈情操、玩手机游戏。有报道说,西岸艺术中心的负责人表示会在方舱内摆放一些艺术品以安抚病人的情绪。那么,从艺术角度来审视这场全民总动员的战役,不也是很有意义的吗?

所以,我觉得西岸艺术中心的展馆不应该停留在"被征用""被租用"的角色，而应该欢迎艺术家以志愿者的身份实现"在场"。艺术介入的形式有很多，这里我提个小小建议：能不能让方舱内的医生、护士和病人一起成为艺术介入的主体？比如在方舱内布置一面涂鸦墙，请实施救治和接受治疗的所有人用马克笔留下自己的生命印记，在自愿并匿名的状态下用简笔画的形式画一个简单符号：一颗爱心、一棵树、一片叶子、一朵花、一棵青菜、一根胡萝卜、一根棉签、一瓶消毒水、星星月亮浪花云朵……如果你开心，也可以用火星文写下一行短诗。艺术家通过视频指导，参与者无需艺术经验，只需十几秒钟。

等这波疫情得到控制后，艺术家们可以据此创作一件纪念碑式的金属雕塑，或者一件艺术装置也行，将这些字符刻录在上面，放置在场馆门口，再留下一行文字：某年某月某日至某年某月某日，有多少医生护士志愿者在此献出了爱的关怀，有多少患者在此度过难忘的时光。客观、真实，就是历史的底本。

方舱内的大多数人此前大概都没有去过西岸美术馆和西岸艺术中心，也不一定搞得清楚当代艺术的定义，现在他有了重返现场的理由，可以在雕塑上寻找自己的痕迹，向别人讲述"蛤蜊炖蛋"的故事。我在故我思，我思故我在。

还有不少展馆和艺术场馆，也可以用多种艺术形式来记录这段历史，证明自己的"在场"，否则这些公共场所将会留下一大段空白，让后人无法解读，更无从纪念。

我在德国作家阿斯特莉特·埃尔和安斯加尔·纽宁合作编著的《文化记忆研究指南》一书中读到这样的观点："记忆之场"就是一些场所，人们在那里参与公共活动，由此表达"一种关于过去的集体共享知识……这种知识是一个群体的统一感和个性的基础"。

我认为在上海抗疫期间做出倾情贡献的公共场馆和策展人、经理人团队，理所当然地拥有打造"记忆之场"的权利。当时间和欢乐治愈了亲历者的心灵创伤后，我们也不能淡忘曾经的忧伤，更不能抹去事件本身的悲剧色彩，而应该让前往"记忆之场"的人们继承事件本身固有的意义，并赋予它新的内涵，从中获得热爱生命、绽放生命、享受生命的温度和力度。

我们上海有不少城市雕塑，但缺少灾难性记忆的载体。2014年12月31日晚上在外滩发生的踩踏事件，造成36人死亡，49人受伤，我就建议有关方面在灾难发生地建一块纪念碑，不过接下来黄浦区有关方面的人事变动，让我得到的回复是可以想象的。而对抗疫斗争的纪念只涉及天灾，无关人事，风险指数几乎为零。

我想大家都有这样的共识，特定时期的灾难性记忆，是一个民族成熟与坚强的标志，我们太需要从经验教训中汲取前行的力量和智慧了，所以我们有了唐山抗震纪念碑，也有了汶川地震纪念碑，这充分表明中国人民正在走向成熟和坚强。如果西岸艺术中心两个馆的门口果能竖起这样的纪念物，不仅能填补一段物理空白，也将增加一份人文积淀，提升我们对话世界的底气。所以我再建议这个项目向社会募集资金，尽可能让更多的市民参与。

我还想与各位分享这样的观点：记忆之场也是一种艺术形态，可以从两个界面来解读：首先是美学的，其次是符号学的，二者是互相渗透的。

2022年的春天属于每个上海人，不管喜怒哀乐，留下一点微弱的印记，以抵抗时间的削蚀。我愿意献出一份真诚。

# 致灶王爷的一封信

尊敬的灶王爷：您好！

我从小就知道今天是您上天向玉皇大帝述职报告的日子，也是人间大扫除、贴春联、抓紧时间采办年货的欢乐时光。小时候老爸让我背范成大的《祭灶诗》，头都大了，里面有好多字不理解，主要是场景，自出娘胎还没经历过嘛：古传腊月二十四，灶君朝天欲言事。云车风马小留连，家有杯盘丰典祀。猪头烂热双鱼鲜，豆沙甘松粉饵团。男儿酌献女儿避，酹酒烧钱灶君喜。……

大唐小宋，五谷丰登，老百姓献给您的供品相当丰富啊！猪头肉和豆沙团子我爱吃，最后三字也明白，您是一个很有人情味的老头嘛。

后来我对老上海的风土有了一点了解，知道以前上海人常用元宝糖给您上供，这种糖是用饴糖制成的，一寸来长，寓意"称（寸）心如意"，而元宝意味着发财。在乡下还有一种吃食叫"送灶团"，用糯米粉（另一半染色）制成红白相间的团子，象征阴阳和合，糖和糯米都是甜的，用来粘住灶王爷您的嘴巴，让您吃了上天说好话。祭品中慈姑、地栗、老菱也是不可少的，这些吃食分别谐音"是个""甜来""老灵"，在老百姓的想象中，您在向玉皇大帝反映社情民意时使用的工作语言应该是吴地方言。

不知您听没听懂，反正大家忙得满头大汗，您老人家高高在上，笑得合不拢嘴，一团和气。就是嘛，提前拿到了压岁钱，能不高兴吗？

今天中国人迎来了新时代，供应充足，物流便捷，办年货也不着急，我就跟您老扯几句吧。

现在，我们大城市里的人住的是楼房，用的是煤气灶、电磁灶或微波炉，现在又流行什么空气炸锅，农村里用了几千年的土灶，娃娃们压根就没见过，所以也不知道您的厉害。有时候少男少女躲在厨房里做些不知羞的勾当，您老就当没瞧见吧。二十世纪七十年代初，我在上海郊区学农的时候见过土灶，烧的是柴草，火旺烟大。有时候横梁上挂下一只硕大的红毛蜘蛛，吓得我们尖叫，农民却习以为常，笑称"喜从天降"。土灶烧出来的饭很香，锅底会结一层金光闪闪的饭糍，铲起后挂在屋檐下可存放好几天，泡软后烧泡饭特别香。我们经常去偷饭糍吃，咯崩脆，香！那时候已经移风易俗了，灶台上画的是向日葵、大公鸡、红鲤鱼、拖拉机等等，我也给农民家画过灶头画，您猜我画了什么？一边是原子弹爆炸，一边是人造卫星上天！

房东大妈一边夸我手艺好一边神秘兮兮地说：自从扫了四旧，灶王爷的画像就不敢贴了，其实他还在灶台上坐着呢。你给我们家画了灶头，他都看在眼里，会保佑你的。

我啃着大妈给的烤年糕，乐呵呵地出门了。唉，不过中学毕业分配时还是遭人暗算，您老人家怎么不帮我一下呢？

现在我也算历经沧桑了，各种各样的亏吃了不少，但各路鬼神还都相信，都敬畏，都不敢怠慢。灶王爷您跟老百姓最亲，管的是柴米油盐酱醋茶，我们瞒不过您。您上天汇报工作，按老规矩是要上供的，但实话跟您说，去年在股市里有点小赚，但在过年前一个月被全部揩光，还赔进了好几千。再说我们家也没干过亏心事，连牢骚也不敢发一声，不怕您打小报告。就烧炷香表表心意吧，这盒棋楠香还是朋友送的，借花献佛。

我这些年一直在琢磨，您灶王爷在人间行使光荣职责也有几千年时间了，为什么老百姓一边讨好您，一边讨厌您，因为有人缺衣少食您不汇报，有人吃野菜啃窝头喝凉水您不汇报，灾荒年景十天半月揭不开锅您不汇报。即使我们城里人，早些年吧，所谓的厨房都是捡些碎砖烂瓦搭起来的，这您也假装没看见。而平时在私底下发个小牢骚，比如工业用盐冒充食用盐，勾兑的白酒有敌敌畏，转基因大豆油不敢吃，发霉的大米容易致癌，猪肉注了水还要涨价……也不知您记没记下来，更不知您向没向领导汇报过。

您用不着解释。这些事为何屡禁不止，造假作孽的人没有得到严惩，照样过得无比滋润，我看圣明的玉皇大帝肯定被您瞒过去了！

顶顶要命的是，老百姓还是每年要给您上供，以前是糖瓜慈姑屠苏酒，现在大家条件好了，大白兔奶糖巧克力，香蕉苹果猕猴桃，糍粑蜜糕八宝饭，茅台老窖五粮液可着劲上，您老肥了吧!

但是您回府降吉祥了没有?如果您有心为我们带来福祉,并且脚踩祥云,神通广大,为什么新冠病毒又把我们害得这么惨?

所以我对祭灶这档事的必要性产生了怀疑,而且它至少有三大弊端:

一、使行贿受贿获得了正当性;

二、使欺下瞒上获得了合法性;

三、让人民群众一代接着一代地陷入权力崇拜的怪圈。

给您吃香喝辣的,您就说这家人好话,报喜不报忧,糊弄领导。倘若供品简陋些,您大概就要乱汇报,让他们继续遭灾受苦。您看上去一团和气,慈眉善目,实际上对人民群众缺少悲悯之心。

最可怕的是,您处在权力架构的底层,却不为老百姓请命诉苦,而是通过一系列神操作,竭力维护这个超稳定架构,把人家的一举一动都置于您的严密监督之下。所谓头顶三尺有神明,不就说您吗?

吃足您的苦头,还要献出我们的膝盖,这是什么道理嘛!

中国人讲究慎终追远,三百六十行,每一行都有祖师爷,木作业的祖师爷是鲁班,打铁行的祖师爷是太上老君,屠宰业的祖师爷是张飞,餐饮业的祖师爷是易牙,梨园界的祖师爷是唐明皇,糕饼业的祖师爷是诸葛亮,现在某些人像老鼠一样到处乱窜,专打小报告,您是不是这一行的祖师爷?

呵呵,您别气得胡子翘起来,我是守着老百姓的本分善意地提供一份"舆情"。

真的，您若想在人间继续混下去，就要改变作风，端正态度，始终站在人民的立场上，切切实实做好民生保障工作。您在厨房这块业务比较熟，不妨来点创新、拓展，比如发现火灾苗子、煤气泄漏、水管爆裂要及时报警，发现饮用水污染也要给个提示，假冒伪劣食品比如地沟油、毒大米、药水蔬菜之类不小心进了门，一定要帮助老百姓追根溯源，一查到底，记录在案，到年底来个总算账。至于住家保姆偷喝主人家头道鸡汤，您老就眼开眼闭算了。

好有好报，恶有恶报，不是不报，靠您汇报。

您看行吗？

如果您能做到，那么人民群众还是能接纳您的，十万元一平方米的天价厨房，您在C位，祭灶时管您吃饱喝足，"纸马"——也就是车马费吧，一次性给足。如果您做不到，那么对不起，不换思路换位子，请您下岗。我们敞开说吧，大数据时代了，您的那一套跟不上趟啦！

有啥想不通的，就跟领导交交心吧。

祝您一路顺风，恕不远送，戴好口罩，回来出示行程码！

此致那个敬礼！

拆除前的虬江路市场（范筱明 摄）

# 我的三次酒醉

绍兴人肯定会吃酒——这几乎成了铁律。饭局上,初次见面的朋友端着酒杯来敬酒,我惶恐不安地起身,双腿在颤抖,他看不到,我有感觉。"听说你是绍兴人?那酒量一定是很好的啦,来,一口闷。"新朋友一饮而尽,笑眯眯地盯着我,同桌的老朋友知道我素不善饮,却故意起哄。

喝还是不喝,实在是一个问题。

绍兴是举世闻名的酒乡,绍兴人会酿酒也会喝酒,我祖籍绍兴,所以我肯定会喝酒而且酒量一定不错。这个推论逻辑性很强,不容置疑。但万事总有个例外,我就是例外。我祖父祖母、我父亲母亲,包括七大姨八大姑甚至堂兄弟表姐妹等等,都是好酒量。小时候家里来了老家客人,妈妈将一个特大号搪瓷茶缸塞给我,差我去街角的食品店买零拷黄酒。"加饭,拷满。"妈妈再三关照,我晃晃悠悠地捧回家,至少有一斤半,晃出在茶缸外壁的酒液有点黏手。妈妈在厨房里哐哐炒菜,两盆菜还没吃完,茶缸已经见底。

调笑令·梦醒时分

可是我天生不会喝酒。记忆中第一次喝酒，实出顽皮，在绍兴后梅老家的柴房里，趁大人不注意，站在小板凳上从"七石缸"里舀了一勺黄酒喝，凉飕飕，甜滋滋，然后就倒在缸下呼呼大睡。第二天爷爷找出一只彩瓷小酒盅给我，画面上，一个头戴幞巾、美髯飘飘的老夫子拥着一坛佳酿酣然入睡。奶末头孙子能喝酒，爷爷很高兴："喏喏，太白醉酒噢。"

这一幕童年即景如此清晰，只因为此生唯有这么一次接近诗仙李白。等到我身渐蹿高，可与父母一起分酒喝时，这酒不知怎么就变得燥烈起来，无论黄白红，稍一沾口，面孔必定红成猴子屁股。而且，历史的经验值得注意，喝啤酒，必头痛；喝黄酒，必手臂一片红疹；喝红酒，必心动过速加胃痛；喝白酒，头痛加心动过速加胃痉挛加红疹潮涌。后来又发现，假冒伪劣白酒入口，立竿见影的头痛欲裂，喝正宗茅台、五粮液、古井贡酒等，潮起潮落很快，胃也挺得住，头痛概率低。当然也不敢多喝，三钱杯，三杯为限，四杯到顶，再喝，脚底踩棉花，舌头绕不过来。

不过我备受摧残的痛苦经历并不能说服热情好客的朋友，作家不会喝酒就不能算一个合格的美食家噢。很多场合之下，我只能有节制地抿两口，感觉差不多了，捋起袖子展示"血染的风采"——手臂上已然"万山红遍"，小脓包蚁聚蜂攒。"那你就多吃菜吧！"朋友一巴掌把将我拍倒在椅子上，那目光，说不上是怜悯还是不屑。

于是我只顾闷头吃菜。我之所以成为所谓的美食家，恐怕得益于"不善饮酒"。

也因此，我的醉酒经历屈指可数。当朋友豪迈地回忆起自己醉酒的种种表现时，越是荒唐不堪，奇拙怪样，越能引发我的敬仰。有人说我性格内向，不喜浮夸，其实我也想疯狂一把，气冲牛斗，指点江山。但低头一想，一杯薄酒就能将我淹死，又如何与人争锋？

每次填写个人履历表，在籍贯栏前毫颖生涩，我真羞与孔乙已在同一家咸亨酒店啜饮啊！

不过也有三次醉酒的经历值得一说。二十年前参加一家杂志社的草原笔会，一干人来到希拉穆仁草原，骑大白马，睡蒙古包，晚上篝火熊熊，与内蒙古作家联欢。主人杀了两只羊，白水煮熟后堆在大盘里端上来，大块羊肉上插了十几把尖刀，这就是汪曾祺先生在文章里写到的"手把肉"。但是我还没来得及将一块羊肉剔净，身后就响起了激越高亢的歌声，虽然听不懂蒙语，但从旋律上感悟应该是歌颂家乡与爱情的。当地风俗，用歌声与美酒欢迎远方的来客，敬酒从唱歌开始，客人若不起身，蒙古族姑娘会一直唱到天亮。我其实就想这样坐着一边喝酥油茶，一边听她一支支地唱下去，但我又不敢如此无赖啊，慌忙起身"应战"。仔细一看差点吓晕，这杯，就是胡松华在歌里所唱"高举金杯把赞歌唱"的那种银质镀金高脚酒杯，满满一杯至少有四两，而且是被誉为"塞上茅台"的宁城老窖！

但是箭在弦上，只得依古法将手指蘸酒向身后弹三下，接过金杯一饮而尽。知根知底的上海朋友赶紧将我扶下，盛了满满一碗羊杂汤叫我喝下。等大家纷纷冲出蒙古包围着篝火活蹦乱跳时，我已经朝天躺倒了。等我醒来，从蒙古包顶端的天窗朝上望，那真是星河浩瀚，一片灿烂，是都市里不可能看到的壮丽景象！

至今觉得为如此壮丽的景观醉一回，值！

还有一次在贵州，也是团队活动，上海作家记者组团去黔东南采风，在一个苗族村寨的风雨桥内吃长桌饭。苗家风雨桥跟汉族廊桥相似，上有顶棚，两边类似美人靠，可供旅人小憩。桥面比较宽阔，不单可走人畜，小型车辆也可通行。长桌饭，顾名思义就是用十几张桌子拼成特殊的席面，主客面对面坐在小板凳上进食，敬酒、交流都很方便。在重大节日，苗家的长桌饭可以排到一百多米长呢！我们一行有三十多人，开吃场面也相当壮阔，大碗喝酒大块吃肉对对碰，有点梁山好汉的豪迈。

长桌上叠床架屋地摆满了老腊肉、白斩鸡、酸菜土豆、红烧牛肉、凉拌蕨菜、折耳根、酸汤鱼、小米鲊、糖水南瓜等苗家传统美食，还有浅红色的杨梅酒和归作白酒类的青酒，度数都不低，口感有点冲。才吃了几口，四五个头戴银头饰的苗家姑娘就不知从何处冒出来，围着我们唱起了敬酒歌，曲调高昂清丽，歌词率直热辣："阿表哥，来看妹，阿表妹，来端酒，管你会喝不会喝，都要喝。你喜欢，喝一杯，不喜欢，喝三杯。不管喜欢不喜欢，都要喝……"

我架不住她们的热情相劝，满满地进了一杯。但也没完呢，接下来还要敬菜，一个姑娘夹起一块白花花、颤巍巍的大肥肉狠命地往我的嘴里塞，刚想张口咬住，她的筷子又缩回去了，让我扑了个空，真真恼人！如此者三，将我逗得像个贪吃的小孩，狼狈不堪，最后我假装生气，不吃了，那姑娘却不由分说地将大肥肉塞进我的嘴里。那滋味，真个火辣！

过了三五分钟，我就在风雨桥上烂醉如泥，头痛欲裂，心脏就像一只高速运转的引擎，朋友将我抬到大巴上凉快凉快。叫我醉倒的，真不知是米酒还是肥肉呢。

要说这两次醉酒可堪回味，还有一次倒令人伤感。那是二十八年前，我参加《上海文学》杂志社组织的一个活动，去山西某大型国营煤矿采访。煤矿出钱，上海作家帮他们写稿，杂志社编成专集后大约可以赚个十几万。那时候，全国文学期刊的日子都不好过。我那时候还年轻，容易冲动，想法也多，完成采访任务后意犹未尽，提出去矿工宿舍看看，负责接待的矿务局宣传部门干部面露难色，于是我就自个儿摸上门去。矿工们住的房子相当简陋，砖根黄泥墙，甚至有木板墙的，瓦楞板房顶也大多破裂，用砖压着，小路上坑坑洼洼，辙坑里的脏水反射着惨淡的日光。不时有女人的嘤嘤哭声从黑暗处传出，据说矿工酗酒、赌博、打老婆是极普遍的。

我随机进入一户矿工家，说明来意后主人十分热情地接待了我。这位矿工四十多岁，面容憔悴，本是四川资阳下面一个农村的农民，来山西已有十多年了，娶当地农村姑娘为妻，有两个孩子。屋里一片昏暗，看不清有什么家具，电视机、冰箱都没有，桌子上杵着半瓶劣质白酒，还摊着一包花生米。矿工大哥刚下班，喝酒喝到一半。

我已经下过矿了，知道这个矿的设备都是从波兰进口的，在当时也算是先进的了，矿上二十多年也没有发生过事故。但是综采设备转起来，粉尘还是相当厉害的。矿工们升井后，个个都像黑包公，只有一对疲乏的眼睛还是亮的。

这天我与矿工大哥聊了两个多小时，在本子上记了十几页，直到矿务局的干部找到我，客客气气地将我接去宾馆吃晚饭。这个时候我已经与矿工大哥喝光了半瓶白酒，脑子里一片空白，当我被四五个矿工抬上车时，脑袋瓜就像一颗点燃了的地雷正滋滋冒着白烟。

后来我相当克制地将这块内容写进文章里，最终还是被删掉了。我当然也去参观了矿务局专门为管理层建造的别墅群，每人一幢。他们还请了德国的建筑师来设计，有独立花园，有敞亮的回廊，有红瓦大坡顶，有眼睛似的小天窗，宛如童话故事里的背景。

十多年后，这家矿务局成了上市公司，实力越来越强。我也欣慰地得知，矿工们终于住进了集团公司新建的廉租房。那位矿工大哥应该退休了吧，愿他有一个幸福的晚年！

我真的很想与这位矿工大哥再喝一次，直到醉。

# 不眠之夜

睡不着的时候数羊,这是全世界通行的救赎方案。有个笑话:某人苦于失眠久矣,有位名医建议他数羊,数到一百保证睡着。他决定尝试一下,那天晚上他数到六十以后渐渐扛不住了,便起床冲了一个冷水澡后再数下去,结果数到天亮还没睡着。我没那么傻,我是数完一百只羊,再数一百头牛,如果还在床上烙饼的话就接着数一百匹马,数着数到了爪哇国。第二天起床,我像一个从雪崩中逃生的牧民,那种幸福感真的妙不可言。

读中学时我在一本科普杂志里看到一篇文章说,生活在大城市里的人经常失眠,比如伦敦、纽约、巴黎、东京等地的失眠人数高达百分之十五以上。作者认为资本主义国家的经济危机给人们带来了焦虑、紧张、忧愤、绝望以及类似吸食大麻后的妄想。我们上海是国内数一数二的特大型城市,弄堂里的伯伯、爷叔们,在造船厂烧电焊、在轮渡上套圈圈、在产院里抱产妇,在菜场里劈猪头,从来不知失眠的滋味。偶尔也听说某人要吃安眠药才能入睡,她们是前客堂的张家阿姨,亭子间里的刘家好婆。家庭妇女，现在叫全职太太，每天就是买汏烧这点戏码，闭着眼睛都能对付过来，有什么好紧张的？我不能理解。她们在乘风凉时争相控诉失眠的苦恼，怨气中夹了几分娇嗔，这个说我吃半粒，那个说我吃一粒，有个七十出头的阿婆说她要吞下两粒才能摆平。有人当场点穿她：侬这个毛病是从香港带过来的呀！确实，阿婆去年刚从香港回上海，女儿女婿当她慈禧太后一样供着哄着，但老人家并不能入乡随俗。

我是在三十五岁以后开始数羊的。那时候写小说写得难解难分，顺畅时胡思乱想，滞涩时苦思冥想，写到半夜头昏脑胀，床上一倒，眼睛一闭，笔下人物吵吵闹闹来找我诉苦、求情、揭露别人的秘密，折腾到凌晨四点牛奶车哐啷哐啷开进小区，我只好数羊了。数着数着突然想起一个细节、一句话，马上起床开灯，抓到一支笔，撕下报纸一角，横七竖八地写下两行字。

我每天要睡足八九小时，否则第二天无精打采，还会诱发头痛痼疾。但我并不十分害怕失眠，相反有点喜欢它，好久不来还有点想它。失眠时思维特别活跃，记忆的仓库自动打开，白天未完成的文章突然柳暗花明，奇妙的句子一句接一句地飞来眼前，我有不少被人抄作业的文章就是在半醒半梦中完成的。当然，通常情况下第二天醒来整理思路，收获的却是一地鸡毛。

克制地借助于安全可靠的药物，能够帮助我们减轻莫名的紧张与焦虑。如果不算太糟糕，失眠的下半场就是沉睡，此时虽然牺牲了一点时间，但要是接下来出现经验之外的精彩剧情，也算失之东隅，收之桑榆。

个人的经验是：有时候我在梦中与他人对话，那是针锋相对的场合，生死抉择的时刻，我从欲言又止到滔滔不绝，绵里藏针，进退自如，这一切顺着我的性格发展逻辑，属于超水平发挥，落败不失项羽之慨，成功可逞子龙之威。当然，醒来之后揽镜自顾，现实生活中的我不免自惭形秽。

今天，时代列车呼啸而过，一万年太久，只争朝夕。上海已在主流媒体中成为具有国际影响力的特大型城市，经济、文化、社会各方面的发展如火如荼，欣欣向荣。快节奏的都市生活，像一只无形的大手推动人们一路跌跌撞撞，大家无可逃避地陷入紧张、焦虑、亢奋之中。求学、求职、求偶、升迁、置业、经商……竞争越发激烈，机会稍纵即逝。股海汹涌，赤潮碧汐，百花争艳，莺歌燕舞，也容易让人滋生种种妄想。如果说失眠是大脑对现实世界的过敏性警觉，做梦大概就是对人生履历的刻意涂改。佛家的"放下"二字，值得相伴到黎明。

当然，我们也不必害怕安眠药会吞噬我们的健康，它在很多情况下只是一种安慰剂，老婆大人就用一瓶谷维素骗了我两年多。再拿我的朋友圈来说，茶酒小聚时也经常就"嗑药"的有效性和安全性展开讨论，还有人向我推荐了美国海军陆战队的自我催眠法，但实践证明，数羊永远是最佳方案。

有一个现象值得研究：作家朋友对失眠的恐惧程度比较低。他们与我一样利用失眠的通道访问梦境，沉湎于波谲云诡的遐想之中，在一个陌生的时空与自己的童年人物重逢。一个人的一生有三分之一的时间在床上度过，不来点失眠，不来点梦游，岂不是太亏了？

3月21日是世界睡眠日，这一天常与中国农历的春分重合。

明明是"春眠不觉晓",为何还有许多人睡不好?是"只恐夜深花睡去,故烧高烛照红妆",还是"夜阑卧听风吹雨,铁马冰河入梦来",不眠之夜,难以言说。

# 红烛有泪

面包车在机场接了我们几个上海客人,一路向长乐急驶而去,雨势渐渐徐缓,但空气仍显闷热。高速公路两边不时有半拉子楼房掩映在树木之间,一掠而过时仍被我看个真切。几年前我在这里采访时得知,这是外出打工的农民回乡时盖起来的,水泥架构红砖墙,带罗马柱的门廊有了,圆顶楼阁及转角阳台也有了,预算却用光了,剥去脚手架的空壳好似困兽一般蛰伏着。盖,不免捉襟见肘,不盖,父母在人前抬不起头,只能先砌个轮廓再说。时间已过十二点,司机说村里的午宴已经开始了。我说慢点开吧,我们在飞机上已经吃过了。司机说:多少吃点吧,李老板给你们留了一桌。

下了高速,拐进村路,树枝哗哗划过车窗,将一串串水珠留在玻璃上。两边的农舍有些散乱,正处于新旧交替之中。一座接一座大红塑料充气拱门骑在路上,上面印着吉祥字句,每座挂一块红布:谁谁谁恭贺新禧。车子停在大礼堂前,红地毯将我们引到里面。礼堂高轩敞亮,摆了四十多桌,男女老少吃得满脸通红。虚席以待的这桌果然层层叠叠地堆了许多菜肴，虾鱼蟹鳖，蒸煮煎炒，光是汤就上了八大碗。我挖了一点蛋炒饭意思意思，一尝，方知是用瑶柱丝与鸡蛋炒成，不见一颗饭粒。啊呀，赛过刘姥姥吃茄鲞。

我的脸正好对着门外的厨房，十几个厨师脚穿高统雨鞋，准备收拾残局，淌水的地面反射着日光，一人抱的蒸笼叠得老高，汉子们穿插在蒸汽氤氲中的剪影充满了活力，福州农村果真是富起来了。

礼堂是才新建的，墙上贴着村民的捐款账单，我们的朋友李芝瑞以 40 万元名列榜首。

40 万元对李老板来说实在是小意思。今天他儿子结婚，向省内外朋友发了请帖，再三关照：谢绝礼金。我还是备了一个红包，看准机会递过去，芝瑞果真生气："我们现在的新风俗就是不收礼，你若是给了，我事后加倍还你，你收不收？"

据说之前李老板给女方聘礼一百万，女方还礼两百万，让芝瑞"亚力山大"。

吃了午饭，我惦记着去机场附近的显应宫转转。朋友说，迎亲队伍马上要来了，不能走。不一会儿鞭炮声大作，车队在满地红上面碾过，其中一辆威猛异常，懂的人说这是经过改装的俄罗斯装甲运兵车。新郎新娘从宾利中钻出，随行的喜娘就高声吆喝起来，长乐话很难听明白，但由此营造的喜庆气氛一下子感染到所有人。

让我眼睛一亮的是新郎新娘一色大红，像从古装电视剧里跑出来似的。尤其是新娘，文静漂亮，含羞草般低着头，凤冠霞帔在她身上甚是妥帖，众人啧啧称赞。他们先进祖屋行仪，祖屋满身风霜，屋脊两头高翘，土垒墙夹杂着蚝壳和碎碗片，梁柱和木板被烟熏得乌黑，芝瑞这辈族人当年结婚时贴上去的喜帖还留在板壁上，字迹漫漶，却又新鲜如初。芝瑞的父母端坐在祖宗牌位前的太师椅上，美美地领受孙子孙媳叩头，喜娘当即高呼：红包十万！村里的小孩子也挤进来叩头，三个响头，得红包一只。芝瑞攥着一叠红包在老屋前到处找小孩：快去叩头领红包！

拜过堂，新郎来到一街之隔的家中，与父母一起祷告，恭恭敬敬请出圣母像。前头有一小男孩鸣锣开道，村里两个老人各执一支两尺高的大红喜烛跟在后面，再后面就是新郎与李太太，一个捧圣母像，一个执十字架，一群人走过红地毯，再次回到祖屋。这场景对我而言是陌生的，又似曾相识。众人笑着，不敢多言。

芝瑞太太也相当漂亮，良辰吉日，精神倍儿爽，风采不让媳妇太多。她满心喜欢地招呼客人喝茶抽烟吃干果，忽又四下里张望，像是在寻某个人。

朋友将我拉到壁角说，她刚才在楼上祷告时流了泪。你知道为什么吗？福建农村结婚早，芝瑞和她结婚时都不过二十出头，他们共有四个孩子，大儿子下面是三个女儿，那时候穷得叮当响，不得已将最小的女儿送了人。后来芝瑞到上海谋生，给一家外国公司做代理，一开始在三官堂桥一带活动，他人活络，肯吃苦，很快打开局面，最后成为这个品牌在全国最大的代理商。掘到第一桶金后，他又去江苏开钢铁厂，楼市最疯狂的那几年，他每天可赚一百万！穿金戴银、山珍海味的日子突然降临，他们就想将小女儿找回来，但托了许多关系，当然也千恩万谢地祈求圣母圣灵，结果杳无音信。

李家两个女儿还待字闺中，最小的才二十岁，也就是说，送走的那个如今正是豆蔻年华。二十年光景如雷如电，铁树开花，咸鱼翻身，芝瑞现在的身价至少十个亿。在儿子婚礼上，他送给下一代的礼物是一家专做外贸订单的服装厂。

晚上的婚宴摆在五星级大酒店里，一百多桌，仍是叠床架屋地上菜。电视台主持人一男一女当司仪，字正腔圆，妙语连珠。芝瑞也不差，答谢辞大开大阖，风趣幽默，全场掌声雷动。李太太换了身裁剪得体的绣花旗袍，珠光宝气，给客人敬酒时，一双晶莹剔透的眼睛还在四下里张望。人家都夸她福气好，四十多岁就要做奶奶了。

果然如朋友所言，上第一道点心时，芝瑞来送红包，凡出席婚礼者，老少无欺，每人一个。芝瑞在我肩上一拍：这是小意思，人家有送三千八的！

过了一会儿，我们这桌客人一起去主桌回敬芝瑞夫妇，我看到有副碗筷一直没人动，就在李太太右手边。我也不由得环顾周围，一片茫然，差点泪涌。

## 图书在版编目(CIP)数据

致灶王爷的一封信/沈嘉禄著. —上海:上海书店出版社,2023.6
ISBN 978-7-5458-2277-9

Ⅰ.①致… Ⅱ.①沈… Ⅲ.①散文集—中国—当代 Ⅳ.①I267

中国国家版本馆CIP数据核字(2023)第069129号

**责任编辑**　杨柏伟　章玲云
**封面设计**　郦书径
**封面绘画**　潘方尔

## 致灶王爷的一封信

沈嘉禄　著

| | |
|---|---|
| 出　　版 | 上海书店出版社 |
| | (201101　上海市闵行区号景路159弄C座) |
| 发　　行 | 上海人民出版社发行中心 |
| 印　　刷 | 上海商务联西印刷有限公司 |
| 开　　本 | 889×1194　1/32 |
| 印　　张 | 11 |
| 字　　数 | 180,000 |
| 版　　次 | 2023年6月第1版 |
| 印　　次 | 2023年6月第1次印刷 |
| ISBN 978-7-5458-2277-9/I・566 | |
| 定　　价 | 58.00元 |